엄마의 밥상에는 슬픔이 없다

정제성

견디기 어려운 독한 현실 속에서도 아름다운 감성은 피어난다.
그래서 인간은 어떤 일이 닥쳐도 가치 있고 행복하게 살 수 있다.
사랑하는 사람이 곁에 있을 때 그 길을 찾을 가능성은 커지며,
'엄마'란 존재는 언제나 그 모든 과정의 중심에 있다.

엄마의 밥상에는 슬픔이 없다

초판 1쇄 인쇄 2017년 11월 25일
초판 2쇄 인쇄 2018년 2월 28일
지은이 정제성
펴낸이 이승훈
펴낸곳 해드림출판사
주 소 서울 영등포구 경인로82길 3-4(문래동1가 39)
　　　　 센터플러스빌딩 1004호(우편07371)
　　　　 전 화 02-2612-5552
　　　　 팩 스 02-2688-5568
　　　　 E-mail jlee5059@hanmail.net

등록번호 제87-2007-000011호
등록일자 2007년 5월 4일

* 책 값은 표지에 있습니다
* 잘못된 책은 바꿔드립니다

ISBN 979-11-5634-236-6

정제성
장편소설

주인공인 아흔 살 엄마는 사람을 무척 좋아하는 품성을 지녔습니다. 자신을 한 없이 잘게 부수어 곧 사라질 것만 같지만, 오히려 자신을 밝혀 우주를 아름답게 비추어 주는 엄마별 같습니다. 사람들이 그 빛에 반응합니다. 밝게 반사합니다.

엄마의 밥상에는 슬픔이 없다

엄마는 자신이 만드는 밥상 위에 켜켜이 보태지는 그런 추억의 힘으로 또 버티고 있습니다. 게다가 놀랍게도 엄마의 밥상은 여전히 맛이 있습니다.

해드림출판사

우주를 아름답게 비추는
엄마별

사람은 사람을 붙들고 있어야 살 수 있습니다.
그 끈이 '엄마의 밥상'으로 이어져 있었습니다.

지금 당신과 가장 가까이 있는 인생의 동반자는 누구입니까?
아마도 많은 사람들은 "스마트폰"이라고 대답해야 할지도 모릅니다.
혼자서 길을 걸을 때도, 다른 사람과 차를 마실 때도, 밥을 먹거나 잠자리에 들어서도 내려놓지 못합니다.
여기에 스마트폰을 컴퓨터처럼 쓰는 시간을 더하면 아예 우리 몸의 일부와도 같습니다. 언제 어디서든 알고 싶은 지식을 얻고, 거래를 하고, 길을 찾으며, 시키는 대로 일도 합니다. 틈이 나면 오락도 하고 TV도 봅니다. 그렇게 사람과 사회의 모습이 알 수 없는 곳으로 가고 있습니다.

그 속에서 바라는 것과 처한 현실 사이의 자괴감이라도 밀려오면 '먹는 방송'을 보면서 잠시 고민을 지우거나 추락하는 유명인을 보면서 희열을 느끼기도 합니다. 그러다가 만사가 싫어지면 마치 세상을 등지듯 전원을 끕니다.

그나마 망각과 착시의 마법으로 건망증 환자처럼 금세 제자리로 돌아갈 수 있어서 다행인가요?

아무리 세상이 바뀌어도 인간의 본능은 크게 바뀌지 않을 것입니다. 본능이 편하게 발휘되는 자신만의 자리가 있으며, 그곳을 중심으로 사람은 사람에게 의미를 갖게 됩니다. 결국, 사람은 사람을 붙들고 있어야 한다는 생각을 하면서 아흔 살 엄마의 이 이야기를 떠올렸습니다.

주인공인 아흔 살 엄마는 사람을 무척 좋아하는 품성을 지녔습니다. 자신을 한없이 잘게 부수어 곧 사라질 것만 같지만, 오히려 자신을 밝혀 우주를 아름답게 비추어 주는 엄마별 같습니다. 사람들이 그 빛에 반응합니다. 밝게 반사합니다. 엄마는 자신이 만드는 밥상 위에 켜켜이 보태지는 그런 추억의 힘으로 또 버티고 있습니다. 게다가 놀랍게도 엄마의 밥상은 여전히 맛이 있습니다.

　아흔 살 엄마에게 의지하는 가족과 주변의 사람들이 한편으로는 버릇없고 뻔뻔할 수 있지만, 알고 보면 정도의 차이만 있을 뿐이지 우리 모두는 젊으나 늙으나 여전히 엄마의 그늘에 있습니다. 지금 엄마가 어디에 계시든 자기의 세계를 한 번 그려본다면… 엄마는 여전히 그 그림의 한 가운데에 존재할 것입니다.

　격랑 속에서 아득한 과거를 버텨내며 현재를 이루었음에도 또 다른 미래 속에서 살아야 하는 고령 세대, 그분들을 떠받치고 있는 베이비붐 세대, 온몸으로 생계를 책임지고 있는 중년 세대, 자신의 삶을 설계하기도 버거운 젊은 세대, 모두가 함께 가야 할 미래는 '가족'에서 출발해야 한다고 생각합니다. 가족이 되살아나면 내가 속한 사회도 살아날 것입니다. 그 가족의 중심에는 엄마라는 존재가 꼭 필요합니다. 엄마의 역할은 생을 시작하게 하고 본능적인 욕구를 채워주는 것에 그치지 않습니다. 엄마는 역사歷史이기도 합니다. 그래서 엄마의 음식을 통해 되살아난 추억 속에는 평범하게 사는 것조차 어려웠던 지난 세월의 흔적도 있습니다.

　점점 더 길어지는 인생, 어느 날 혼자 남을 거라는 상상을 미리 하지 마세요. 그 상상 이상의 세상이 와도 엄마를 생각하는 마음이 살아있고, 사람에 대한 추억이 살아있는 한 삶은 슬프지 않을 것입니다!

깊은 골짜기도 없고 높은 봉우리도 없는 잔잔한 이야기를 어떻게 서사로 만들 수 있을지 고민이 많았습니다. 완성되기까지 저에게 용기를 주신 분들께 감사드리며, 이 소설을 이 땅의 수수한 '엄마', '아들딸', 그리고 '사람을 보살피는 분들'과 나누고 싶습니다.

2017년 10월에
정 제성

차례

1 _____ 다시 집으로

015 이유 있는 선택

024 엄마의 신념

038 누가 마지막이 될지 모를 작별인사

048 음식, 생의 의욕을 돋우다

2 _____ 두 개의 밥상

058 엄마에게 밥상이란

067 겨울 아침을 여는 청국장

075 봄을 담은 가죽나무 향

079 싫고도 좋은 쑥

082 뜰은 밝게 피어나는데

085 미역 없는 미역국

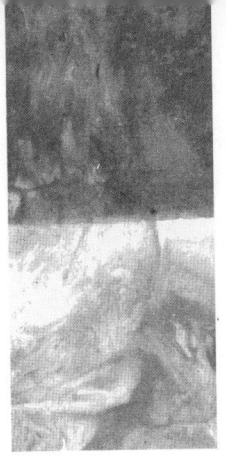

090　37년 된 밥상

098　여름의 색을 입은 풋고추 향

102　호불호好不好의 조합, 갈치와 하지감자

107　비름나물의 계절 인사

113　빗소리와 채소 바구니

117　삶을 붙드는 방울토마토와 카스텔라

121　애간장을 녹이는 향, 호박전과 고추 산적

125　늦여름의 군만두와 카레

128　낯익은 시골 풍경 속 박속무침

132　여름과 가을 사이, 곰국과 콜라

135　토종붕어와 고구마 순

138　희망을 품는 된장 고추장 간장

141　혀를 자극한 고춧잎 호박잎

146　가을 된장국

3 이별을 준비하며

152 보리차 한 숟갈

153 또 다른 생명의 끈, 밥풀 미음

157 흑임자죽과 생합죽

161 마음이 차분해지는 우거지

164 조기와 홍어, 그리고 다시 찾아온 평온

167 엄마를 위한 밥상 Ⅰ

172 떠들썩한 하루 여섯 끼

175 위풍당당, 가을 운동회 도시락

178 엄마 주치의

185 죽음을 대하는 방식

191 새로운 목표, 그 애잔함

196 엄마의 우주

4 _____자, 선물이야

213 두 개의 전화벨과 팥죽

224 12월 31일

233 콩나물의 짝, 동태

237 아버지와 아들

247 스크린도어 속의 사람들

252 엄마를 위한 밥상 Ⅱ

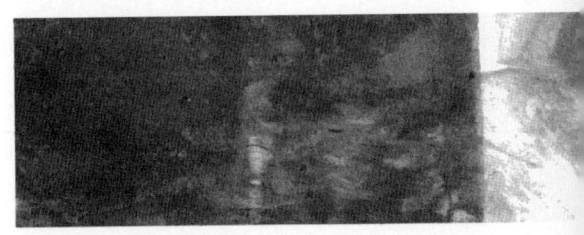

다시 집으로

머리가 터질 것 같다.
철사 조각을 잔뜩 품은 무거운 몸은 오히려 붕 뜬 것 같다.
필시 나를 위한 진통제 때문일 거다.
별 것 아니다.
속이 울렁거리는 것쯤은 문제없다.
병실에 가득한 비릿한 알코올 솜 냄새 때문일 거다.

내가 정말 참을 수 없는 것은 방정맞게 어른거리는 것들이 눈을 뜨지 못하게 한다는 것이다. 하얀 가운이 바람을 일으키는 것 같기도 하고 고장 난 형광등이 쉼 없이 깜빡이는 것 같기도 하다. 여러 가지가 엉켜 분간할 수 있는 것이 없다. 아무리 애를 써도 무엇 하나 붙잡아 세울 수 없으니 답답할 노릇이다.

이제 그만 편안해 보이는 시커먼 어둠 속으로 몸을 던져버릴까? 던질 수는 있는 걸까? 빛이든 어둠이든 어느 한쪽이면 좋겠다. 나는 끝없이 몰아치는 어지러운 번개 속에 영원히 구속된 것 같다. 이따금 요란하게 내리치는 벼락은 오히려 편하다.
그때, 내 비명을 헤집고 귀에 익은 목소리가 머리뼈를 두드렸다.
"나 좀 봐요!"
그리고는 손 하나가 쑥 들어와 나를 건져낸다.

이유 있는 선택

"이제 가셔도 됩니다."

곧 돌아가실 거라는 예고가 아니었다. 병원에서는 더는 해줄 일이 없다는 얘기였다. 아버지의 퇴원은 우리도 기다리던 바였다. 거의 움직일 수 없는 중증 환자들만 있는 병실에서 나는 못 볼 것들을 많이 보았다. 그것은 인간의 온기 없이 오직 죽음을 기다리는 어떤 정해진 절차와 같은 것이었다.

대부분 고령인 환자들은 하나같이 간병인이 보살피고 있었다. 기운이 남아 있지 않거나 의식이 희미하여 가족이 찾아오면 잠시 꿈틀하는 반응만 보이는 정도였다.

그 병실에 누워있는 모습만 봐도 병원에 오기까지의 과정이나 머무른 시간에 대한 상상이 가능했다. 간병인들은 대개 입이 무거운 편이어서 자신이 간호하고 나서부터 관찰한 특이사항과 그 환자에 관한 몇 가지 뚜렷한 사연 정도만 얘기했다. 그 정도는 알아야 잠시 자리를 비울 때 서로 봐 줄 수 있고, 보호자들이 왔을 때도 병실 분위기가 어색하지 않게 하는 데 도움이 된다.

반대로, 어쩌다 한 번 들이닥치거나 교대하러 오는 가족은 힘들고 괴로웠던 그 긴 시간을 토로하고 위로라도 받으려는 듯 서로 많은 이야기를 털어놓는다. 지금 가까이서 보살피는 사람이 제일 고생이 많다는 것을 입으로는 말하면서도 모두 할 만큼 했다는 식으로 도리와 책임의 굴레를 벗어나려 애쓴다. 그러다 결국은 먹고 싸는 원초적 문제까지 도달한다. 특히 배설에 얽힌 이야기까지 이르게 되면, 결국 인간이 얼마나 보잘것없는 존재인가를 생각하지 않을 수 없었다. 자신의 부모형제여서, 이제 온전한 사람이 아니어서, 사람은 다 똑같은 존재라는 깨달음을 얻어서, 아니면 그동안 병 바라지로 고생을 할 만큼 해서인지, 너무나 태연하게 그런 말을 주고받는 것이 자연스러웠다.

나는 그런 이야기가 나올 때면 슬그머니 자리에서 일어서곤 했다. 듣기 거북했다. 그런 이야기를 들으면 들을수록 퇴원을 서둘러야 했다. 뾰족한 수는 없어도 벌써 아버지를 그 단계로 밀어 넣고 싶지가 않았다.

확실히, 우리 가족이 아버지를 포기했기 때문에 병원을 나오는 것은 아니었다.

"이런 할아버지는 한 명이 돌볼 수도 없으려니와, 본인이 가족만 찾으니까요. 할머니도 몸이 좋지 않은 것 같던데 헛소리를 하면서도 할머니만 부르시더라고요. 성격도 보통이 아니신 것 같고…… 돈으로 될 수 있는 문제가 아니죠."

같은 병실에 있었던 간병인들의 하나같은 말이었다.

"이렇게 몸에 장애가 심하면서, 치매가 온 경우에는 무척 힘들어요. 정상적으로 움직일 수 있는 사람은 여러 가지 프로그램으로 관리할 수 있는데, 중증 장애인은 일상생활을 돕기도 어렵고 잘못하면 크게 다칠 수 있거든요."

의사와 간호사들 얘기도 비슷했다. 손 쓸 수 없는 고관절과 변덕스럽게 다가오는 치매를 병원에서는 처치할 방법이 없었다. 의학적으로 뭔가 획기적인 치료방법이 없었다. 열심히 알아본 대로 좋은 요양병원이나 요양원에 모셔놓고 각자의 삶에 충실하며 온 힘을 다해야 하는 단계가 온 것이다.

하루 전날, 나는 엄마에게 이런 답안지를 내밀었다. 오랫동안 부모님을 모셔 온 동생 진숙과 머리를 맞댄 일종의 권고안이었다.

아버지의 치매 등급이나 요양등급으로는 여러 가지가 가능해.
요양병원은 의료서비스와 수발서비스 모두 이용할 수 있고,
진료비 상한제가 있어서 비용은 감당할 수 있는 정도일 것 같아.
그런데 아버지는 전담 간병인이 있어야겠지?
요양원은 장기요양보험이 적용되고 기본적인 수발서비스만 제공되기 때문에 비용이 많이 들지는 않아.
만약 엄마가 집에서 아버지를 돌보고 싶다면……
지금처럼 가족 요양이 가능하고, 시간제로 집에 와서 해주는 요양 서비스도 이용할 수 있다고 하네.
… 근데 엄마도 이제 늙었고… 아버지 몸이 저래서 힘들잖아.

하지만 엄마의 생각은 단호했다.
"집으로 모실 거다."
진숙과 나는 어안이 벙벙해졌다.

"이왕 사시는 거, 조금이라도 제대로 살게 해주고 싶다."

우리는 말 없이 짐을 챙기는 어머니 앞에서 어떤 반론도 펼치기 어려웠다. 사실은 저런 몸의 아버지를 요양원이나 요양병원에 맡긴다고 해서 과연 아버지에게 좋은 일인지는 의문이었다. 혹시 아버지를 편안하고 좋아 보이는 죽음으로 안내하는 것 아니냐는 양심의 가책이 저 가슴 속에서 일렁이기도 했다.

"이제 집에 갑시다!"

그 순간, 아버지는 구순의 엄마가 내린 결단을 분명히 느낀 것 같았다. 아버지의 눈은 가끔 우리 눈을 똑바로 응시할 줄 알고 있었다. 온 힘을 써서 자신을 다잡아보려는 강력한 정신력이 언뜻언뜻 표출된 것이다. 어머니가 집에 가자는 이야기를 한 그 순간에도, 아버지는 주위를 둘러싼 우리를 있는 힘껏 똑바로 바라보고 있었다. 그 눈을 외면한다는 것은 잠깐 죄송하면 될 일이 아니라, 그대로 죽음의 길로 내모는 것이었다. 그런 죄를 지을 수는 없는 노릇이었다.

아버지는 양가의 최고령자 자리에 오른 재작년 겨울, 갑작스럽게 쓰러져 병원으로 옮겨졌다. 그때 아버지는 고관절 붕괴에 치매가 겹쳐 아예 일어설 수 없게 되었다. 50년 전, 자그마치 400미터 낭떠러지로 버스가 굴러떨어져 병원 마당에 가마니로 돌돌 말려 있었던 그 몸으로 지금까지 버텼으니 보통의 고령자와는 확연히 다를 수밖에 없는 불가사의한 몸이었다.

"살리기 어려울 것 같습니다."
"절대 걸을 수 없을 겁니다."
"목발을 내려놓았다니 기적입니다."
"아무리 잘 관리해도 육십을 넘기기는 어려울 것입니다."
"뼈를 묶은 철사가 부식되고 있어요. 제거는 불가능하고요."
"고관절이 아예 뭉개졌어요. 어떻게 버티죠? 치매도 걱정이네요."
"이런 복합 장애인은 선뜻 돌봐줄 곳이 없을 겁니다. 어려워요."

마흔 살 때부터 아흔이 될 때까지 엄마는 마치 감당해 내야만 하는 고통의 순서인 양 그런 말들을 듣고 살았다. 그런 이야기를 들을 때 엄마의 몸에는 강물이 흐르는 것 같았다. 그런 날 밤이면 엄마는 어두운 부엌에 앉아 조용히 씩씩 숨을 쉬었다. 마치 달빛 아래 잠시 숨을 쉬는 긴 여정 속 연어처럼. 사람의 일이기에 그 끝을 가늠하기도 어렵거니와 그 끝이 진정한 끝이 아님에도 불구하고 매번 엄마는 침착하고 끈기 있게 아버지를 돌봤다.

엄마는 지금 아득한 그때, 그 병원 그 마당에 다시 들어선 기분일 것이다. 피 묻은 가마니에 돌돌 말려있던 아버지를 보았을 때의 내 손에 전해졌던 그 전율이 엄마를 태우고 핸들을 잡은 손에서 다시 살아난 듯했다. 내 손을 꼭 잡았던 그때부터 엄마는 나에게 늘 강한 '엄마'가 되어왔다. 그 엄마가 새삼스레 감당하기 어려운 일 앞에서 두려움을 떨치고 또 실낱같은 희망을 찾고 있는 것이다. 아흔의 엄마는 다시 프로 엄마가 될 다짐을 하고 있었다. 예전처럼 엄마의 열정이 고통을 극복해 나가는 현실적인 대안이 될지, 아니면 모든 것을 감당해야 하는 구도자의 지독한 수난이 될지 알 수는 없었다.

집으로 가자는 망설임 없는 엄마의 결단으로 아버지는 온전히 가족의 손에 맡겨졌다. 정확히는 오래된 아버지의 집에서 엄마의 손에 맡겨지게 되었다. 병원에서 집으로 옮기기조차 쉽지 않았다. 잘못 다루기라도 하면 나무못이 빠진 목각인형처럼 금방 부서질 것 같았다. 아버지의 몸에서는 바각바각 하는 소리가 났다.

50년 전 교통사고를 당했을 때를 떠올렸다. 살기도 어렵고, 일어서는 것은 더더욱 어려울 것이라는 의사의 진단에도 불구하고 엄마는 아버지를 6년 만에 일으켜 세우고 다시 걷게 했었다.

"그때는 너희들이 어렸었지. 보험도 없었어. 전답도 병원비로 다 팔아 써버려야 했으니 정말 앞이 캄캄했었지."

"지금은 늙고 힘없는 거 빼고는 든든한 게 많잖아. 세상 무서울 게 뭐 있어. 저 양반 고생 많았으니 벌 안 받으려면 잘 챙겨야지."

집으로 돌아오는 길에 엄마는 내 오른쪽 뒤통수에 대고 그렇게 다짐을 하고 있었다.

아버지의 퇴원으로 모처럼 오 남매가 시골집에 모두 모였다. 그리고 아흔 살 엄마의 선언을 들었다.

"엄마가 다 알아서 할게. 너희 아버지는 아무도 못 돌본다. 내가 먼저 죽을 수도 있겠지. 근데 그건 가봐야 아는 거고. 다들 도와줄 거지? 그거 하나면 돼."

아주 짧은 선언이었다. 그렇게 비장하지는 않았어도 절대 딴소리 말라는 뜻이 확고했다. 엄마는 어린아이들을 달래듯 약간의 웃음까지 머금었다. 나와 누이들은 아무도 못 돌본다는 그 말에 백 퍼센트 공감했다. 어려서부터 그것을 알고 있었다. 우리에게 엄마는 원더우먼이기도 했고 바보이기도 했다. 누구도 대신하지 못할 엄마의 희생을 고스란히 누리면서도 엄마를 안타까워하는 마음은 늘 속으로만 일렁였다.

오 남매는 그날도 말없이 그냥 고개를 숙이고 있었다. 엄마에게 너무 미안했다. 자식들의 침묵은 엄마의 결정에 따르기로 한다는 대답이었다. 집에서 아버지를 돌보겠다는 엄마의 결단 앞에서 다른 대안이 있을 수 없었다. 50년 전에 큰 사고를 당한 아버지를 다시 일으켜 세웠을 때와 달라진 것도, 나아진 것도 많은 것 같은데 딱 하나, 정면 돌파가 불가능하다는 것이 너무나 아이러니했다. 고관절 수술을 할 수도 없고 치매 완치를 기대하기도 어렵다. 띠지고 보면 고관절 뼈도 시시히 닳았을 것이며 치매도 아주 천천히 진행된 것이었을 텐데 그 길고 안타까운 시간에도 엄마만이 진정으로 아버지 곁에 있었다.

아들인 내가 어떤 책임감을 통감하여 무슨 묘책을 내놓는다 한들 어떤 급박한 상황이 닥칠 때, 신속하고 남부끄럽지 않게 대처하는 정도일 것이다. 설사 내가 퇴직을 한다고 해도 달라질 것은 없어 보였다. 이런 것들이 바로 엄마가 내린 결단에 한 사람도 반론을 제기할 수 없는 이유였다. 자식들이 목소리를 높일 아무런 이유가 없었다.

내가 엄마에게 정말 미안했던 것은 엄마가 어떤 의사결정을 할지 미리 알고도 요양원이나 요양병원 같은 메마른 선택지를 내밀었기 때문이었다. 구체적인 비용까지는 아니어도 내가 내민 빤한 선택지가 정답이 아니라는 것 또한 엄마가 모를 리 없었다.

내가 생각한 답안의 점수는 기껏해야 60점짜리였다. 사람을 병간호한다는 것, 특히 치매가 있는 노인을 잘 모시려면 형편이 되어야 하고, 희생정신이 있어야 하며, 환자의 입장이 될 수 있어야 한다. 나는 알량한 형편을 만들 수 있고, 다가올 일에 최선을 다할 각오만을 가정했기 때문에 간신히 낙제만 면한 것이다. 엄마는 희생을 넘어 아버지의 처지를 이해하고 아버지에게 맞는 응대를 생각하는 만점짜리 답안, 아니 누구도 점수를 매길 수 없는 답안을 쓰려는 것이다.

안방으로 건너가는 엄마의 뒷모습이 나를 따라오라고 하는 것 같아 일어섰다. 아버지는 여전히 사경을 헤매며 힘없는 목소리로 허공을 휘젓고 있었다. 고관절 통증을 잠재우기 위한 진통제는 며칠째 무서운 반응을 일으키고 있었다. 그것은 단순한 환각 효과만이 아니라, 그 몽롱한 상태에서 기를 쓰고 빠져나오려는 한 인간의 강력한 저항처럼 느껴졌다.

"아주 옛날에 죽었다가 두 번 사는 목숨이여. 저 양반은 또 일어 날 거다. 치매가 무섭다고는 하는데, 한 번 해봐야지."

엄마는 그 오랜 세월의 경험과 먼저 죽은 사람들에 대해서 들은 말들을 모조리 떠올려보고 그렇게 희망 섞인 각오를 다지고 있었다. 그러면서 깊은 심호흡을 내 쉬었다. 두려움에서 빠져나오려고 들이마시는 가녀린 들숨 같기도 하고, 다가올 일에 대해 걱정을 하다가 그것을 날려버리려고 일부러 길게 내쉬는 날숨 같기도 했다.

엄마의 신념

아버지는 보리차로 이틀, 미음으로 이틀을 버텼다. 그리고 닷새째에는 흰죽이 들어갔다. 모든 약은 잠시 중단됐다. 엄마의 판단과 처방대로 그렇게 아버지는 또다시 평온을 찾아가고 있었다. 이내 세상을 등지고 말듯 쓰러져 있으면서도 아직은 살아 있음을 알리려는 듯 간간이 신음을 내며 버텨내고 있었다.

아버지가 깨어나길 기다리는 동안 엄마는 조심스럽게 안방을 정리했다. 안방을 완벽한 특급 병실로 꾸미려는 듯했다. 엄마의 움직임은 아버지가 깨어날 시간에 맞춰져 있는 것처럼 빠르고도 질서정연했다. 수다스러운 큰 누이가 조용히 그것을 도왔다. 전기 포트나 전열 기구, 유리병, 모서리가 뾰족한 물건들은 다 치워버리고 이불을 아주 가벼운 면 이불로 바꿨다. 근 50년 전에 아버지와 함께 퇴원했던 스테인리스 변기를 대청에서 꺼내놓고, 누렇게 변색한 소변기는 솔로 문질러 깨끗하게 씻었다. 혹시 모를 아주 희망적인 상황, 의자에 앉을 수는 있게 해달라는 마음으로 이동식 좌변기도 갖다 놓았다. 그리고 가벼운 플라스틱 세숫대야, 손잡이가 달린 물통, 여러 장의 흰 면수건, 약을 분류해서 담을 수 있는 약병들, 관장약과 소독용 약 상자, 그리고 아버지를 위한 작은 세면용품 세트, 물휴지, 기저귀, 흡수 패드 등이 준비되었다. 엄마는 마치 숙련된 간병인처럼, 병원시설 담당자처럼 놀라울 정도로 기계적으로 움직였다. 나는 엄마가 시키는 대로 치우고, 물건을 사서 자리 배치를 하면 되었다.

엄마가 막냇동생에게 전화를 걸었다. 집안에서 제일 혜택을 보지 못한 막내는 간호학과를 나와 대학병원 간호사로 오랫동안 근무했었기 때문에 엄마에게는 항상 든든한 뒷배 같은 존재다.

"혹시, 침대 만들어달라고 주문할 수 있냐? 1미터 80에 길이를 맞춰. 넓이는 일반 싱글 정도면 돼. 그리고 블라인드는 나무로 된 것 3줄하고, 푹신푹신한 접이식 의자도 주문해봐. 아 참, 식당에서 쓰는 식판보다 조금 큰 네모난 소반도 하나 사. 돈은 내가 줄게."

모두 인터넷 쇼핑이나 홈쇼핑을 통해서 구매하여 시골집으로 부치라는 시원시원한 지시였다. 내가 어렸을 적에 토끼장과 닭장도 뚝딱 만들었던 엄마의 모습이 휘-익 하고 지나갔다.

1미터 80센티는 해가 비치는 유리문에 블라인드가 설치될 공간과 반대쪽 벽에 놓여 있는 얇은 책장 두께를 뺀, 안방의 나머지 폭이었다. 엄마가 뼘과 팔로 가늠하여 계산한 것이다.

그렇게 병실과 긴병인용 환경이 만들어졌다. 물론 그 간병인은 엄마였다. 짤따란 침대는 늙은 엄마의 새로운 보금자리이자 엄마의 단단한 각오를 상징하는 간호 도구가 되었다. 교통사고 후유증, 고관절 모손과 골절, 치매, 욕창, 이 모든 것을 가진 아주 까다로운 환자의 병실은 그렇게 꾸며졌다. 그곳은 변함없이 시골집의 구심점인 안방이었다.

집으로 돌아온 후, 간간이 신음만 내뱉던 아버지는 나흘 만에 입을 열었다.
"나 죽기 싫어 죽겠어."
그게 첫마디였다. 엄마의 말이 맞았다. 기어이 살아나셨다. 엄마가 웃었다. 깨어났다는 안도감 때문이었는지 애원이라기보다는 어리광에 가까운 말투였기 때문이었는지 엄마는 웃고 있었다.
 아버지는 먼저 간 사람들이 자꾸 눈에 보였는데 본체만체 그냥 지나치기만 했다고도 했다. 아직은 갈 때가 아니라는 희망 사항을 다시 아버지 자신의 확신으로 바꾸어 고정한 것 같았다. 힘이 없어서인지, 둘만의 비밀이라야 했는지 작은 소리로 엄마의 귀에 대고 그렇게 말했다.
 다시 흰죽이 들어갔다. 아버지를 일으켜 방바닥에 앉혔다. 상체가 앞으로 숙어졌다. 내 눈을 다른 곳으로 돌려버리고 싶을 정도로 처절해 보이는 자세였다. 키 작은 소반에 놓인 죽 그릇에 얼굴이 닿을락 말락 했다. 아버지는 죽을힘을 다해 허리를 세워가며 둥근 모서리가 오목하게 닳은 하얀 은수저를 입으로 가져갔다. 그런 아버지 등 뒤에서 엄마가 등을 돌린 채 한참을 부스럭거렸다.
 어머니가 찾아낸 것은 아버지의 통장이었다. 오래전부터 아버지가 장례비를 넣어 감추어 둔 통장은 그대로 두고, 다달이 퇴직연금이 입금되는 통장만 꺼냈다. 끊어졌다 이어지기도 하고, 또

다 채우지도 못한 40년 교직 생활의 흔적을 그렇게 일부라도 남겨 놓은 것은 정말 잘한 일이었다. 항상 월말 잔액은 이삼 만원도 안 되었지만, 그것은 자식들에게 신세 지지 않는다는 고집스러운 원칙의 결과였다. 연금으로 매달 공과금과 약값을 내고, 필요한 물건이나 음식 재료값을 하고, 일부는 시골집에서 함께 사는 누이동생 진숙이의 용돈을 챙겨주었다. 아버지의 큰 재미는 진숙에게 한 달에 한 번 통장을 주면서 돈을 찾아오게 하고 그 돈을 배분하는 일이었다.

얼마 안 되는 돈을 자신에게도 할당하여 장지갑에 넣어두곤 했는데 그 돈은 다음 달 새로 입금된 돈을 찾기 직전에 엄마에게 줬다. 남아 있어야 받을 수 있기 때문에 어찌 보면 엄마는 아버지가 정해 놓은 규칙적인 지출처가 아니었다. 그것은 옛날에 돈을 많이 저금해 놓지 않았다고 나무라는 아버지의 소심한 복수일 수도 있었다. 그런 아버지의 생각은 자신의 가족이 어려움 없이 살았다는 자신만의 행복한 기억에서 나온 것임이 틀림없었다.

엄마는 통장과 도장을 꺼내서 누이 진숙에게 맡겼다.

"같이 사는 큰딸이 관리하고, 아버지가 통장 생각날 때만 보여 주는 게 낫겠다. 온전치도 못한데 괜히 액수 맞춰본다고 스트레스만 받을 수 있어서."

물론 진숙에게 어떤 혜택이 주어진 것은 아니었다. 오히려 진숙이는 엄마 대신 앞으로 아버지와 수입과 지출 장부를 정리해야 할지도 모른다. 아버지가 정신이 들 때면 확인할 가능성이 매우 크기 때문이다. 일단 엄마는 일어날 수 있는 돈의 스트레스에서 확실히 빠져나올 수 있게 손을 쓴 것이다.

엄마는 아들인 나에게 다달이 얼마간의 고정적인 보조를 요청했다. 상징적인 수준의 아주 적은 액수였다. 그러나 여동생들에게는 따로 요구하지 않았다. 굳이 하지 않아도 최소한 한 달에 한 번은 집에 내려올 것이고, 때로는 용돈을 주거나 필요한 물품을 가져오거나 하는 암묵적인 전통이 있었기 때문이다.

나는 장례비 통장을 엄마한테 꺼내 드렸다. 쓰지 않더라도 매월 잔액 '0'보다는 훨씬 나은 기분일 것이고, 만약 쓴다면 장례는 내가 책임지면 될 것이기 때문이었다. 그동안 삶의 일부를 지탱해 주었던 아버지의 돈주머니는 이제 텅 비게 되었다.

그렇게 금전적인 교통정리가 끝났다. 통장을 꺼내서 진숙이에게 맡긴 것 말고는 큰 변화가 없었지만, 엄마는 정리할 것을 정리했다는 표정이었고 우리 자식들의 마음도 한결 편해졌다. 돈 문제를 확실히 해 둔 것은 아버지가 깨어남과 동시에 바로 보살필 여건을 만들고 분란의 소지를 없애려는 엄마의 분명한 의도였다.

이래저래 누이동생 진숙이의 역할이 커졌다. 나와 한 살 터울인 진숙은 어렸을 때 부모님의 사랑을 상대적으로 많이 받은 큰딸의 마음씨인지, 부모님과 오래 살아서 누구보다 두 분을 잘 안다는 생각에서인지 아직도 시골집에서 부모님과 함께 살며 떠나겠다고 으름장을 놓은 적도 없다. 오히려, 아버지 상태가 급속히 나빠지고 있었던 3년 전쯤에 요양보호사 자격증을 땄다. 그렇게 자연스럽게 엄마의 조력자가 되어 집에서 간호조무사나 간병인의 중간쯤 되는 보직을 맡아 온 셈이다. 나에게는 정말 고마운 일이었다. 이 집안의 유일한 며느리인 나의 아내에게는 더더욱 고마운 일이었다.

진숙은 우리 집에서 제일 머리도 좋고 똑 부러지는 성격이었다. 맘만 먹으면 못하는 게 없었다. 아버지의 교통사고가 아니었으면 뭔가 큰 것을 이루었을지도 모른다. 진숙이는 인문계 고등학교에 다니면서도 남몰래 가수의 꿈을 키우고 있었다. 노래 잘하기로 소문이 자자했다. 엄마는 가수가 되겠다는 그 꿈을 아버지 몰래 뒷바라지해주기도 했다. 딱, 6개월의 준비 끝에 전국대회에서 2등에 입상하고 나자 그녀는 "해 볼만큼 해봤다"며 미련 없이 도전을 멈췄다. 흑백 TV 시절, 시골 처녀의 방송 출연은 지금도 회자한다. 몇 년 전 신부 엄마로서 딸을 위한 축가를 멋지게 불러 오랫동안 숨겨둔 실력을 유감없이 발휘하기도 했다. 그 떠들썩한 축제 분위기 속에 나는 진숙이가 몇십 년, 자신의 꿈을 가슴에만 품은 채 조용히 살았구나, 싶어서 눈시울이 뜨거워지기도 했었다.

진숙이는 10년 전, 위암 4기인 남편과 시골집으로 내려왔다. 처음에 다른 자매들은 무척 못마땅해했었다. 모두 엄마의 손을 빌려 자식을 키우고 비슷한 신세를 졌어도 죽어가는 사람을 옆에서 보게 하는 것은 도리가 아니라고 생각했다. 그러나 그것은 엄마의 따뜻한 배려였고 매제는 병원의 선고보다 훨씬 길게 생존하다가 편안한 얼굴로 생을 마감했다.

"어머니는 늘 젊은 처자 같아요."

매제는 그런 말로 미안함과 고마움을 대신했었다.

무엇을 주고받는 개념으로만 따진다면 진숙이는 벌써 집을 떠났어야 했다. 자신이 받은 것 이상으로 오랫동안 노부모를 모셔왔기 때문이다. 남편이 그렇게 된 후에 독실한 신자로서 평생 봉사활동을 계획했던 진숙이가 시골집을 떠날까 봐 나는 늘 조마조마했었다. 그 꿈과 열정을 부모님을 위해 쓰고 있어서 나뿐만 아니라 멀리 사는 동생들 모두 큰 혜택을 보고 있다.

다행히도 나와 누이들은 그런 고마움을 그저 공치사로 뭉개버리지는 않으려고 노력해왔다. 우리는 각자 자기 위치에서 상황에 맞게 최선을 다했다. 사람은 사람으로서 자기 할 도리가 있기 때문이다. 이가 없으면 잇몸으로 한다는 말처럼 어떤 상황변화가 있으면, 그때 가서 새로운 대응을 해 나가면 된다.

나와 아내는 주말마다 시골에 내려가고, 무슨 일이 있으면 언제라도 바로 달려가는 것으로 역할이 정해졌다. 진숙이를 제외한 세 여동생 부부는 각자의 사정이 될 때마다 내려오기로 했으니 "1 더하기 1 더하기 2 더하기 6"으로 아버지를 돌보는 구도가 완성되었다.

첫 번째 1의 자리를 아흔의 엄마가 재빨리 차지하고, 진숙이의 역할이 확고해짐으로써 나머지 2와 6도 나름대로 의미를 갖게 되었다. 마치 엄마를 중심으로 한 겹씩 포개진 장미꽃 같은 모양새였다. 겉보기엔 위태로워서 이 균형이 얼마나 지속할지 모르지만,

아니 언제까지 버텨줄지 가늠할 수는 없어도, 엄마는 단단한 심지를 내려 이 구도를 유지해나갔다.

  엄마와 진숙은 한 집에서, 나와 아내는 100킬로미터 밖에서, 나머지 여섯 명은 230킬로미터 이상 떨어진 곳에서 안테나를 바짝 세워 두었다.

  아버지가 한고비를 넘기고 일어나 앉게 되자 엄마와 진숙이, 나, 셋은 바빠졌다. 그길로 끝이었다면 부고를 내는 것이었을 텐데, 그게 아버지의 위기 상황을 알리는 전화로 바뀌었다. 엄마는 아버지가 깨어나기 전부터 소식을 타전하고 있었다. 시간이 지나면서 목소리가 점점 커졌다. 이제 누이와 내가 사촌들을 중심으로, 오촌 조카들까지 나누어서 연락을 하고 있다. 우리 셋은 똑같이, 그런 절박한 시간이 지나갔다는 자초지종을 얘기해주고 마지막에는 당장 올 필요는 없다는 말로 통화를 갈무리했다.

  그러나 받아들이는 사람에게는 분명히 큰 차이가 있었다.

  엄마의 전화를 받은 사람은 대부분 서둘러서 곧장 달려오겠다는 말을 남겼다. 나와 누이의 전화를 받은 사람들은 조만간, 또는 다음 명절 때쯤 와보겠다고 인사치레를 남겼다.

  사람들에게는 미안한 일이지만 엄마는 사실 집에 와서 아버지에게 얼굴을 보여주며 말을 걸어달라고 우회적으로 표현했다.

  "간장도 잘 되었고, 청국장도 맛있게 떴어. 파김치나 갓김치 좀 가져가든가."

아버지의 심각한 병세를 얘기하면서 엄마는 꼭 그런 말을 덧붙였다. 이모를 오게 하고 조카를 오게 하는 강력한 유혹의 말이기 때문이다. 엄마는 그렇게 아버지를 사람들과 어떠한 관계의 중심에 두고 싶어 했다. 엄마는 추억이 있는 사람들의 힘을 믿고 있었다. 사람을 좋아했던 아버지에게 친숙한 얼굴들이야말로 가장 강력한 회복제가 될 것으로 굳게 믿었다. 그래서 늙고 병들어서 아주 강력하지는 않아도 작게나마 주고받는 것이 가능한 관계를 유지하고 싶어 했다. 사람으로서 자신을 중심으로 다른 사람들과 이루는 하나의 작은 세계, 그것이야말로 엄마와 아버지가 마지막까지 버텨낼 힘일 수도 있었다.

고맙게도 사람들은 그 뜻을 너무나 잘 알아들었다. 당장 달려오겠다 말할 정도로 대부분의 사람들은 엄마와 아버지가 극진히 대해주었던 좋은 기억을 떠올려냈다.

물론 사람들이 찾아오는 데에는 엄마의 장기長技인 음식을 맛보기 위해서이기도 했다. 엄마는 음식 하나하나에 솜씨만이 아니라 추억을 담을 줄 알았다. 옛날의 장면을 상기시켜주고, 그들이 잊은 얘기를 내레이터처럼 그 위에 얹었다. 때론 억지로 상기시켜 주지 않아도 엄마의 음식을 먹는 사람이 먼저 그 추억들을 떠올리는 경우도 있었다. 심지어 병문안을 오기 전에 염치불구하고 무엇을 좀 해놓으라고 먼저 요구하는 친척도 있었다.

엄마의 시가媤家면 시가, 친가親家면 친가 양쪽 모두 마치 그네들의 엄마를 대하듯 옛날 일을 묻고 들으며, 편하게 놀다 가듯 문병을 하고 갔다. 몇 살 차이 나지 않는 엄마의 늙은 손아래 시누이도 그렇게 했고 엄마의 동생들도 그렇게 했다.

그것뿐만이 아니었다. 엄마의 장기는 아버지에게도 통했다. 엄마는 아버지에게 추억이 있는 반찬으로 아버지의 기억을 줄줄이 소환해 내려고 했으며, 투정을 이끌어 냈다. 날마다 시시때때로 반응을 만들어냈다. 그것은 더없이 생생한 삶의 증거였다. 감각을 살리는데 이보다 더 좋은 훈련은 없었다. 아버지는 고통을 잊는 주문을 외우듯, 기억을 되살리는 연습을 하듯, 자신이 할 수 있는 유일한 운동이나 되는 듯 많은 말을 하게 되었다. 내 눈에는 그렇게 치매가 늦춰지고, 증상도 순화되는 것처럼 보였다.

엄마의 마지막 작전은 집 안팎을 밝게 꾸미는 것이었다. 엄마는 진숙이와 입씨름을 해가며 아버지를 위한 작은 화단을 만들고, 틈틈이 텃밭을 가꾸었다. 사철 푸르른 나무들이 있는 오래된 화단 한편에 화사한 꽃들을 심은 작은 화단은 아버지가 방문을 조금만 열어도 보이도록 만들었다. 이 작은 화단 옆으로 대문이 열리면 텃밭 두어 두렁이 나타난다. 텃밭은 다른 사람들을 위한 밥상에도 정성을 담고 있다는 징표처럼 늘 단정한 모습을 하고 있다.

안방 문과 마루 유리문을 더 크게 열면 왼쪽으로는 목련 나무 아래 시원한 수돗가가 보이고 그 너머에 옹기종기 장독들이 모여 있다. 오른쪽으로는 마당 한편에 강아지 집이 있고 그 너머에 사랑채 같은 방이 하나 있다.

최근에 구조물을 새로 지은 것은 아니지만, 건물 안쪽으로는 아버지가 조금만 몸을 움직여도 모든 것이 한눈에 들어오도록 조금씩 물건의 배치를 바꾸고 시야를 가리는 것들도 깨끗하게 정리했다. 안방에서 마루 쪽으로 고개를 내밀어 좌측을 보면 주방에서 음식을 만드는 사람이 보이고, 우측으로 고개를 돌리면 건넌방의 낡은 피아노와 작은 벽걸이 에어컨이 보인다. 안방 뒤쪽 대청 문을 열면 서까래 높이에 맞춰 벽돌로 이어 지은 뒷방이 보이고 장롱이 보인다. 안방 앞뒤 쪽 삐걱거리는 마룻바닥은 마치 일부러 그렇게 해 놓은 것처럼 사람의 왕래를 숨길 수 없다.

마음대로 움직일 수도, 보이는 대로 기억할 수도, 생각한 대로 생각할 수 없는 아버지였지만 엄마는 될 수 있으면 모든 것을 아버지의 지배 아래 두려고 했다.

엄마는 예전처럼 집에 오는 사람들에게 엄마 손으로 만든 음식 재료도 나누어주었고, 여전히 이야기가 깃든 음식을 만들었다. 옛날식으로도, 요즘 식으로도 만들었다. 그래서 모두 시골집에 머무는 동안 여염집의 평온함과 정감이 느껴지게 하였다. 그런 느낌이 아버지를 대하는 문병객의 표정에서 보였을지도 모른다. 그렇게 평화로운 일상이 만들어지고 죽음에 대한 공포가 줄면서 아버지의 낮잠은 조금씩 늘어갔다.

엄마의 이런 여러 가지 작전은 엄마 스스로 하는 데까지 해본다는 생각에서 나온 것이었다. 어떤 교란이나 충격이 생겨도 엄마

덕분에 생태계는 크게 바뀌지 않았다. 마치 엄마 스스로가 그 원인 제공자인 것처럼 반성하고 머리를 짜내면서 원상복귀를 시키려 했다. 그리고 그 회복의 증거는 늘 밥상에 나타나 있었다.

"이 정도로만 살다가 어느 날 갑자기 갔으면 좋겠어. 근데 나도 이렇게까지 살게 될 줄 몰랐어. 네 외갓집 식구들 다 빨리 갔잖아. 내 인공관절 수명도 벌써 끝났을걸!"

건강하게 살다가 어느 날 갑자기 조용히 가는 것을 엄마도 꿈꾸고 있었다. 그게 내가 아버지에게 맞는 요양병원을 간간이 찾아보는 이유이기도 했다. 그러나 어떤 조치를 취하지는 못했다. 나는 엄마가 이대로 살아도 되는지에 대해서는 날마다 생각했지만 늘 답이 없었다.

"요양병원 더 알아보지 마. 다 알고 있잖아. 받아준다 해도 아마 바로 되돌려 보낼 거야. 내가 사는 날까지 이렇게 버텨야지."

옳고 그름이나 알고 모름의 문제가 아니었다. 뾰족한 수가 없으면서도 알아보는 것 자체가 위선이다. 맞다. 아직까지 다른 방법은 없다.

엄마 어떻게 해.

자식들은 어쩌다 한번 들러서 엄마를 속이듯 가짜 에너지만 부어놓고 떠난다는 죄스러운 마음이 컸다.

엄마는 휘발유를 채워도 갈 수 없는 낡은 자동차를 손발로 밀어서 움직이는 것 같았다. 그런데도 엄마는 마음으로, 기분으로 희로애락의 리듬까지 실어 한없이 달려가고 있다. 박물관에 전시되어 있어야 할 자동차가 세상 밖으로 나와 공기를 들이켜며 미끄러지듯이 달린다. 그냥 가는 게 아니라 즐겁게 초인적인 힘을 내고 있다. 결코, 살다 보니 살아지는 식이 아니었다.

결국은 자신을 스스로 일 번 타자로 내세운 엄마의 생각이 맞는다는 생각까지 들었다. 다른 방법이 없어서가 아니라, 그 방법이 모두가 가장 행복한 방법 같았다.

엄마가 끙끙 앓으면서도 웃음을 보이면 행복해 보였다. 현실적인 문제를 해결하지 못하는 죄책감은 쓸모가 없다. 너무나 이기적으로 지금의 위태로운 상황이 그나마 다행스러운 균형 상태처럼 생각되었다.

진정으로 엄마를 빼낼 방법은 없었다.

늙은 엄마는 당연한 듯 그 누구에게도 의지하려 하지 않았다. 남편에 관한 한, 모든 것들을 스스로 주관하고, 관찰하며 그 수많은 약들을 조절한다. 날마다 닦아주고 소독한다. 분노와 요구를 다 보듬어준다. 추억으로 기억을 붙잡아주기 위해 동무처럼 말을 걸어준다.

이 모든 과정은 마치 더치커피가 유리관을 지나 천천히 떨어지는 것을 보여주는 것처럼 투명한 것이어서 엄마의 처방이나 조치에 이의를 제기할 수 있는 사람이 없었다. 그것은 아주 미세하고 정교하기까지 해서 아무도 그사이에 끼어들거나 대신할 것도 없는 단단한 상태로 고정되었다.

누가 마지막이 될지 모를 작별인사

아버지는 항상 누군가를 기다렸다.

아버지가 기다리던 그 사람은 올 거라고 기대한 그 시간에 왔다. 아버지 머릿속에서는 그렇게 몇천 명도 더 다녀갔을 것이다.

막상 누구라도 왔다고 생각되면,

"좀 늦었네?", "왜 이제 왔어?"라는 말로 반가움을 표시한다.

그런데 이상하게도 사람이 다녀가면 갈수록 새로이 기다려지는 사람 수는 더 많아졌다. 어릴 때 동네 친구도 있었고, 중학교 동창생도 있었으며, 60년 전 제자도 있었다. 길거리에서 그냥 한 번 스친 사람도 있었다.

아버지는 자신이 살아 있음을 확인하기 위해 그렇게 수많은 사람을 동원하고 있는 듯했다. 아버지의 머릿속에서는 40년 동안 열 곳도 넘게 전근 다니면서 가르쳤던 제자들이 초롱초롱한 눈으로 찾아와서 안방에 빽빽하게 모여 아버지의 수업을 듣고 있다.

아버지는 날마다 탁상달력 작은 네모 칸에 뭔가를 적는 시늉을 했다. 구부러지지 않는 무릎 위에 달력을 놓고 한참 동안 뭔가를 적었다. 특히 사람들이 다녀간 뒤에는 반드시 그랬다. 사람들이 찾아오고, 윗목에 둥그렇게 둘러앉아 자신의 이야기를 듣는 모습을 보며 스스로 아주 특별한 대접을 받고 있다는 생각이 드는 모양이었다. 그럴수록 아주 잘 살아왔노라고 여기며 아직도 가르칠 것이 남았다는 자신감에 신이 나서 더욱 강연에 몰두했다.

때때로 보였다가 사라지는 그들을 보며 나이를 먹어서 기운이 없어지고 어지러운 탓이라고 스스로 다그쳤다. 절대 몽롱한 꿈은 아니라고 확신했다. 머릿속이나 마음이 아니라 병든 몸이 문제라고 생각하고 있었다.

어제도 한 무리의 가족이 병문안을 하고 갔다. 탁상달력 작은 네모 칸에 쓰여 있는 숫자는 '30'이었다. 지난 1년여 동안 아버지는 안방에 들어오는 수많은 사람을 또렷이 보았다고 했지만, 또 그것을 적었다고 했지만, 그 기록은 서른 번째까지였다.

그만큼이라도 어떻게 안경도 없이 그렇게 작은 칸에 깨알같이 쓸 수 있는지 신기하기만 했다. 그것은 아무도 없을 때 썼으며, 그것을 적는 동안 아무도 훔쳐보지 않았다. 방해할 수가 없었다.

잠깐 정신이 드는 새벽이면 자신의 모든 것을 알고 있는 아내, 엄마에게 살그머니 묻고 또 물어 다녀간 사람들을 그렇게 순번을 매겼다. 자신이 바로 어제 일을 까먹은 것이 부끄러워서 새벽마다 자신의 아내에게만 물었다. 그러면 늙은 아내는 절대 그 순간들을 놓치지 않고 계속해서 말을 들어주고 질문을 했다. 가당치 않은 억지에도 또박또박 대꾸를 해주었다.

사실과 환상 사이에서 시시비비를 가리는 다툼도 자주 생겼다. 엄마는 여전히 아버지의 만만한 아내여서 아버지의 환상이나 환영幻影이 엄마의 사실을 이기는 경우가 많았다. 그래도 엄마는 그런 시간이 아픈 남편의 정신을 붙잡는 유일한 통로라는 것을 알기에 더 절실하게 매달렸다.

　바로 앞의 숫자를 보고 이어서 번호를 매겨서인지 탁상 달력에 그려 넣은 숫자는 이가 빠지지 않았다. 그것을 제대로 확인할 때 아버지는 만족해했다. 수많은 사람이 찾아와 만난 것 같은데, 왜 서른 번째까지밖에 안 썼는지는 따져보지 않는다. 그것을 고민하기보다는 계속해서 숫자를 순서대로 채워 늘려 가는 데 집중했다. 이제 그 기록은 아버지의 마지막 과업처럼 되어있었다.

　그래서 아버지는 오늘도 사람을 기다린다. 환영이 더 많을 것이다. 그래도 기다렸던 사람을 만난다는 것을 살아있다는 증거로 여기는 것만은 분명해 보였다. 평생 사람 속에서 사람들과 부대끼며 살아서인지 오늘도 만난 적 없는 사람까지 그리워하고 있다.

　나는 아버지가 써 놓은 문병객의 숫자를 그대로 믿기로 했다. 엄마와 아버지가 공유하고 있는 기억이어서 최소한 그 사람들이 다녀간 것은 확실하다. 그 손님 중에는 아버지 때문에, 아버지만 생각해서 온 사람은 한 명도 없었을 것 같다. 그래서 그들 모두 엄마를 찾아온 사람들이라고 해도 틀린 말이 아니다.

　아버지가 사고를 당하기 전에도, 목발을 짚고 복직한 후에도 집에는 사람들이 많이 드나들었다. 삼촌과 사촌들이 몇 달씩, 몇 년씩 기거하기도 했고, 어떤 작은 계기가 있을 때마다 우리 집에서 밥 먹는 일이 많았다. 아버지는 늘 그들을 환대했고, 엄마는 따뜻한 밥상을 내어주었다. 사람들은 늘 엄마의 밥상을 기대했다.

그 사람이 느낀 엄마의 정성은 엄마가 다음에 또 그렇게 할 수밖에 없는 이유가 되었다.

 어려서 잘 알아듣지는 못했어도 서로 얘기하는 표정, 눈빛, 밥을 먹는 입 모양, 웃음소리, 그런 선한 모습들은 내 삶의 기억 속에서 가장 평화로운 군상으로 줄곧 남아 있다.

 엄마가 지은 밥을 함께 먹어서 같은 편이 된 것 같은 그 사람들은 시련에 맞닥뜨린 우리 가족이 당당할 수 있었던 거의 유일한 배경이 되었다. 지금 아버지의 상상 속에 있는 그 사람들, 작별인사를 하러 오는 그 사람들 모두가 아버지의 편에 서서 아버지를 돌보는 사람이 되어가고 있다.

  아버지의 따뜻한 악수를, 엄마의 맛있는 밥상을
  아주 긴 시간 동안 기억해 준 사람들이
  이제는 아버지에게 문병을, 아니 작별인사를 하러 온다.
  그리고 대부분이 또 엄마가 해 주는 밥을 먹는다.

 "안녕하세요? 시돈 어르신, 저 왔어요."

 오늘은 서울에 사는 막내 이모의 막내 시누이가 찾아왔다. 그녀는 조카들, 그러니까 내 사촌이 방학이 되어 우리 집에 머물 때 따라와서 엄마가 해주는 밥을 여러 날 먹었었다. 방학 때마다 그랬다. 그 이후로는 가끔 결혼식장이나 장례식장에 서로 나이 먹어가는 모습을 본 것이 전부였다. 오늘은 사돈댁 대표 자격으로 병문안을 온 것 같았다.

　엄마는 대충 누가 올 때가 되었는지 알고 있는 눈치인데도, 너무나 뜻밖의 손님이 온 것처럼 크게 반가워한다. 아버지는 온 힘을 다하여 허리를 세워 앉으며 웃음을 지어 보였다.
"어서 와!"
　사돈인데도 조카처럼 대했던 것을 아버지는 잊지 않고 있었다.
　그녀의 붙임성은 여전히 살아 있었다.
"환자 집에 온 것이 아니라 마치 호텔 로비에서 환영받는 것 같아요. 분위기가 살아 있네요." 그렇게 출싹거렸다. 집에 들어서면서 어떤 표정을 짓고, 어떤 말을 꺼낼지 꽤 고민했을 터였다. 그런데 뜻밖에도 미소가 살아 있는 2인조 노부부 콤비의 환대를 받는 기분이 들었던 것이다.
　아버지는 온 힘을 다하여 허리를 세우며 정신을 차리려 기를 썼다. 엄마가 앙상한 몸을 엉성하게 가려주는 사이, 아버지는 고개를 들어 집에 온 사람이 누군지 똑바로 바라보려 애쓴다. 그 사람을 제대로 알아보면서 반기려 한다.
　엄마는 늘 아버지가 직접 문병객을 보게 하며, 알아차릴 때까지 소개하고 아버지에게 말을 시켰다. 사람을 볼 때마다 그런 원칙은 항상 지켜졌다. 안방에서의 초점은 언제나 아버지였다. 사람이 들고 날 때는 확실하게 점을 찍게 했다.

　안녕하세요?

안녕히 계세요.

아버지가 힘없는 상체로 자맥질을 해도 결코 대화에서 소외시키는 일이 없었다. 아버지가 못 알아들을 얘기를 하지 않았다.

아버지는 그 사돈의 오빠들, 그러니까 막내 이모의 넷이나 되는 시동생들의 안부를 물었다. 그중에는 또 아버지의 제자가 한 명 끼어 있었다. 엄마가 옆에서 힌트를 주어 그들을 떠올리게 하거나 엄마가 대신 물어주기도 했는데 아버지는 전부 자신이 말을 이끌어간 것으로 착각하며 신이 났다.

"반갑네, 와 줘서 고마워"

이 말은 안방, 아니 아버지의 병실에서 나가도 좋다는 말이다. 누구로 기억할까? 그녀가 서른한 번째 문병객으로 메모 될지 말지는 내일 아침이 되어야 알 수 있다.

아버지는 분간할 수 없는데도 아는 척했을 수 있다. 적어도 그 사람이 앞에 있을 때는 대개 그랬다. 태연하게 그랬다가도 방문을 닫고 나오는 순간부터 누가 왔다 갔는지 잊은 것처럼 보일 때도 있다.

정말 기다렸던 바로 그 사람이 오게 되면 다른 때보다 정신이 더 또렷해졌다. 그 사람의 부모나 윗대와 관련된 가족사, 그리고 후손들의 학업 이야기, 그 사이사이에 아버지의 식견이 더해지면 면담 시간이 한참 길어진다. 사람들은 속으로 혀를 내두르며 쉽게 일어서지 못한다. 끈질기게 자신이 온전한 때를 구별해 내고 싶어 하는 아버지 앞에서 치매의 상식이 깨진다. 치매가 아니라고 생각한다. 아버지는 그렇게 사람들을 속일 줄도 알았다.

　몸 상태가 좋은 날은 손님이 가고 나면 얼른 탁상달력에 메모를 해 두는 경우도 있다. 타임머신을 타고 들락거리는 것처럼 메모를 볼 수 있거나 쓸 수 있는 날, 그 시간에만 다시 확인이 가능한 메모였다.

　"안녕히 계세요. 건강히 오래 사세요."

　아픈 몸 말고는 아무렇지도 않다고 생각하는 아버지에게 딱 어울리는 인사를 드리고 그녀가 안방을 나왔다.

　문병객들은 아버지가 아닌 엄마하고 제대로 된 작별인사를 해왔다. 주방 문턱을 넘어 들어오며 사람들이 하는 말은 둘로 나뉜다.

　얼마 못 가시겠어요.

　또는,

　저 상태로도 몇 년 갈 수도 있어요.

　아버지 상태가 나빴을 때의 말들이다. 아버지의 변덕스러운 부침은 벌써 14개월이나 되었다.

　"이모부님 생각보다 괜찮으신데요?"

　오늘의 손님인 그녀는 철없던 어린 시절에 그랬던 것처럼 사돈인 아버지를 그렇게 부르며 엄마를 위로했다. 고생스러운 나날이 이어지는데도 엄마는 그런 말을 들으면 화색이 돌았다. 엄마에겐 정말 제대로 된, 엄마가 가장 좋아하는 위로였다. 이 말은 정확히 "고생이 너무 많으시네요."라는 말의 반대편에 있는데도 엄마는 그 말을 더 듣고 싶어 한다. 엄마는 엄마의 현재 상황이 최악의 상황이 아니라고 믿고 싶은 것이다. 그래야 더 오래 버틸 수 있다고 각인되어 있다.

주방으로 자리를 옮기자 아내가 따뜻하게 데운 흰 떡과 얼음이 떠 있는 식혜를 가져왔다.

"나를 꼼짝 못 하게 해. 그래도 나를 알아봐서 다행이지. 그래서 버틸 수 있어. 그거라도 고맙지 뭐."

엄마는 늘 그랬듯 사람들에게 아버지의 병세와 엄마의 마음가짐을 먼저 들려준다. 치매 환자들에게 있는 일상적인 증세인데도 아버지의 증세가 매우 특별한 증세인 것처럼 구체적인 사건별로 반복되거나 새로 나타난 증세들을 얘기했다.

그러고 나서 엄마는 기억과 추억의 선상에 있는 질문을 손님에게 던진다. 그러면 그들은 자신이 병문안을 왔다는 사실을 잊은 채, 자신의 사연을 아주 길게 하게 되는 것이 자연스러운 순서처럼 되었다.

막내 이모의 시부모, 그러니까 그녀의 부모는 두 분 모두 치매였는데, 3개월 차이로 세상을 떠났다는 것을 아쉬워했다. 엄마도 이미 알고 있는 사실이었다.

"저희는 아주 미칠 뻔했어요. 벌 받을 말이겠지만 일찍 돌아가셨으니 남은 사람이라도 편하게 돼서 다행이지요."

"아들이 많으니까 더 문제가 많더라고요. 이런저런 사정 알아차리시고 두 분이 연달아 급하게 가신 것 같아요."

막내 사돈은 미칠 뻔했다는 이야기를 적나라하게 늘어놓으며 엄마가 동병상련을 느낄만한 대목을 은근히 강조했다. 벌써 오래 전의 일인데도 엄마는 돌아가신 분들만 불쌍하다며 위로해준다. 엄마는 결코 자신의 신세 한탄으로 대화를 이끌어가지 않았다.

멀리 서울에서 왔으니 당연히 저녁을 대접해야 한다. 어쩌면 자고 갈지도 모른다. 아내는 엄마가 만들어 놓은 밑반찬과 찌개, 국으로 상을 차렸다. 내 아내는 시골집에 오면 음식을 만들지 않는다. 아직은 설거지 전담이다. 그리고 토요일은 누이 진숙이가 없다. 우리 부부가 오는 토요일은 누이에게 하루 휴가가 주어진다. 그녀에게도 자식과 손주가 있기 때문이다.

"너무 맛있어요. 그때나 지금이나 똑같은 맛이네요. 내가 젓가락 댄 반찬은 다 먹어야 하는데 큰일이네요."

겉치레가 아니다. 오늘 온 손님은 자신의 머릿속에 있는 40년 전쯤을 추억하는 것이다. 사람에 따라서는 "그때"라는 것이 60년 전일 수도 있고, 30년 전일 수도 있고 5년 전일 수도 있다.

시골집에 오는 사람은 엄마와의 만남과 이야기가 새끼줄처럼 엮여 있다. 그래서 성의 없는 추임새는 엄마에게 바로 들통이 나기 때문에 빈말을 할 수가 없다.

아픈 사람을 병간호하면서 문병 온 사람들의 얘기를 들어주며 또 밥상까지 낸다는 것은 쉽게 상상할 수 없는 일이지만 엄마는 여느 시절과 똑같이 그렇게 하고 있었다. 앞에 있는 사람과 또 다른 추억과 기억을 만들고 있다.

오늘 그 시간 동안 아버지는 너무 조용했다. 분명히 이쪽에서 나는 소리에 귀를 기울여 봤을 텐데, 필시 사람들의 인기척을 편안한 자장가로 느끼는 듯했다.

엄마는 "와 줘서 정말 고맙네요."라는 흔한 말로 손님을 보낸다. 또 오라는 말은 하지 않는다. 그러나

장례식장 가기 전에 다음에 한 번 더 봤으면 좋겠네요.

그 바람을 마음속으로는 전한다. 그만큼 아버지가 더 길게 견뎌 내길 바라고 있다.

음식, 생의 의욕을 돋우다

　우리 가족에게 입맛은 희망이었다. 행복을 느끼게 하는 긍정심의 씨앗이었다. 그것을 좌우명처럼 여긴 엄마는 어떠한 상황에서도 먹는 사람의 맘에 쏙 드는 맛을 만들어 냈다. 엄마 가슴속 깊은 어디선가 '그 맛'을 끄집어냈다. 그것은 어떤 학습된 종류의 기억으로부터 나온 것이 아니라 마치 그 음식을 먹을 사람에 대한 생각이 흘러넘쳐서 밖으로 뛰쳐나온 것 같이 느껴졌다.

　아버지의 교통사고로 살림이 바닥나 꽁보리밥을 먹을 때도 엄마는 생각만 해도 군침이 도는 맛있는 수제비를 보리밥 짝으로 뚝딱 만들어냈다. 아무리 힘든 상황에서도 자식들이 궁상맞은 상념에 빠지기 직전에 꼭 처방을 내렸다. 마치 식구들의 뇌 지도를 알고, 그 반응구조를 관찰한 것처럼 먹고 있는 그 음식에 집중하게 했다. 그 시간에 행복을 느끼게 했다. 그래서인지 교통사고로 누워 깁스를 한 아버지의 몸을 피가 나게 긁으며, 때론 그 속에 생긴 벌레를 잡으면서도 고통스럽지 않았다. 엄마가 해 주는 정성스러운 밥은 고통을 느끼는 어떤 경로도 철저하게 차단해주는 힘의 원천이고 약이었다.

　밥과 국, 반찬들은 항상 밥상 위에서 조화를 이루었으며 결코 질리는 법이 없었다. 엄마의 엄마 때부터, 아니 그 이전부터의 음식에 담긴 정감 있는 이야기와 추억들이 밭에서부터, 장독대를 지나 밥상 위까지 꼬리에 꼬리를 물고 연결되어 있었다.

나는 엄마의 음식이 늘 객관적인 한계를 뛰어넘은 음식이라고 생각했다. 세간의 미식가들이 쳐주는 고급스러운 맛이 아니더라도, 흔한 재료를 썼어도, 항상 기대 이상이었으며, 그래서 먹는 사람 또한 정성스럽게 받드는 마음으로 먹었다.

엄마는 거의 본능적으로 그리고 반사적으로 사람과 사정에 맞는 가장 맛있는 음식 궁합을 생각해내는 재주가 있었다.

"언젠가 엄청난 태풍이 불던 해에 장티푸스가 퍼졌었다. 고열에 시달리다가 죽을 수도 있는 무서운 병이었어. 후유증으로 머리가 빠지는 사람도 많았어. 먹을 것이 마땅치 않은 한여름이었는데 잡곡으로 죽을 쑤고, 반찬으로는 들깻잎 장아찌에 들기름을 넣고 살짝 쪄서 이웃집과 나눠 먹었었지."

요즘도 짜디짠 깻잎장아찌를 그렇게 해 먹을 때가 있다.

너무나 단순한 음식에 불과했는데 나는 옆집 친구에게서 그 고마운 맛에 대해 두고두고 들었던 기억이 난다.

엄마의 미릿속에는 집 안 구석구석 모든 공간과 밭, 심지어 동네 가게에 이르기까지 시간과 공간을 초월한 모든 식재료가 자리 잡고 있다. 먹는 사람의 즐거운 얼굴이 사진처럼 콕콕 박혀있을 것 같다. 헛간과 대청마루에 걸린 마늘과 양파와 약초들, 2개의 냉장고, 3개의 김치냉장고 어느 한 곳에서도 썩어 나가는 재료는 없다. 구순이 될 때까지 어느 한 사람이라도 상한 음식으로 배탈

나게 한 적도 없다. 그것들이 어디에서 어떤 상태로 쓰이기를 기다리고 있는지 정확히 알고 있다. 재료들이 갖고 있는 본성을 가장 잘 발휘할 수 있도록 해 준다.

엄마 편으로 입맛이 길들여서 엄마를 칭찬하는 것은 누구나 쉽다. 그래서 집밥이라는 말도 생겼을 것이다. 집밥 맛의 90퍼센트는 편안한 마음이다. 누가 봐도 보잘것없는 반찬이라고 부끄러워할 만했을 때조차도 엄마의 밥상은 받는 사람에게 언제나 감동을 주었다. 최선이 만들어낼 수 있는 최고의 느낌을 주었다.

그게 신기했다. 하다못해 단무지 무침이나 무생채를 내놓아도 다르다고 했다.

"들어간 재료가 비슷한데 왜 맛이 다르지?"

"도시락 반찬은 너희 엄마처럼 담아야 하는데. 진짜로 엄마의 손길이 느껴져. 똑같은 것을 이틀 연속 싸주시지도 않고."

똑같이 생겼어도 왠지 조화롭고 정성이 느껴진다는 것이 부러워했던 친구들도 인정한 표현이었다. 그때는 같은 반찬 몇 가지라도 요일별로 돌아가며 싼다든가, 국물이 흐르지 않도록 조치를 하는 등 엄마의 전술도 있었다는 것을 몰랐었다. 조그만 변화를 주었을 뿐인데 그것이 전혀 다른 느낌을 준 일이 많았다. 친구들이 나의 도시락 반찬을 탐내고 축내면서, 엄마가 밥과 반찬의 양을 정확히 맞춰서 싸 주신다는 것을 알게 되기도 했다. 그것은 나의 엄마를 지극히 부러워하는 친한 친구들의 분석이었지만, 사실은 나 역시 엄마의 정성을 느끼며 무엇 하나 남기지 않았던 것 같다.

힘들게 살았던 그때는 누구 집에 가도 뭐든 다 맛있었을 때였다. 따지고 보면 같은 이름을 붙일 수밖에 없는 단순한 음식들이었다. 그런데도 우리 엄마의 밥상을 받게 되면 아무 생각 없이 집중하게 된다고들 했다.

"부잣집 아들이 왔는데 반찬 없어서 어떡하지? 그래도 방금 만든 것이니 한 번 먹어봐. 이거랑 저거랑 함께 먹으면 맛있어."

엄마는 그렇게 음식 궁합에 신경을 많이 썼다. 분주히 움직이면서도 절대 귀찮아하거나 눈치 주는 법이 없었다.

거기에 더하여 엄마의 포근한 표정, 따뜻한 말 한마디 때문에 친구들이 어떤 특별한 정성을 더 느낀 것일 수도 있다.

그래서인지 나와 누이들은 음식에 관심이 많아서 요리 프로그램을 즐겨 보곤 했다. 하지만 눈으로만 지켜볼 뿐, 조리법을 메모하지는 않는다. 단지 참고할 뿐이다. 음식은 정성이고 그때그때 상황에 맞아야 한다는 것을 경험을 통해 알고 있기 때문이다. 그리고 조금 미흡하더라도 그 노력이 가슴에 와 닿아, 먹는 사람이 절로 맛있게 먹게 해 주는 것이 음식의 종결점이라는 것을 잘 알고 있다.

어떤 재료를 썼는지, 깨끗한지 탐색해 보고 싶거나, 그 어떤 부담이라도 느낀다면 맛있을 리가 없다. 그래서 맛있게 먹기 위해서는 좋은 마음이 필요하다. 좋은 마음으로 맛있게 먹기 위해서는 만든 사람의 정성을 자연스럽고 편안하게 떠올릴 수 있어야 한다. 엄마의 음식은 먹는 사람을 그렇게 만들었다. 많은 사람이 진심으로 고마움을 표했다.

　엄마들의 음식은 소박하고, 이름이 단순해서 좋다. 김치, 나물, 국과 찌개, 장아찌 등등. 들어가는 재료만 앞에 붙이면 되는 것들이 많다. 그냥 순이, 영이, 철수, 그런 흔한 이름의 느낌인데 맛은 만드는 사람에 따라 달라진다. 만약 외국처럼 창작요리라고 복잡하게 이름을 붙인다면 엄마의 아주 단순한 단무지 무침은

　　'고춧가루와 깨소금을 일일이 세어가며 무친,
　　그것을 먹을 너를 생각하며 무친 단무지.'
　이런 식으로 이름을 붙일 수 있을 것 같다.

　그런 수수한 음식들에 더 많은 추억이 묻어 있다는 것을 엄마는 알고 있었다. 완전히 새로운 맛에 대한 사치스러운 기억보다도 너나 할 것 없이 모두가 경험하고 공감한 그 기억 속에 알고 지낸 사람의 향기가 가득하다는 것을 말이다.
　아흔의 엄마는 오늘도 어김없이 계절의 맛을 생각해 내고 있다. 까다롭게 음식 궁합을 맞추고, 변화도 주어야 하는 아버지의 밥상에 생각을 불어넣고 있다. 질리도록 기억되어 있을 평범한 맛도 추억으로 되살아나게 하여 아버지의 감각과 기억을 되살리려는 노력은 계속되고 있다.
　그런 아버지를 모시는 것 자체를 가족 모두의 평범한 일상으로 여기게 하려고 엄마는 다시 예전의 젊은 엄마처럼 자식들의 밥과

반찬을 만든다. 집으로 찾아오는 문병객들에게도 옛날에 엄마가 대접했던 음식, 나눠주었던 된장, 고추장, 간장 등을 그대로 쥐어주며 그들이 아버지까지 추억하게 한다.

이 모든 생각의 출발점은 원래 '사람의 자리란 달라진 것도, 달라질 것도 없다'는 신념처럼 보였다. 아버지를 중심으로 연결된 그 세상을 그대로 유지하기 위해서는 엄마가 갖고 있는 것, 엄마가 해왔던 것 어느 하나도 바꾸면 안 된다고 생각하는 듯했다.

아버지를 병간호하는 것도 어려운데 그렇게 많은 것들을 예전과 똑같이 챙기는 모습이 내게는 안타까웠다. 나는 몇 번이고 엄마에게 바보처럼 왜 그렇게 힘을 허비하느냐고 퉁명스럽게 말하곤 했다. 그 시간에 제발 쉬라는 뜻이었지만 그것은 늘 고양이가 쥐 생각하는 모양새일 뿐이었다.

답은 아니었지만, 시간은 요령을 알게 했다. 호랑이는 몸져누웠어도 생태계는 바뀌지 않았다. 모든 것이 아버지가 쓰러지기 전으로 회복되고 있었다. 이제 가족 모두는 각자 편한 방식으로 아버지를 응대하게 되었다.

그렇다고 아무렇게나는 아니다. 무엇을 떠오르게 하거나 알려주는 것만큼은 엄마의 몫이다. 그렇게 엄마는 절대로 지치지 않았으나, 자식들은 조금씩 꾀를 부렸다. 나는 아버지가 나를 바라보는, 내게 보이는 그 순간의 모습으로 판단하여 아버지와 얘기한다. 동문서답일지언정 서로가 서로를 정상인처럼 대하는 게 어느새 익숙해지고 있었다. 엄마처럼 할 수는 없어도 아버지를 일부러 피하거나 목석 대하듯 무시하지는 않는다.

희망이 커지기 어려운 상황 속에서 오늘도 엄마는 여전히 음식과 사람이 만나는 무수히 연결된 추억을 이용하여 아버지를 살리고 있고, 가족을 지키고 있다.

2

두 개의 밥상

악동들의 웃음소리에 눈을 떴다.

내 몸은 열린 폴더 전화기처럼, 'ㄱ'자로 꺾인 채, 한쪽 팔은 옆구리 밑에 깔려 있다. 방바닥 쪽을 향해 깔린 오른쪽 볼과 허벅지는 감각이 없다.

이번에는 마구 구르며 까불어대는 악동들에게 애원을 해 본다. 제발 내려와 달라고 소리를 질러본다.

"이놈들!"

나는 남아있는 마지막 힘을 짜내어 몸을 일으킨다.

무기력하게 다쳐 누웠어도, 내가 지켜온 집이다. 다섯 아이를 키워낸 삶의 터전이란 말이다. 나는 손을 뻗어 무언가 잡힐만한 것을 찾는다. 이 악당들을 내쫓아내야 한다. 쫓아내고야 말 테다!

그때였다.

"여보."

예의 따뜻한 손길이 나의 어깨 위에 놓여진다.

"나쁜 꿈을 꿨나 보네."

순간, 후욱 하고 익숙한 냄새가 후각을 파고들었다.

구수한 청국장 냄새다. 살짝 데쳐 들기름에 무친 나물 냄새도 난다.

다시 눈을 떠보니 어디로 도망쳤는지 악동은 보이지 않고

정갈한 밥상만이 눈앞에 놓여있다.

구수한 냄새를 맡으며, 쩝쩝 맛을 보며

나는 이곳에 머물러 있다는 사실에 안도한다.

정말 여기가 내 집 맞겠지?

사선을 넘나들었어도 아직은 내가 살아온 그 자리에 있구나.

엄마에게 밥상이란

엄마는 날마다, 끼니마다 밥상 두 개를 차리는 데 익숙하다. 하나는 남편, 아버지를 위한 밥상이고 하나는 나머지 가족을 위한 밥상이다. 아버지의 밥상은 아침 8시, 정오, 저녁 5시에 차려진다. 아버지 식사 시간은 병원하고 거의 똑같이 엄마가 정했다. 가족 밥상은 딸과 며느리가 만든 음식도 같이 올라오지만, 아버지 밥상은 엄마의 반찬으로만 차려진다. 아버지는 귀신같이 엄마가 만든 것을 구별해냈다.

아버지의 작은 밥상은 엄마가 절룩거리며 대청에서 안방까지 나른다. 자식들이 오게 되면 얼굴도 확실히 보여드릴 겸 대개는 아침상을 들고 간다. 그 시간이 지나면 잊어버리기에 십상이지만 그 순간이나마 사람을 정확히 알아보시기 때문이다.

"언제 왔냐? 간다더니 안 갔냐? 갔다가 또 왔냐? 왜 이제 왔냐?"

아버지는 인지認知에 문제가 있어서인지, 아니면 딱히 할 말이 없어서인지 답을 고르기 난처할 정도로 똑같은 질문들을 바꿔가며 했다.

그렇게 일주일에 아침상 두세 번을 빼고는 모든 밥상을 엄마가 차리고, 들여놓고, 밥 드시는 모습을 곁에서 바라다봐준다. 자식들은 효심이 있다 한들 어디까지나 보조 역할일 뿐이다. 정신이 혼미해도 남편은 그것을 원하고 아내는 그 많은 나이에도 그 뜻을 다 받든다. 엄마는 아버지에게로의 투입과 아버지로부터의 산출을 일일이 관찰하면서 최상의 처방을 찾는다. 엄마는 아버지의 엄마이기도 하고, 의사이기도 하고, 간병인이기도 하고 전담 조리사이기도 한 것이다.

음식 먹는 소리만 들어도 입맛이 있는지 없는지를 안다. 음식에 관한 한 아버지가 먼저 요구를 하는 것 자체를 엄마 스스로 불찰이라고 여기고 있다는 생각이 든다. 엄마는 늘 아버지의 구미를 미리 알아채서 분명한 감탄사가 나올만한 먹을거리를 생각해 내고 거침없이 만들어낸다. 그것을 놓을 아버지의 밥상은 항상 반질반질하게 닦여져서 안방과 주방 사이의 벽에 기대어 세워져 있다. 옻칠 윤이 나는 빈 밥상이 오면가면 엄마를 자극하고, 또 엄마의 무릎 통증을 잊게 하는지도 모른다.

힘겹게 움직이는 그 모습을 보며 괜히 나는 또 한마디 지르게 된다. 끝에 가서는

"에이 몰라, 알아서 해."

별다른 방법이 없다는 것만 또 인정하고 만다. 늘 그런 식이다.

엄마의 나이만큼 된 집은 새로 짓는 이상으로 돈을 들여 바꾸어 왔어도 안방과 마루, 주방의 온도 차이가 크다. 높이도 달라 문턱도 넘어야 한다.

불과 몇 미터 되지 않는 공간을 신음으로 오가면서 주방에 들어서는 늙은 엄마의 표정은 좋은 곳에라도 외출할 듯 항상 밝은 표

정이다.

"가끔 차가운 공기도 마셔야 해. 좀 추워도 바람이 숭숭 통하는 시골집이 좋아."

엄마는 공간마다 공기 온도가 다르고 바닥 높이가 다른 것도 건강의 비결이라고 믿는 것 같다. 안타깝다고도 할 수 없고, 좋은 일이라고도 할 수 없는 먹먹한 심정이다.

그렇게 스스로에겐 털끝만큼의 이익도 없는 바보 같은 자기중심적인 마음으로 1식 5찬, 끼니마다 아픈 남편의 밥상을 만든다. 네모난 상에 앙증맞은 사기그릇들이 차례로 올려진다. 음식의 질감, 간, 온도 등을 거의 즉흥적으로 조합하여 아버지의 불만이 나오지 않는 밥상을 만들어낸다. 얼핏 보면 여러 색이 섞인 비둘기 모이처럼 보인다. 모아보면 한 주먹이 될까 말까 한 적은 양이지만, 그 안에 다채로운 변화를 담고 추억을 덧입힌다.

"오늘은 느타리 버섯볶음하고 북어조림 새로 했어."

조림을 어떻게 했는지 질긴 북어가 입안에서 사르르 부서졌다. 조금 있다가 엄마는 숭늉을 만들어 아버지 밥상으로 다가갔다.

일주일에 한두 번 엄마가 아버지에게 먹고 싶은 음식을 물어본다. 그것들은 대개 밖에서 사와야 하는 것들이다. 제일 자주 등장하는 것은 역시 탕수육과 자장면, 그리고 단팥빵과 찹쌀 도넛이다. 환자에게는 해롭다는 것을 알더라도 거기서 엄마가 원하는 것은 아버지가 느낄 단맛의 행복과 중국요리에 대한 추억이다.

원하는 것이 항상 똑같아도 좋다. 살아온 기억을 다 날려버리지 않고 하나라도, 조금이라도 더 오래 쥐고 있게 하는 것이 엄마의 목표이기도 하다. 뭔가 새로운 것을 배우게 하고 훈련하는 것은 슬프고 어려울 수 있다. 아버지도 받아들이려 하지 않을 것이다. 그래서 틀에 박힌 반복적인 맛도 도움이 될 거라고 엄마는 믿었다.

뭐니 뭐니 해도 빠지지 않고 꼭 한 자리를 차지하는 것은 바로 젓갈이다. 젓갈은 오랜 식습관이기도 하며, 구십 평생의 추억을 고스란히 담고 있다. 아주 오랜 세월 동안 엄마는 황석어젓, 꼴뚜기젓, 잡젓 등을 집에서 직접 담가서 장독대에 두고 먹었다. 시장에서 파는 양념 된 젓갈은 고춧가루, 마늘, 당근, 무, 양파, 참깨 등 여러 가지를 정형화된 것처럼 넣지만 엄마는 늘 텃밭에 나는 제철 재료를 짝지어 넣어서 먹기 직전에 버무리는 옛 방식을 고수했다. 여러 가지를 한꺼번에 넣지도 않았다. 젓갈마다 달랐다. 풋마늘만 넣거나 풋고추만 넣기도 했고 아무것도 넣지 않는 것도 있다.

머리에 딱딱한 돌이 들어있어 석어라고도 하는 조기나 황석어젓갈은 잘게 잘라서 청양고추와 식초를 넣어 버무리기도 했다. 장마철에는 아직 삭지 않은 황석어나 조기젓을 넣고 감자찌개를 끓이기도 했다. 8월 말쯤에는 장독에서 꼴뚜기젓을 꺼내 뜨거운 물에 살짝 적셔 꺼내 먹은 기억이 난다. 생선의 형체가 남은 다른 젓갈도 그렇게 하면 짠맛을 줄일 수 있었다. 요즘도 남도 쪽 식당에 가면 소금에 절인 조기에 저민 풋고추를 얹어 은근한 불에 쪄서 밑반찬으로 내놓는다.

엄마는 젓갈을 아버지의 옛 기억을 되살리게 해줄 귀한 재료로 일찌감치 점찍었다. 일제 강점기, 가난했던 시절에 도시락 반찬의 대부분이 짜디짠 젓갈이었다. 엄마의 예상대로 젓갈에 얽힌 아버지의 기억은 마치 어제 일처럼 생생했다. 끼니때마다 달랐다. 그렇게 길고 다양한 이야기들이 아버지의 고정 레퍼토리가 될 수 있다는 것을 한참이 지난 뒤에야 알았다.

"곰삭은 새우젓국이 가방으로 흘러서 얼마나 냄새가 오래가는지. 그때는 창피한 줄도 몰랐어."

아버지는 힘이 펄펄 넘쳐 거의 열변을 토하는 수준이 된다.

치매 환자는 오래된 기억을 더 잘한다고 하지만 그 옛날의 섬세한 감상까지 더해져서 마치 일기장을 찾아서 읽는 것 같았다. 그 옛 기억은 볼펜으로 꾹꾹 눌러 쓴 것이 아니라 연필로 써서 조금씩 고쳐 쓰듯 항상 똑같지는 않았다. 때로는 한 단락이 찢어졌다가 다시 붙여지기도 했다. 그렇게 젓갈은 아버지의 추억과 기억을 자극했다.

간신히 끼어 타야 하는 기차간 여기저기서 도시락 젓갈 냄새와 땀 냄새가 섞여 고통스러웠던 일, 젓갈 넣은 김치 냄새 나는 도시락 때문에 교실에서 일어난 일본인 동급생들과의 패싸움, 그리고 해방 이후 대학생이 되어서도 새우젓을 반찬으로 싸갔던 기억…

그 젓갈 사이사이마다 다른 기억이 길게 되살아났다. 아버지는 치매 없는 사람이 회고하는 것보다 더 또렷하게 보따리를 줄줄 풀었다. 기억이 살아나니 인지에도 아무 문제가 없는 것처럼 보였다.

주요 사건의 구체적인 내용이 항상 비슷하다는 것에 나는 매우 놀랐다. 조금씩 다른 내용은 아버지가 일부러 변화를 준 것처럼 느껴질 때도 있었다. 그래서 아버지 증세가 크게 호전된 것으로 착각을 일으킬 정도였다. 강연하는 그 시간이 아버지의 다른 복잡 미묘한 혼돈의 시간, 그 어지러움을 압도하길 바라며 듣는 사람들은 자리를 뜨지 못한다.

최대한 동그란 눈을 하고서 계속 신호를 보낸다.

열심히 듣고 있습니다.
당신은 아직 절벽 아래로 추락하지 않았어요. 더 하세요.

엄마는 아버지에게 고리타분한 그런 옛 기억을 최대한 많이 떠오르게 하고 말을 더 많이 시키기 위해서 젓갈을 바꿔가며 밥상에 올리는 게 분명하다. 많아야 열 가지도 안 되지만 그 젓갈들은 확실히 효과가 있었다.

모두를 놀라게 하고 감동하게 하다가도 아버지는 또 우리를 낭떠러지로 밀었다. 갑자기 TV 화면을 가리키며 그때 싸웠던 일본인 친구가 저기 나왔다고 외친다. 그리고는 며칠 전에는 모교 동창회에서 반갑게 해후했다고도 한다. 그 일본인 친구에 대한 기억만큼은 정확한 것이었다. 그런 것들이 나를 미치게 한다. 그러나 엄마에게 희망의 불씨가 되기도 한다.

TV가 자주 환상을 불러일으키기 때문에 보통은 꺼 놓아도 드물게는 옛날에 즐겨보던 채널을 기억하고 몰입한다. 대부분 흘러간 노래가 나오거나 노래자랑 프로그램이다.

"너무 많은 채널이 나와서 머리가 더 아파."

정말 그럴 만하다. 환자에게 도움 되는 프로그램이 있으면 좋으련만. 누이 진숙이가 자주 하는 불평이다.

그럴 때 엄마는 보리차를 가져온다든지 단팥빵 한 조각을 내밀어 아버지가 다른 생각을 하게 한다. 추운 날씨에도 가끔은 방문을 열어 다른 것을 보게 한다. 일부러 하얀 눈으로 눈이 부시게도 하고 머리를 아프게도 해본다.

밝은 앞마당만 봐도 현기증을 느끼는 모습을 보며 엄마는 비타민D 한 알을 꺼내 건넸다. 엄마를 보면 아무리 사람을 돌보는 로봇이 나오더라도 절대 인간을 대신할 수 없는 일들이 많을 것이란 확신이 들었다. 환자를 사랑하는 마음 없이는 절대 입체적이고 창의적인 일을 못할 것이며, 구질구질한 잔심부름 여러 가지를 동시에 해내지 못할 것이다. 사람 돌보는 봉사활동을 해 온 누이 진숙의 의견은 꽤 날카로웠다.

　말동무나 좀 해주고 오줌똥 냄새 맡아주겠지.
　넘어지거나 숨 끊어지면 연락이나 해주겠지.
　정신이 아프고, 마음이 아프고, 몸도 아픈 노인들에게
　기계들은 아무짝에도 쓸모없을 거야.
　사람은 사람이 돌봐야 해.

　병든 노인이 식사를 끊으면 일주일 전후에 결판이 난다고들 한다. 노인의 식사량은 삶의 온기를 붙잡는 마지막 기력이다. 그것이 기본이다. 그런데 엄마의 관심은 아버지의 끼니에만 있는 것이 아니었다. 치매가 심해진 이후 아버지가 식사를 거부할 때마다 엄마는 집에서 볶은 겉보리로 만든 보리차, 그리고 흑임자죽으로 아버지를 되살려 원위치에 돌려놓으셨다. 식욕이 밥에만 있는 것은 아니다. 국산 엿기름을 구해서 식혜도 만들고, 깨끗한 계피로 수정과도 만든다. 비록 그런 것들이 아버지 입으로 천 분의 일, 만분의 일밖에 소용되지 않는다 하더라도 절대 떨어지지 않게 했다.
　엄마는 아버지가 음식 맛을 구별해내는 것만으로도 앞으로 5년은 더 살 것으로 믿고 있다. 엄마는,
　"이러다가 내가 먼저 죽겠어."
　하소연하다가도,

"잠깐만, 나 부르는 소리 났지?"

하며, 또 달려갔다.

병원이 아닌 집에서 아버지가 더 오래 살 수 있을 것이라는 엄마의 확신에는 변함이 없었다. 엄마의 극진한 간호와 자식들의 보조 역할을 종합해 보면 아버지는 지금 세상에서 가장 좋은 천상의 요양원에서 사는 셈이다.

엄마는 자주 장난스럽게 어떤 맛이냐고 물어본다.

그러면 아버지는 대개 "꿀맛이야"라고 대꾸한다. 기분이 좋을 때면 "입에서 살살 녹아"라는 말을 덧붙인다.

아직은 "당신 누구야?"라고 반문한 적이 없는, 아버지가 가장 정확하게 기억하는 단 한 사람은 그의 아내, 나의 엄마다.

겨울 아침을 여는 청국장

유리창 틈으로 들어온 아침 햇살을 받아 윤이 나는 하얀 쌀밥이 바로 옆자리 총각무에 붙어있는 살얼음을 녹이고 있었다. 청국장 국그릇에서 피어오르는 굵은 김과 쌀밥의 가느다란 김은 서로 섞이지 않은 채, 찬 공기를 뚫고 위로 올라간다.

나는 밤새 공부를 끝내고 퀭한 얼굴로 아침밥을 기다리는 하숙생처럼 그 모습을 바라보았다. 전날 주방 탁자 앞에 앉아 노트북 컴퓨터로 밀린 일 처리를 하느라 밤을 지새우다시피 했기 때문이다. 혼자 불을 켜고 도닥도닥 자판을 두드리니 회사에서도 살 떠오르지 않던 아이디어들이 생겨났다. 어제처럼 순탄한 밤을 지내게 되면 어디서든지 자유롭게 일하는 유목민 같은 낭만에 빠지기도 한다. 모두 다 잠든 새벽녘 독서실에서 공부가 더 잘되었던 학창 시절의 기억이 새삼스레 떠올랐다. 그때도 밤을 새워 피곤한 상태에서 엄마의 아침상을 마주하면 늘 따뜻한 위로를 받는 것 같았다. 엄마의 아침상은 하루를 새로 시작하게 만드는 기운을 주었다. 오늘도 마찬가지일 것이다.

문득 시골에 내려온들 크게 도움이 되지 못하는 데도, 가끔 안방에 귀를 기울여보는 것만으로 마치 내가 여러 가지 일을 하고 있다는 착각에 빠지기도 했던 것에 반성이 들었다.

엄마를 병원에 한 번 모시고 가야 하는데.

구부정한 등으로 힘겹게 아침상을 들어 올리는 엄마를 보니 엄마에 대한 걱정이 다시 떠올랐다. 허공에 사라지는 하얀 수증기처럼 엄마에 대한 걱정은 나 자신의 일과 앞날에 대한 이런저런 상념과 서로 섞이다가 쉽게 증발해버리곤 했다. 그런 걱정이 항상 새롭고 무겁게 떠오르는 듯했지만, 사실은 가까이에 존재하는 물이나 공기 같은 것이었다. 그저 그뿐이었다.

아버지를 집에서 모시기로 결정된 후, 불과 며칠 만에 엄마가 구상한 모든 준비는 착착 이루어졌다. 엄마는 윗목에 엄마 스스로 마련한 간병인의 침대에서 군대식 5분 대기조처럼 가수면假睡眠 상태로 지내고 있었다. 그런 상황에서 엄마의 건강은 점점 악화됐을 것이리라. 아버지를 돌보는 준비에 바빠 엄마의 건강 점검은 늘 뒷전이 되어 있었다.

2년 전쯤의 MRI 촬영과 CT 촬영에서 조금 어두워진 뇌혈관이 발견되었고, 콩팥에는 작은 돌들이 있었다. 한쪽 머리는 늘 뭔가로 맞은 듯 또는 차가운 얼음을 댄 듯이 무겁다고 했다. 뇌 신경계 약과 고혈압약은 병원에서 그대로 처방되고 있었지만 쇄석치료는 멈출 수밖에 없는 상황이 되었다. 허리 수술한 곳은 그런대로 괜찮았는데, 무릎 인공관절은 계속 이상 신호를 보내고 있었다. 엄마는 다 아는 것들이고 손을 쓴다고 나아질 수 없을 것들이라는 단단한 배수진을 치고 있었다.

병원에 가서 종합적인 검사를 하려면 최소한 6시간이 필요해.

그 시간을 뺄 수가 없었다. 아버지는 단 5분이라도 아내의 부재를 견뎌내지 못했다. 젖을 물렸다가 잠시 빼기라도 하면 금세 알아차리고 우는 갓난아이 같았다. 누구도 쉽사리 그의 유모가 될 수 있는 상황이 아니었다.

엄마를 위한 조치는 그렇게 기약할 수 없이 미뤄졌다. 야속하게도 그렇게 하고 나니 우리의 밥상에도 평온이 찾아왔다. 그것은 마치 아버지가 조금씩 정상적인 식사를 하게 되면서 찾아온 평온처럼 엄마에 대한 걱정까지 누그러뜨려 버렸다.

맛깔게도 고춧가루 묻은 얼음 알갱이와 반쯤 투명한 밥알이 오렌지빛을 주고받으며 식욕을 자극했다. 엄마는 추운 겨울날 아침상을 차릴 때면 땅속 항아리에서 김치부터 꺼내온다.

"이거 받아라. 단지 뚜껑 닫고 올게"

엄마의 입김을 타고 나오는 씩씩함에 내 입에는 바로 침이 고였다. 육십이 넘은 반백의 흰머리지만 나는 여전히 어린아이처럼 밥을 좋아한다. 지난 김장 때 잎이 기다렇게 달린 맥주잔만 한 무를 길게 칼집 넣어 사 등분으로 잘라 거칠게 담근 총각김치와 하얀 백김치를 김치냉장고가 아닌 땅속에 묻어 두었다. 오늘 아침은 청국장찌개를 끓이는 터라 시원하게 사각거리는 총각김치가 제격이다. 어렸을 때부터 길들여진 입맛이다.

진한 청국장 냄새가 기억을 자극했다. 스무 서너 살 때쯤이던가? 아주 친한 친구 넷이서 15인용 전기밥솥 밥을 싹싹 긁어가며 비웠었다. 청국장이 맛있어서, 무 조림이 맛있어서, 파김치가 맛있어서, 가느다란 오징어채 볶음이 맛있어서, 그게 다였지만 그 반찬들을 먹기 위해 밥을 다 해치웠다.

그때 친구들이 제일로 놀란 것은 엄마의 경이로운 속도였다. 혈기가 넘쳐야 할 젊은 녀석들의 진 빠진 얼굴을 보고 뚝딱 상을 차렸었다. 기다리게 하지 않았다. 어떤 상황에서도, 무엇을 하는 중에도 엄마의 머릿속에는 숨 쉬듯이 자연스러운 사람을 생각하는 줄기와 형식이 있었다. 그래서 엄마가 음식을 만드는 것은 소꿉장난처럼 쉬워 보였다. 곁에서 봐서는 도저히 수고스러움을 느끼지 못하게 하는, 그렇게도 편안하고 능숙한 동작일 수가 없었다.

철없을 때 나는 엄마가 음식 만드는 것을 너무 즐기기 때문에 그 자체만으로는 생색내지 못할 거로 생각했다. 누군가를 위해 음식을 만드는 것을 큰일이라 생각하지 않았다. 아무 때나 '어머니 은혜' 노래 가사가 감동적으로 다가오지 않는 것과도 비슷하다. 세상의 엄마들이 그 노래 가사에 나오는 행동들을 일부러 표시 나게 할 리도 없을 것이다. 그런데 군대에 가서는 달랐다. 고된 훈련 후에 그 노래를 하게 되면 눈물이 날 수밖에 없었다. 대부분의 병사는 그 노래 가사보다 몇십 배 더한 엄마의 고생을 떠올린다. 잊었던 추억을 떠올린다. 사람의 느낌은 그렇게 주관적이고 이기적인 것이다. 엄마를 생각하는 마음조차 그렇게 간사한 것이다.

지금은 시골로 내려가는 운전대만 잡아도 떠오른다. 한 편의 영화처럼 쉽게 연상이 되어 펼쳐진다. 민들레 홀씨처럼 설움이 퍼져 흩어진다. 엄마와 나는 지금 그런 상황에 놓인 것이다.

나는 엄마가 잘 먹이고 잘 입히기 위해 스트레스를 받았을 거라는 생각은 일부러 하고 싶지 않았다. 계속해서 피하고 싶었다. 엄마의 특별함을 흠집 내지 않는 유일한 방법은 그런 미안함이나 슬픔을 희미한 상상에만 머물게 하는 것으로 생각했다. 입 밖에도 내지 않는 것이다. 그 희생의 고귀함은 내 머리와 입으로 논할 대상이 아니다. 엄마의 노고를 진정으로 생각한다면 지금 엄마가 차려주는 밥을 엄마 앞에서 맛있게 먹는 것이 맞다. 그것이 엄마를 가장 존중하는 방법이라고 믿었다.

그래서 오늘도 함께 있다. 안방에 아버지 밥상을 들여놓고 나서 총각김치를 길게 집어 밥 위에 얹어 입에 넣었다.

"우와 시원하게 잘 익었네. 간도 맞고."

그 맛을 한 입 느끼고 나서야 엄마가 생각났다.

"어서 먼저 먹어."라는 말을 방금 들은 것 같은데 어느새 엄마는 총각김치 옆에 울퉁불퉁한 계란말이를 내려놓으신다. 속으로야 항상 죄스럽지만 맛있게 먹는 짓으로 그 버릇없는 속맘을 대신한다. 엄마의 계란말이는 소금 간이 살짝만 되어있었다. 청국장에 넣었던 바로 그 대파의 연한 흰 부분을 조금 다져 넣고, 프라이팬에서 서너 바퀴 엉성하게 굴렸기 때문에 노른자와 흰자가 군데군데 제 색을 품고 있다. 시원한 총각김치가 뒷맛이 짜고 매울 수 있으니 싱거운 계란말이로 달래라는 뜻이다. 아무리 맛있어도 한 가닥 총각김치가 밥도둑이나 물 도둑이 되지 못하게 한다.
 "아랫방 냉장고 세 번째 칸에서 북어 채, 왼쪽 두 번째 줄 장독에서 묵은 고추장, 오른쪽 김치 냉장고 네 번째 칸에서 햇고춧가루, 냉동실 아래 칸 오른쪽 귀퉁이에서 참깨 꺼내 와라."
 시골집에 처음 오는 사람도 충분히 엄마의 조수 역할은 할 수 있다. 엄마의 음식 생각은 정확한 기억으로 촘촘히 짜여 있다. 여기에 후각과 시각, 먹는 사람의 마음 등등 4차원적인 감각까지 가미하여 언제든지 순식간에 파노라마처럼 그 생각이 펼쳐진다.
 햇살과 바람, 밀물과 썰물, 기온, 장독대, 오일장과 두부와 콩나물 가게, 텃밭, 그리고 친정엄마의 손맛 기억까지 모두 복제 불가능한 컴퓨터 프로그램으로 담아 놓은 듯했다. 그것들이 밖으로 나올 때는 대뇌 어디쯤에서 조합되는 생각과 느낌으로 움직이는 손을 통해서 나왔다. 딱히 비밀스러운 조리법은 없다. 똑같은 재료, 똑같은 방법으로 해도 누이들은 아직 그 맛을 내지 못한다. 나의 입맛이 오랫동안 단련되어서 엄마의 생각과 손이라는 보이지 않는 특제 조미료를 구별해내고 있어서일지도 모른다.
 청국장은 따뜻한 아랫목에서 발효시켜 만드는 겨울 음식 재료이기도 하지만 엄마가 가을에 심어 놓은 대파도 맛에 한몫을 한다. 아침에 대파를 쓰기 위해서는 전날 해지기 전에 언 땅이 살짝 녹았을 때 미리 뽑아놔야 한다. 한데서 자란 겨울 대파는 나중에 움파가 된다. 추운 날 텃밭에서 단맛을 품고 있어서 엄마표 청국장의 핵심이 된다. 콩나물국이든 북엇국이든 겨울철 노지 대파를 넣으면 훨씬 감칠맛이 있다. 키 작은 겨울 대파는 무척 달다. 들깻가루를 넣은 끈적끈적하고 연한 대파 나물도 꿀맛이다.

한입 두입 먹는 사이, 뜨거운 청국장 옆 총각무에 붙은 살얼음이 살살 녹으면서 잠시 미끄럼 타던 접시가 자리를 잡는다.

"어렸을 때는 청국장에 돼지고기도 넣었었지?"

겸연쩍은 마음에 혼잣말 같은 질문을 했다.

여러 사람이 고기를 맛있게 함께 먹는 방법이었을 것이다. 지금은 넣지 않는다. 두부는 아주 가끔 넣는다. 두부가 오래 냄비 속에 머물면 국물 맛이 텁텁하게 변하기 때문이다.

집에 있는 여러 가지 김치의 간과 서로 다른 맛도 엄마의 머릿속에 잘 기억되어 있다. 나의 머릿속에는 엄마가 국자로 국물을 떠서 간 보는 장면이 없다. 옛날에 조미료 광고에서 여배우가 국자로 국물 맛을 보는 것이 굉장히 낯설었다. 김치찌개를 끓일 때 망설임 없이 싱거운 김치는 덜 씻고, 짠 김치는 여러 번 헹구어 넣을 뿐이다. 잘 익은 김치는 푹 끓이고, 덜 익은 김치는 풋내가 배어나지 않게 끓이기도 한다. 엄마는 그렇게 눈과 코만으로도 빠르고 정확한 의사결정을 할 줄 알았다.

오늘처럼 추운 날 아침은 청국장찌개가 정말 맛있다.

"콩 한 말로 만든 청국장만 있으면 동지섣달 난다."

아버지의 밥상을 물리려고 허리를 숙였을 때, 아버지가 갑자기 한 말씀을 하신다. 그 한마디가 오늘 아침에 무척 반가운 온전한 표현이었다.

"아, 아침이구나!"

청국장찌개가 겨우내 밥상에 올라오더라도 무엇을 넣고 어떤 반찬을 같이 먹는가에 따라 그 맛과 느낌이 다르다. 동녘 햇살이 비스듬히 올라오는 겨울 아침에 하얀 쌀밥과 청국장, 총각김치, 계란말이 조합은 정말 훌륭했다. 엑스트라는 없었다. 모두 다 주연이었다. 몇십 년째 그 배우가 그대로 출연해도 얼굴 하나 변하지 않았다. 모두가 늙은 연출자, 엄마의 힘이었다.

봄을 담은 가죽나무 향

오전 내내 안방에서는 아무 기척이 없다. 다른 때 같으면 짓궂은 아이들이 자꾸 말썽을 피운다며 소리치며 파리채와 효자손으로 팔이 아프도록 방바닥을 두드렸을 텐데 오늘은 너무 조용하다. 봄기운이 느껴져서인지 왠지 긴장감이 돈다.

점심상 차릴 12시가 다 되어 안방을 들여다보니 아버지는 시간을 어찌 알았는지 서둘러 뭔가를 치우고 있다. 손목시계였다.

뚫어지게 한참을 쳐다보는 만큼 벽시계 시간을 잘 못 보는 일이 거의 없다. 다만, 당신이 짐작하는 때와 벽시계의 시간이 다르다고 생각하면 시계가 고장 났다고도 하고 죽었다고 할 뿐이다.

벽시계를 못 믿어서인지, 무엇을 확인하고 싶은 건지, 불안감 때문인지 알 수 없지만, 아버지는 항상 손목시계를 차고 있었다. 그 작은 손목시계를 오늘 몇 시간 동안 분해했다가 다시 조립한 것이다. 어떻게 시계 뒤쪽 뚜껑을 열었을까?

먼 소재지에 있는 시계방에서 고쳐온 지 며칠 안 되었는데… 다시 대충 봉합한 시계를 아무 일 없다는 듯이 손목에 걸며 밥상 들어오는 것을 바라본다. 까만 가죽끈은 이제 마지막 구멍까지 조여서 차야 할 정도로 팔이 말랐다. 둥그런 시계가 도드라져 보인다. 소설 마지막 잎새가 머릿속을 스쳤다. 그 잎새를 손목에 달고 있는 듯했다. 아버지는 그 죽은 시계를 혼낼 수 있음을 자신이 살아 있다는 징표로 여기는 것 같았다.

오늘의 특별한 메뉴는 가죽나무 순 무침이다. 키 작은 누이가 낫을 걸어 가죽나무 높이 달린 새순을 간신히 몇 잎 따 모은 것이다. 어렸을 때 높이 달린 순을 따려다가 장대 끝에 묶은 낫이 빠져 식겁한 일이 떠올라서 오싹했다.

가죽나무 순은 크기와 양에 따라 조리법이 달랐다. 어떤 집은 조금 쇤 것을 말려 부각처럼 만들기도 했고, 고추장 사이에 박아 두었다가 먹기도 했다. 우리 집은 딱 한 가지, 어린 순을 데쳐서 초고추장 무침을 만들어 먹었다. 나무순에 불과해도 이른 봄에 몇 번 못 먹는 귀한 요리다.

가죽나무 순 무침처럼 초고추장 요리를 낼 때 엄마는 대개 달걀국이나 북어국을 끓였다. 초장은 집고추장에 빙초산, 사이다나 설탕과 참기름이면 아주 맛있었다. 몸에 좋다는 식초가 많이 나왔지만, 쏘는 맛과 점도를 따지면 빙초산이 낫다. 그렇게 자극적인 재료가 들어가기 때문에 그런 심심한 국을 곁들였을 것이다.

요즈음 매운 음식을 파는 식당에서 계란찜을 기본 찬으로 내는 것과 같은 이치일 것이다. 사실은 계란말이도 잘 어울리지만, 달걀이 많이 들어가고 기름을 사용하기 때문에 조금 무거운 감이 있다.

가죽나무 순이 나오는 봄이라 텃밭에 가느다란 쪽파가 파랗게 살아나 있다. 그 쪽파를 대충 썰어 달걀 물 풀면서 같이 저어서 불과 몇 분 만에 만드는 게 달걀 국이다.

 엄마는 자식들 몰래 새우젓 국물을 아주 조금 넣었을 것이다. 젓갈을 국 끓이는 데 살짝 넣게 되면 조미료가 된다. 젓갈을 싫어하는 사람도 알아차리지 못한다. 쪽파를 구하기 어려운 계절에는 대파를 사용하는데, 핵심은 군데군데 달걀옷을 입은 파 맛이 아주 구수하다는 것이다.

 아버지는 겨우 가죽나무 이파리 한 조각으로 크게 입맛을 다셨다. 가위바위보 하며 손가락으로 떨군 아까시 잎 서너 개 만큼을 드시면서 잠깐 거짓말같이 온전한 정신이 들었다. 가죽나무 이야기가 나왔다.

 농림학교를 거쳐 임학을 전공한 아버지는 원래 만물박사나 다름없었다. 그때는 농민이 천하의 근본이라던 시대였으니 당연했다. 가르치지 못할 과목이 없었다. 그 많은 과목 이야기를 해야 하니 아버지는 신이 났다. 언제 그 얘기를 다 할까 걱정하는 눈치였다.

 "가죽나무는 일본에서 건너온 나무가 아녀. 그렇다고 아까시 나무처럼 억울한 누명을 쓴 나무도 아니지. 뿌리가 튼튼하고 넓게 퍼져서 흙 무너지지 말라고 집주변이나 길가에도 많이 심었었지." 풀과 나무 이야기는 아버지가 체력이 뒷받침될 때 가장 오래 강연할 수 있는 주제였다.

 가죽나무 순이 갖고 있는 영양성분에 대해서도 말씀을 하신다.

"옛날에 먹을 게 없어서 봄에는 많이 먹었다. 비타민이 아주 많아. 키가 큰 데다가 순이 위로 자라서 쉽지는 않았지."

그리고 아버지 표현에 따르면, 빨리 자라서 산사태 막는 것 말고는 아무짝에 쓸모없는 아까시나무가 우리나라에 퍼지게 된 사연까지 이야기가 번졌다. 더 알고 싶으면 벽장 속에 아주 귀한 식물도감이 있으니 꺼내서 읽어보라고 힘주었다. 한 뼘은 될법한 두꺼운 책이 벽장 속에 고이 간직돼 있다는 것을 나는 알고 있었다.

마지막에는 가죽나무 순의 향기가 너무 좋다는 감탄사를 연발하였다. 아버지의 얘기는 항상 해피엔딩이다.

"그때는 참 그랬었는데. 말로 다 못하지. 허허허."

게다가 오늘은 아주 많은 추억을 끌어냈다.
엄마는 가죽나무 순 무침의 대성공을 자축하며,
"하여튼 옛날부터 가죽나무는 좋아했어. 내일 또 해 줄게"
라는 말로 즐거움을 보탰다.
하지만 가죽나무 순 무침은 내일 또 밥상에 올리지 못할 것이다. 더 따기도 어렵다. 내년 이맘때가 된다면 몰라도 그 약속을 아버지가 기억할 리도 없다.
엄마는 또 새로운 반찬을 궁리할 것이다.

싫고도 좋은 쑥

시골에서 자란 사람들이 쑥을 진짜로 좋아할까? 옛날로 거슬러 올라가면 갈수록 그러기는 쉽지 않을 것이다. 밥 대신 쑥을 먹기 위한 음식들이 많았다. 쌀로 만든 쑥버무리나 쑥떡은 흔한 먹을거리가 아니었다. 대개는 보릿가루를 넣거나 밀가루를 섞어 만든 것으로, 그것도 쑥이 훨씬 더 많이 들어가서 정말 진한 쑥색이 돌았다.

사람들이 옷을 살 때 말하는 쑥색은 진짜 쑥색이 어떤 색인지 알고 그러는 걸까? 뽀송뽀송 연한 회색 싹에서부터 검은색에 가까운 쑥 개떡 색깔도 있는데. 쑥 개떡은 그 이름과도 어울리게 차갑고 뻣뻣한 식감이 마치 넓적한 선인장처럼 질겅거리는 것이었다. 내게는 가시가 그대로 박혀 있는 선인장을 입에 넣은 느낌이었다. 밥 대신이었던 시절에는 더욱더 그랬다.

오늘 아침 간식은 아내와 누이가 들판에서 함께 뜯은 쑥을 넣어 뽑은 쑥 가래떡이다. 한입 크기로 자르고 하얀 설탕을 살짝 뿌려 내놓는다. 옛날에 그 맛없고 꽉꽉했던 쑥 개떡도 설탕이나 꿀을 찍으면 그런대로 괜찮았다.

힘들었던 어린 시절의 기억만으로 쑥이 들어간 것들은 아버지가 거의 반세기 동안 증오했던 음식이었다. 지금은 새삼 중요한 간식으로 올린다. 아버지가 쑥에 대한 기억을 잃어서가 아니다.

설탕의 달콤함 때문만도 아니다. 밉든 곱든 그 옛날이 철철 묻어 나와서일 것이다.

"쑥은 참 착하지. 언제나 땅속에서 대기하고 있다가 날씨가 풀리면 올라오거든. 겨울이라고 쑥이 없는 건 아니야." 겨울에도 양지바른 곳에는 연초록빛 쑥이 있다는 얘기를 처음 들었다.

추운 겨울을 버티고 올라온 쑥을 넣어 만든 김칫국의 그 향기에 반응하는 아버지를 아침에 보았다. 그래서 내민 쑥 가래떡에는 엄마의 확신이 묻어 있었다. 어쩌면 아버지는 그 시절의 그 쑥이 생각했던 것보다 맛있었다며, 힘들었던 과거를 아름답게 반추하게 될지도 모른다. 새끼손가락 한 마디만 한 쑥떡을 드시면서 한 시간 동안 봄 쑥국 향을 칭찬한다.

작년에는 쑥떡에 꿀을 곁들였는데 엄마는 이제 설탕을 쓴다. 옷 위로 흘러내린 꿀물을 찾아서, 그리고 남아있는 끈적임을 못 참아내고 없애려 애쓰는 아버지의 모습이 애처로워서다. 손가락 끝으로 오돌토돌한 감촉이 느껴지는 하얀 설탕 가루는 아버지의 깡마른 손가락으로도 잘 잡힌다. 방바닥에 떨어진 설탕 가루를 하나씩 포획하면서 아버지가 느끼는 희열을 엄마는 또 발견했던 것이다.

참기름을 조금씩 발라서 적당히 잘라 나누어 냉동시킨 쑥 가래떡은 밥솥에 넣어 녹인다. 방앗간에서 같은 날 뺀 하얀 가래떡은 구워 먹기도 하고 만둣국, 라면 끓일 때 넣는 용도다. 이런 메뉴는 아버지가 요구할 때만 기내식처럼 예쁘게 제공된다.

인스턴트식품은 먹고 싶은 마음이 애절하여 노래 부를 정도가 되어야만 드린다. 엄마는 그런 간절함이 있을 정도라야 몸에 해가 적다고 믿는 것 같다. 그리고 그 간절함에서 라면이나 만두, 자장면이라고 하는 그런 이름들뿐만 아니라, 그들의 친구인 단무지, 간장, 소스 등등의 이름도 기억하도록 하는 것이다. 그리고 아주 가끔은 손녀들이 알려준 이런 말도 듣고 싶을 것이다.

"나는 찍먹파야."

뜰은 밝게 피어나는데

이제 딸기의 제철은 이른 봄으로 굳어졌다. 겨울이 올 때쯤부터 비닐하우스에서 키운 딸기가 밖으로 나오고 막상 봄이 오면 딸기는 끝물이 되어간다.

시골집 마당에서 자라는 몇 포기 안 되는 딸기는 옛날처럼 이렇게 더워지는 6월부터가 제철이다. 장독대 옆 한 귀퉁이에서 아무렇게나 자란 터라 모양이 엉망이긴 하다. 그래도 오톨도톨한 딸기씨만큼은 엄청나게 튼실하여 톡톡 씹히는 신맛 하나는 끝내준다.

아버지는 어디서 이렇게 못난 것들을 가져왔냐고 하시면서 그중에서 제일 못난 딸기 딱 하나를 깨물어 본다.

"아이고 셔. 쪼그만 게 여간 아니네."

눈을 찡그리며 움찔움찔하는 몸짓으로 딸기를 뱉는 모습이 신맛을 처음 느낀 아기의 모습이다.

50여 년 전 처음 이사 왔을 때는 뒤뜰에 딸기를 심었었다. 그랬었다. 딸기는 뒤뜰에 있어서 날마다 생각나지 않았다. 본의 아니게 딸기에 익을 여유를 줬었다. 딸기는 늘 이파리 뒤에 숨어 있어서 아차 늦었다 싶어도 식구마다 한두 개씩은 차지할 수 있었다.

아버지가 가꾸었던 화단에는 그 옛날 심었던 나무나 화초가 아직 남아 있다. 뿌리로 버티는 작약과 수선화, 그리고 떨어지는 씨로 번지는 채송화⋯ 너무 키가 컸던 포플러나무와 예쁘게 자란 향나무는 판 적도 있다. 포플러나무는 나무젓가락 공장으로, 향나무는 다른 집 정원으로 갔다.

내가 중학교 때 아버지에게 배워 꺾꽂이로 번식시킨 향나무 한 그루는 아직 남아 있다. 늙어가면서 잡종화되어서 층마다 잎 모양도 다르고 볼품도 없다. 목련은 낙엽이 되는 이파리가 많다 보니 하얀 꽃, 보라 꽃이 활짝 필 때만 우러러본다. 동백은 너무 잘 크고 꽃도 많이 달려서 이름값만큼 대접받지 못한다.

우듬지는 잦은 정리 대상이지만 꾸준하게 화단 곳곳을 채우면서 살아남는 것은 철쭉과 영산홍이다. 그러고 보니 참 많이 바뀌었다. 그동안 기온도 올라가고 눈높이도 올라간 것 같다.

아버지는 가끔 그 화단을 물끄러미 바라보신다.

누이는 큰 꽃송이와 화려한 변색을 자랑하는 수국과 튤립, 그리고 채송화와 수선화 등을 모아 남천 밑쪽으로 화단 속의 작은 화단을 만들었다. 겨울철이 아니라면 어떤 꽃이라도 피어 있는 작은 화단이다. 화단과 화단의 경계를 지키는 남천은 키가 커서 대장 같지만, 사실은 모가지를 빨랫줄 한쪽에 내어주고 있는 애처로운 신세다.

아버지는 문을 두 개 열어야 마당을 볼 수 있다. 시골집이지만 아파트처럼 거실문과 베란다 문이 있는 셈이다. 방문은 혼자 열 수 있어도 바깥쪽 문까지는 나와서 열 수 없다. 그래서 바깥문을 열어 두었을 때, 안쪽 문을 10센티만 열어도 잘 보이게 해 둔 것이 바로 그 화단 속의 화단이다.

"야, 참 곱다."

어떤 때는 아주 작은 문틈으로 한참을 보다가 꽃 이름을 알아맞힐 때도 있다. 그러다가 이내 어지럼증을 호소한다. 화창한 초여름 한낮의 꽃밭은 아버지가 감당하기 어려울 정도로 눈이 부시다.

그래서 어떤 때, 해가 넘어갈 무렵에 문을 크게 열어 밖을 보여 드리면 나무들을 잘 깎았다고 칭찬도 해 주실 줄도 안다.

"둥그렇게 참 잘 깎았다."

원래 아버지는 매섭게 가지를 쳐내지 않았었다. 여전히 동실동실한 나무 모양을 맘에 들어 하는 것이다.

때론 10년, 20년 전 나무들을 기억해내어 없어진 것들을 질책하다가도 정리하느라 고생했으니 음료수 사 먹으라고도 한다. 그리고는 이런 농담을 건넨다.

"돈 있으면 빵 사 먹어라."

하지만 그것도 잠시,

"야, 저것들이 밖으로 나갔네. 빨리 잡아야 하는데……."

키 작은 회양목을 가리키며 그 뒤에 작은 동자들이 숨어서 놀려대고 있다며 어서 문을 닫자고 한다. 눈부심과 환영, 그리고 따뜻한 날의 한기 때문에 두 개의 문을 다 열어 놓기가 겁난다. 얼마만큼 열지, 몇 분을 열지 또한 엄마가 결정한다. 답답한 방과 완전히 대비되는 밝고 화사한 뜰이 늘 생기를 주는 것은 아니다. 그렇게 아버지는 날마다 조금씩 스러져가고 있었다.

미역 없는 미역국

　엄마는 5남매를 키우면서 자식이 시험 치는 날에 미역국을 끓인 적이 없었다. 입시만이 아니라 하다못해 월말고사를 볼 때도 그런 실수를 하지 않았다. 미역국을 사시사철 먹었는데도 말이다.
　옛날 미역은 거의 줄기 채 그대로 말린 것들이었다. 요즘 파는 것은 조금만 물에 담가놓아도 금방 풀어지고 오래 끓이지 않아도 연해지는데 어렸을 때 먹었던 미역은 몇 시간씩 푹푹 삶지 않으면 안 되었다. 우리 집은 1년에 한두 번 기다란 미역을 몇 묶음 사서 큰 항아리에 넣어 놓곤 했다. 그 미역은 해남이나 완도에서 보따리장수 아주머니가 겨울철에 완행열차를 타고 이곳 농촌 마을까지 가져와서 판 것이었다.
　아주머니는 잔멸치, 중간멸치, 굵은 멸치 종류와 미역, 김, 파래, 청각 등을 가지고 왔는데, 광목으로 싼 하얀 보따리는 머리에 이면 위태로이 보일 정도로 컸다. 어쩌다 우리 집에서 하룻밤 묵어 길 때는 김 한 톳과 사람들이 잘 사지 않는 청각이니 파래를 덤으로 놓고 갔다.
　"오늘 생일이야. 미역국 드셔."
　"어라? 미역이 목욕만 하고 지나갔구먼."
　아버지의 답이 이렇게 가볍게 나온다. 컨디션이 좋은 날이다. 곰국에 미역을 넣었어도 양념 역할만 할 뿐 미역 이파리를 드리지 않은 지 꽤 되었다. 스르르 분해되는 구운 김과 달리 미역은 잘게 잘라도 입안 어디에 들러붙을 수도 있고 혹시나 기도를 막을 수도 있기에 엄마는 미역 없는 미역국을 올리는 것이었다.
"가만있어봐라… 내가 지금 몇 살이지?"
옆에서 엄마는 어디 한번 맞춰보라는 식으로 바라보며 도와주지 않는다. 한참을 고민한 아버지는
"내가 벌써 구십이 넘었네. 미친놈이 지 나이도 모르네. 근데 케이크는 어디 갔어?"
가끔은 그렇게 뜻밖의 연결된 생각이 가능하다.
손주들이 기다렸다는 듯이 뒷마루에서 케이크를 가져와 부리나케 불을 붙였다. 함께 손뼉을 치며 생일축하 노래를 불렀다. 워낙 기력이 없는 터라 옆에서 슬쩍 같이 불어줄 참이었는데 웬걸, 아버지는 한 번에 불을 껐다. 자식들은 그저 놀랄 뿐이었다. 생일날 잠시 돌아온 정신이 입김까지 세차게 불 수 있게 한 것일까?
누구나 미역국에 얽힌 이야기는 많다. 그래서 미역국을 싫어하는 사람들도 꽤 있는 것 같다. 처음엔 황당했었는데 점점 좋아하게 된 미역국은 된장 미역국이다. 내가 군대에서 처음 접해본 음식이었는데 배급된 부식이 다 떨어지면 어김없이 된장 미역국이 초록색 식판 한 칸에서 넘실댔다. 반찬이 없을 때 먹었던 그 미역국에 자연스럽게 깍두기, 배추김치, 장아찌 이런 기본 찬들이 어울리는 것처럼 길들었다. 엄지손톱만 하게 자른 불린 미역을 넣어 먹는 일본 된장국도 이제 익숙하지 않은가.

제일 맛있었고 슬펐던 미역국은 간단히 계란 프라이만 곁들여 먹었던 미역국이었다.

엄마는 여덟 살인 나를 보호자 삼아 막내를 낳기 위해 조산원에 갔었다. 미음 자 모양의 일본식 가옥이었는데 좁은 마당 한가운데 우물이 있었다.

여기저기 진통 소리로 가득 찬 그 우물 옆에서 까닭 없이 사철나무 작은 열매를 헤아리고 있을 때, 미닫이 방문이 열리고 엄마의 목소리가 들렸다.

"아, 눈이 큰 막냇동생이 태어났구나."

엄마가 이내 눈짓으로 가리킨 것은 미역국과 계란 프라이, 간장 종지가 놓인 조그만 밥상이었다.

'엄마는 먹었어?'라고 물어본 기억이 없다. 나는 그 싱거운 미역국, 그리고 겉이 바삭한 계란 프라이를 맛있게 다 먹어치워 버렸었다. 아무리 어렸어도 두고두고 부끄럽고 아픈 기억으로 남아 있다.

미역국은 딱히 좋은 반찬 조합이 없다. 김치가 있으면 된다. 언제든지 그냥 끓여내도 되기 때문에 아무거나 잘 어울린다. 조선간장을 넣어 간을 잘 맞추는 것이 관건이다. 겨울에 끓이는 미역국은 배추김치, 무김치면 족하다. 겨울 미역국은 보통 소고기를 넣은 약간 기름진 미역국이라서 개운하고 시원한 반찬이면 된다. 소뼈 우려낸 국물, 특히 몇 번 고아낸 연한 끝물 무렵에 양지머리와 미역을 넣어 끓이면 누린내 없이 담백한 맛이 난다.

"내 생일은 한여름이라 별로 대접받은 기억이 없어. 옛날엔 냉장고가 없었잖아."

막내 여동생이 갑자기 닭고기 미역국이 생각난다고 했다.

여름이 되면 엄마의 미역국은 더 맛있어졌었다. 어렸을 때도 별 양념 없이 끓여서 식혀 놓은 차가운 미역국을 많이 먹었다. 가지냉국, 오이냉국, 미역냉국이 삼 형제처럼 번갈아 나왔었다. 냉국은 아무나 맛을 내기 어려운 음식이다. 엄마의 냉국은 수수한 맛이었다. 어린아이들에게 미역냉국은 약간 질긴 식감 때문에 별로 인기가 없었다. 차갑게 식혀 먹는 미역국은 멸치를 많이 우려내면 비린내가 난다고 하여 북어를 넣어 국물을 내는 경우가 많았다.

투명한 국물은 굵은 소금 약간, 집에서 띄운 메주와 홍고추, 숯을 넣어 담근 간장으로 살짝 간을 맞췄다. 찬 미역국은 국물을 마시는 시원한 맛 때문에 반찬이 필요 없다. 고춧가루가 들어가지 않은 단무지나 통째로 잡고 된장, 고추장 찍어 먹는 오이 정도면 충분했다. 좀 싱거우면 황석어나 밴댕이 젓갈 한 마리를 곁들이면 되었다.

아무리 더워도 여름 미역국의 지존은 막내가 떠올린 닭고기 미역국일 것이다. 닭백숙 국물에 잘게 찢은 가슴살과 미역을 넣고 한참을 끓이면 닭기름을 미역이 감춰줘서 거부감이 덜 했다. 닭고기 미역국은 밥을 말아서 풋 배추김치를 얹어 먹는 게 최고다. 씨 채 성글게 간 고춧가루로 버무린, 둥그렇고 작은 단지 속에서 부추 내음, 파 내음 풀풀 풍기며 익은, 벌레 먹은 그 배추김치에는 열 자 우물 속의 시원함이 있었다.

이렇게 즐거운 상상을 해둬야 미칠 것 같은 오후를 버틸 수 있다. 미역이 목욕만 하고 갔다는 아버지의 유머에 식구들은 여운이 길게 남는 미역국 얘기를 나눌 수 있었다. 아버지는 그렇게 사람이 모이거나 이야깃거리가 있는 음식을 보면 온 정신을 집중하여 주목받는 옳은 말을 하려고 애를 썼다.

37년 된 밥상

　주말이 되면 조용하던 시골집이 살아난다. 괄괄한 누이가 함께 사는 덕분에 적막할 정도는 아니어도 아버지의 헛소리와 엄마의 신음이 지배하는 공간에 토요일이면 누군가가 오기 때문이다. 친척이든, 다른 자식들이든 아무도 오지 않을라치면 아무도 안 왔냐는 아버지의 물음이 주술사의 주문처럼 반복된다.

　오늘은 예고된 큰 손님이 오는 날이다. 오랜 내 친구들이 아버지 병문안을 오기로 했다.

　엄마는 어제 오일장에서 홍어와 미나리, 도라지를 사다 놓았다. 오일장은 태워줄 차가 오기 전에 미리 걸어서 다녀오신다. 쌓이고 쌓인 답답한 마음을 논길에 풀어놓으려는 듯 왕복 700미터를 한 시간 넘게 천천히 걷는다. 이렇게 한 시간을 비울 수 있게 된 것도 엄마의 눈물겨운 노력 덕택이다. 기다릴 수 있게 아버지를 끈덕지게 학습시킨 것이다.

　어쩌다 장에 갈 때면 잠깐 병원에 갔다 온다는 항상 똑같은 거짓말을 하고, 또 금방 올 테니 찾지 말라고 신신당부를 하고 간다. 아버지는 엄마가 아픈 것을 아주 많이 두려워하기 때문에, 병원에 간다는 것이 유일하게 통하는 핑계였다.

　엄마는 유모차처럼 생긴 미는 손수레에 의지하여 천천히 동네도 보고 들판도 보고 꽃도 보고 나무도 본다. 사람도 만난다. 사정을 아는 반가운 사람들은 이제 다 구십 이쪽저쪽이라서 서로 동문서답하기 일쑤다. 알고 싶은 것에 대한 답을 듣지 못하면서 또 다음을 기약하고 손을 흔든다. 모두 반백 년 이상 친하게 지낸 사이더라도 서로의 장례식장에는 가지 못할 것이다. 그래서 그렇게 잠시라도 살아서 만나는 것을 큰 복으로 여기는 것 같다.

친구들이 왔다. 내가 고등학생이 되면서 도시로 유학 가서 처음 사귄 친구들이다. 대학 3학년이던 1980년도에 광주항쟁으로 휴교령이 내려졌을 때, 막걸릿값으로 차비까지 다 써버리고 기찻길로 이 십 리 넘는 길을 걸어서 왔었다. 넷이서 밥 한 솥을 다 먹어치웠던 그 녀석들이다.

그때의 반찬이 청국장찌개와 차가운 무 조림, 가느다란 오징어채 볶음, 나머지는 김치 종류였다. 다른 것은 몰라도 엄마는 청국장을 정확히 기억하고 있었다. 언제나 그랬듯이 엄마의 청국장은 적당히 씻어낸 김치가 핵심이다. 김치에 따라 그 맛이 달라진다. 그래서 절대로 남은 김치를 모아서 끓이지 않는다.

진수성찬이다. 청국장에 조기구이, 갓김치, 파김치, 배추김치, 홍어 무침, 명태전, 고추장 멸치조림, 그리고 누이 진숙이가 뒷산에서 뜯어서 말려 둔 고사리나물과 강경에서 사 온 젓갈 등등이 큰 교자상에 차려졌다.

주방 옆으로 안방으로 통하는 마루에 아버지의 미니 밥상이 함께 차려진다.

"와우, 아버지 밥상도 좋은데?"

비위 좋은 한 친구가 너스레를 떨었다.

엄마는 신음을 이어서 작곡한 콧소리를 내며 즐겁고 능숙하게 또 특별한 2개의 밥상을 차린다.

또 한 친구가 한마디 한다.

"엄니는 수간호사 같아요. 아니 만능이신 것 같아요. 그리고 하나도 안 변하셨어요."

친구들도 엄마의 콧노래가 신음인 것을 안다. 허리, 무릎 인공 관절 수명이 다되어서인지 엄마는 날마다 다시 찾아온 통증에 시달린다. 그 소리에 음을 실어서 다른 사람의 걱정을 덜어 주는 것이 습관이 되어버렸다.

엄마는 친구들의 밥상에서 조금 떨어져 의자에 앉았다. 내가 결혼해서 아내에게 가장 자주 말한 것은 함께 밥을 먹자는 것, 다이어트 때문에 어렵다면 밥을 먹을 때 옆에 앉아 있어만 달라는 부탁이었다. 나의 엄마는 늘 그렇게 해 주었었다.

엄마는 친구들에게 그동안의 안부를 물으면서 이것저것 금방 동이 난 그릇들을 다시 채워 주었다. 친구들이 엄마의 손맛과 입맛은 아직도 살아 있다며 엄지를 치켜세웠다.

"저 안경 쓴 친구는 여전히 빼빼하네. 신 김치만 엄청 잘 먹었는데 오늘은 없어서 어떻게 해"

엄마의 말에 깜짝 놀란다. 아마도 엄마는 그 친구가 밥을 먹는 입 모양과 그 입으로 쏙쏙 빨려 들어갔던 신 김치 가닥을 기억하고 있었던 같다. 친구들은 37년 전, 1980년의 기억들을 떠올리며 떠들어댔다. 병문안 온 것을 잊었다. 왜 젊은 청춘들이 시골집에 까지 걸어와서 밥을 먹었는지를 더듬는다. 그게 참 아픈 기억의 끄트머리였는데 왜 그렇게 엄마의 밥이 맛있었는지….

육십이 넘은 친구들은 엄마의 자식들처럼 한참을 떠들다가 아버지의 방으로 우르르 건너갔다. 무슨 인연이었는지 몰라도 그중 둘은 중학교 때 아버지가 아끼는 제자이기도 했다. 전북 장수 첩첩산중에 있는 작은 학교였다.

아버지는 7년의 투병 생활 끝에 교통사고를 당한 그 아찔한 고개 너머에 있는 학교로 다시 지팡이를 짚고 복직했다. 사람들은 무슨 운명의 장난이냐고 위로했지만, 아버지에게 그런 것쯤은 대수롭지 않았다. 오직 새로운 의욕만 있었다. 돌멩이를 치워가며, 모양도 갖추지 못한 학교를 일구며 가르쳤던 제자들이 나중에 나의 친구가 되고, 그중 하나는 둘째 여동생의 짝이 되었으니 대단한 인연이다. 그렇게 우리 가족은 흔치 않은 사람과 사람의 인연으로 연결되어 있었다.

오늘 아버지의 시계는 45년 전으로 돌아가고 있었다. 어여삐 여겼던 제자들이 교장이 되고 의사가 되고, 지점장이 되어 다시 나타났으니 힘없는 눈에서는 대견스러움을 표현하는 윤기가 돈다. 거기에다 또 다른 친구가 적당히 추임새를 넣자 아버지의 기억은 점점 더 자신감이 차오른다. 기껏해야 밥 한두 숟갈인데 어디서 그런 힘이 나는지 알 수가 없었다.

얘기하다가 눈치가 이상하다 싶으면 아버지는 그랬다.

"이게 언제였지? 내가 정신이 없네."

스스로 멀쩡하다고 생각하는, 아니 상대방에게 그렇게 보이고 싶은 전략적인 발언임이 틀림없다. 나는 그런 일을 자주 생기게 하는 사진첩은 잘 보여드리지 않았었다. 오늘은 오래된 흑백사진을 몇 장 꺼내 드렸다. 그때 그 학교 학생들과 토끼몰이를 하고 나서 찍은 사진이다. 산 밑에서부터 토기와 노루, 고라니를 몰아서 올라간 학생들의 손에는 의기양양한 전리품이 들려 있다.

그것은 기억의 실마리였다. 아버지가 학생들과 하루 몇 시간씩 학교를 가꾸고, 대여섯 과목을 가리지 않고 가르쳤던 일, 그리고 형편상 고등학교에 진학하지 못했던 졸업생이 성공한 일… 그런 강의가 거의 삼십 분 이상 계속됐다. 끝에 가서는 같은 학교를 나온 두 친구의 형 동생 이름까지 기억해 낸다.

그리고 갑자기 차고 있던 손목시계를 오른손 검지로 가리킨다.

"참, 이 시계가 그때 공으로 상장 받을 때 부상으로 받은 거야. 오래됐는데 아직도 멀쩡해."

한 친구가 성의 있게 시계 가까이에 얼굴을 대고 관찰했다.

"정말 그런 거 같네요. 안에 봉황 그림이 있어요."

그때가 언젠데 정말 그럴 수 있을까? 그럴 수 있었다. 그리고 그 시계를 아버지가 고장 낸 것이 아니라, 정말 고장이 나서 아버지가 고치려고 했을지도 모른다.

앉아 있는 상체가 점점 앞으로 기울어지고 있었다.

아버지는 절대로 몸을 주무르거나 안마를 해달라고 하지 않는다. 지체 장애 3급의 불구의 몸이 된 지 반백 년이 넘었어도 몸이 불편해서 힘들다는 얘기는 별로 들은 적이 없다. 오늘도 하지 않는다.

친구들이 돌아간 다음 날, 신기하게도 그 학교 졸업생이라며 곧 찾아뵙겠다는 전화가 왔다. 기억을 못 하시더라도 꼭 찾아뵙겠다고 몇 번을 강조했다.

"말씀만이라도 고맙네요."

엄마는 복권이라도 맞은 듯 거기서 또 힘을 얻고 있었다.

처음에는 이렇게 와자지껄하게 병문안객이 올 때마다 지나치게 힘이 빠지지 않을까 걱정했었다. 백지처럼 하얀 부분이 많을 텐데 자꾸 뭔가를 회상하다 보면 얼마나 혼란스러울까. 이 빠진 조각들을 가지고 그림 퍼즐을 맞추는 것은 보통 사람도 어려울 것이다. 분명한 것과 희미한 것들의 사이사이 경계마저 언뜻언뜻 이어졌다 끊어지기를 반복할 것이다.

이제 아버지에게 어떤 규칙이 생긴 것 같았다. 마치 치매라는 증세에 단련이 된 것처럼 겉으로는 인정할 것을 인정해버리고, 혼자만의 시간이라고 느끼면, 속으로 곰곰이 생각하고 또 생각하는 것처럼 보였다. 뭔가를 정리하는 것처럼 보였다.

엄마의 입맛 떠보기와 음식으로 말 걸기, 음식으로 추억과 기억 더듬게 하기, 누가 들고 날 때도 웬만하면 꼭 인사시키고 말 시키기 등등의 다채로운 작전은 어느 정도 효과를 내고 있었다.

제대로 움직일 수 없는 아버지에게 음식은 시각과 후각, 미각을 그대로 유지할 수 있게 해주었으며, 때론 촉각과 청각까지 자극하였다. 무엇보다도 그런 감각과 연결된 생각들을 아버지의 머릿속에서 자주 불러내었다.

그리고 그 앞에는 그런 말들을 들어줄 사람이 항상 있었다.

엄마와 나와 누이는 주기적으로 각자가 느낀 바를 주고받았다. 아버지는 마치 어떤 공식이 있는 것처럼 맑은 정신일 때와 그렇지 않을 때를 스스로 점점 더 명확히 구별해 나가고 있는 것처럼 보였다. 세 사람은 똑같이 그것을 느꼈다. 당신 스스로가 그런 자신감을 보여주려 애쓰는 모습이 역력했다.

그러다가도 "아, 내가 정신이 나갔었구나."라는 자책의 시간이 잦아지면 나는 또다시 불안해졌다. 아버지가 자각하는 어긋난 느낌의 모든 화살과 짐이 다시 엄마한테로 쏠릴 수밖에 없는 것이 두려웠다.

하루 24시간 중에서 단 1시간이라도 정신이 맑다면, 그런데 그 한 시간을 하루라고 착각한다면 다행일 수도 있겠어.

그 한 시간이 23시간을 지배하는 행복이고 희망일 수도 있으니까.

치매 환자에게 정말 그런 의미가 있을까?

어쨌든 그 1시간을 위해 가족이 버텨내는 것이 관건이야!

나는 혼잣말을 하면서 그 23시간이 곁에 있는 엄마가 견뎌내야 하는 몫이라는 것을 떠올렸다. 모두 엄마 덕분에 가능한 가정일 뿐이었다. 오직 엄마만이 얼마 안 되는 온전한 그 시간을 지키고 늘리는 데 온 힘을 쏟고 있었다.

여름의 색을 입은 풋고추 향

살아 있는 채소의 제철을 알 수 없는 세상이 되었다. 얼핏 보기에는 비닐하우스 재배 탓이 크지만, 그 뒤를 보면 지구 온난화, 품질 개량, 유기농, 무농약 재배 등 여러 이유가 관련되어 있을 것이다. 그래도 계절은 계절이다. 따뜻해진 봄의 텃밭은 무엇이든 씨를 뿌리면 된다. 밤에 기온이 떨어져 얼어 죽지 않으면 자란다. 사오월 상추, 아욱, 감자, 쑥갓, 양배추, 치커리, 배추, 무, 들깨로 시작하여 유월쯤 되면 가지, 오이, 호박, 고구마 종묘 심기로 이어진다. 요즈음은 이런 익숙한 것 말고도 브로콜리, 콜라비같이 근자에 바다 건너온 채소들도 많이 심는다.

그중 제일 먼저 밥상 위로 올라오는 것이 상추다. 어린 상춧잎을 아깝게 여기며 솎아서 비벼 먹는 것도 잠깐, 상춧잎은 아침저녁으로 쑥쑥 올라오게 된다. 삼겹살과 함께 세를 넓힌 상추, 깻잎은 사철 재배가 널리 퍼져서, 제철에 자란 것들이 푸대접을 받을 수 있다. 그러나 깻잎은 몰라도 상추만큼은 차원이 다르다. 노지 상추는 밝은 햇살 아래서 뒤집어 보아도 흠집 하나 없이 매끈하다. 연한 상추 두세 장에 막 어린줄기가 올라온 야들야들한 쑥갓 하나 놓고, 엄마가 만든 양념장을 얹어서 한 손으로 입안 가득히 몰아넣으면 벌써 다른 손으로는 또 한 쌈을 위해 상추를 집으러 가게 된다.

된장, 고추장을 이용한 쌈장은 사시사철 쉽게 만들 수 있는 것이다. 그런데 엄마는 그런 쌈장을 만들지 않는다. 사오월쯤에는 풋마늘 듬뿍 다져 넣고 깨소금과 고춧가루, 참기름을 넣어 만든 간장 양념장을 만들었고, 이것이야말로 최고의 쌈장이었다. 뭔가 심심하다 싶으면 계란 프라이나 생선구이를 곁들여 먹어도 잘 어울린다.

초여름의 상추는 너무 잘 자라기 때문에 아껴먹을 수가 없다. 그럴 필요가 없다. 옛날에는 집집마다 몇 마리씩 키우던 토끼와 닭도 함께 상추를 먹었었다. 그렇게 넘쳐나는 상추로 엄마는 사흘 간격으로 상추 절임을 만들었다. 세상에 이렇게 간단히 만드는 반찬도 없을 텐데 엄마의 상추 절임은 맛이 다르다. 국물도 잘 생기지 않고 간도 딱 맞는데 잘 상하지도 않는다. 절이는 음식이라고 다 짠 것이 기본이라고 믿는 것은 오산이다. 최적의 간이 있다. 그렇게 몇 통을 만들어 놓고 순서대로 먹는다. 머뭇거리는 사이 한순간 훅 와버리는 장마철 장대비에 상추들이 녹아 내려도 한동안 맛있게 상추를 먹을 수 있다.

아버지 밥상에는 상추가 올리지지 않는다. 대신에 쑥갓나물, 찐 풋고추 무침, 그리고 식힌 머위탕이 짝을 이룬다. 나의 밥상에는 숭숭 구멍 뚫린 조선배추로 담근 김치도 있다. 엄마의 이 머위탕과 조선배추김치는 1970년대 새마을 운동 노력 봉사나 취로사업 현장에서도 인기가 많았었다. 어려웠던 시절에도 엄마는 꼭 2개의 반찬을 짝지어 만들었다.

새마을 운동이 시범적으로 시작된 우리 시골 동네는 정말 할 일이 많았다. 아니, 나라에서 시키는 일들이 많았었다. 아침 일찍 대로변에 나가서 몇 시간씩 풀 베고, 나무 심고, 코스모스 가꾸는 일은 대부분 무료 봉사였다. 나가지 않으면 오히려 벌칙이 있었다. 일할 성인이 없으면 나처럼 어린 학생들도 그런 일을 하고 나서야 줄지어 학교에 갔다. 옛 친구들과 만났을 때 당시의 얘기가 나오면 우울하게 따져보기보다는 그냥 다 피가 되고 살이 된 옛 경험으로 넘기곤 한다. 지금도 술집에서 오이나 당근을 공짜 안주로 꺼내 놓으면 그때 기억이 난다.

풋고추에 밀가루를 묻혀 찌는 집도 있는데 엄마는 풋고추를 밥뜸 들일 때 넣어 익힌다. 물론 무쇠솥 밥을 할 때만 그렇게 한다. 가벼운 양념을 넣어 조물조물 무쳐 한 입 베어 먹으면 콧구멍을 타고 나오는 풋고추 향과 어린 고추씨 씹히는 입안의 맛이 절묘한 조화를 이룬다. 꽈리 고추나 가을철에 매워진 풋고추는 멸치랑 기름에 볶다가 간장 양념을 하는 식이라서 이 초여름의 풋고추나물에 비할 바가 못 된다. 간장 냄새만 강해서 밥을 먹기 위한 반찬일 뿐이다.

풋고추의 향과 식감을 느끼면서 아버지는 또 누구도 의심할 수 없는 감탄사를 연발하신다.

"색깔이 진하고 향이 있는 것들이 몸에도 좋아."

쑥갓이 어디 어디에 좋은지도, 그리고 또 향이 있는 허브 종류가 왜 몸에 좋은지도 듣게 된다. 몇십 년 전, 겸상할 때 들었던 내용과 크게 다르지 않았다. 오히려 더 구체적인 부분이나 과장된 부분이 있었다.

"저렇게 멀쩡할 때는 멀쩡하다니까?"

엄마의 한마디에 응수하신다.

"내가 어째서 또 시비야."

아버지는 말린 새우 대신 부드러운 생새우 살을 넣어 만든 머위탕에도 찬사를 보냈다. 그러면서 마치 갑자기 좋은 생각이 떠오른 것처럼 말린 새우를 넣은 아욱국을 끓여달라고 주문한다.

여전히 과거를 기억하여 엄마의 맛을 느끼고 찾는 그 순간에 엄마의 희망은 꽈리 꽃처럼 주렁주렁 매달린다. 그 닫힌 꽃잎 속에 무엇이 들어있는지 다 알지만, 일부러 열어보지 않고 놔두는 기대 같은 것이 있다.

입맛이 살아나면 걱정도 있다. 식탐이 생겨도 문제가 되기 때문이다. 수분 많은 음식도 항상 귀찮은 결과를 야기한다. 그렇더라도 이불빨래나 청소 정도가 엄마의 다짐을 꺾을 수는 없다.

호불호好不好의 조합, 갈치와 하지감자

아버지는 상추도 싫어하지만, 감자도 싫어한다. 비타민C가 많고 섬유질도 많다고 추켜세우면서도 손대지 않는다.
"나는 옛날에 많이 먹었으니 너나 먹어라."
먼 옛날 힘들었던 시절이 떠올라서 그럴 것이다. 특히나 감자를 강하게 거부한다. 감자로 만든 과자는 절대 찾지 않는다. 뭔가 맛이 이상하다 싶으면 감자가 들어갔는지 확인해 보라고 할 정도다. 그러다 보니 나에게도 감자에 있는 그 푸른 멍 자국 같은 사연이 있는 듯 느껴졌다. 김동인의 소설 감자에서 복녀를 행복하게도 했고 불행하게도 했던 그 감자가 생각나기도 한다.
그런데 딱 한 가지 예외가 있었다. 초여름 하지감자가 나올 무렵 갈치를 넣고 고추장을 풀어 가미한 갈치감자찌개다. 겨울에는 갈치를 구워 먹지만 여름 갈치는 찌개를 끓인다. 몽고점처럼 푸른빛과 풋풋한 내음이 풀풀 살아 있는 감자와 깊은 맛의 집고추장, 적당한 갈치 비린내가 환상의 궁합을 이룬다. 햇양파를 듬뿍 넣으면 감칠맛까지 더해진다. 보통은 간갈치라고 불렀던, 굵은 소금에 살짝 절인 갈치를 주로 썼다. 한여름에도 얼마간 선도가 유지되어 생선 장수 아주머니가 머리에 이고 와서 팔기도 했다. 지금은 오일장에 나가서 갈치를 사 온다.
오늘은 매운맛이 덜하게 끓였는데도 그 갈치가 아버지의 추억을 자극한다. 오늘의 갈치는 55년 전에 부안 앞바다에서 있었던 갈치 낚시 풍경을 소환했다. 그때 위도까지 가지는 못했어도 갈치가 곰소 앞바다에서도 제법 잡혔다고 한다. 사실을 확인할 수는 없다. 아니 절대 확인해 보면 안 된다.

얼마나 흥분하셨는지

"캬~ 그 은빛 비늘."

비늘이라는 대목에서 혀에 밀린 의치가 빠질 듯했다.

엄마가 추임새를 넣는다.

"그 갈치 다 어떻게 했어? 나는 안 주고."

"다 회 떠서 먹었지, 그 자리에서."

아버지는 어이없다는 표정으로 답했다. 어떻게 집에 가져갈 생각을 하냐는 눈빛이었다. 상식에도 맞는 말이다.

그리고 이어진 이야기보따리는 풀치라는 생선으로 넘어갔다. 갈치의 새끼쯤 되는 것인데 날씬하다. 항상 건어물을 어깨에 잔뜩 메고 오는 아저씨한테서 샀던, 이름도 이상한 풀치를 어린 나는 전혀 다른 생선으로 알고 있었다. 비쩍 말라서 대가리가 더 괴팍해 보였던 풀치는 지푸라기로 인심 좋게 스무 마리도 더 되게 엮은 줄 단위로 팔려 나갔다. 사람들은 그것을 엮거리라고 불렀었다.

"풀치는 그냥 갈치 새끼일걸?"

정말 신기하게도 이번에는 아버지가 단정하지도 않았고 우기지 않았다. 대신에 맛에 대한 기억으로 넘어갔다.

"풀치는 잘라서 석쇠에 올려 연탄불에 굽거나, 멸치조림처럼 빨갛게 뼈째 조려서 먹는 게 맛있지. 뼈를 발라낼 만큼 살이 없어도 씹을수록 고소한 맛이 일품이지."

아버지의 말투나 논리는 다른 때보다도 더 또박또박했다. 그리고 주제는 풀치가 맛있다는 것이 아니라, 갈치와 풀치의 관계와 운명, 그리고 옛날에는 바닷가에서도 요즘처럼 생선을 날로 먹지 않았다는 얘기로 흘러갔다. 좀 전에 갈치 회를 떴다는 것이 지어낸 말이었던 걸까.

열변을 토하는 사이에 이번에는 가느다란 가시 하나가 혀 밑에 걸렸다. 그 순간 갑자기 갈치는 천하에 못된 생선으로 둔갑했다.

"내 이럴 줄 알았어."

결국은 그 화살이 엄마한테 쏠렸다. 고작 잔뼈 하나 발라내지 못했을 뿐인데 아버지의 야속한 목소리에 나와 진숙이의 얼굴이 함께 일그러지고 만다.

엄마는 창을 하듯 그 가시가 왜 들어갔을까를 탓한다.

"이 보시오, 어서 나오시오, 못된 갈치 가시님."

타령조로 갈치를 나무란다. 마치 어린아이가 넘어졌을 때 발에 걸렸던 돌부리를 혼내주듯 한다.

엄마는 가시를 입에서 꺼내주고 나서, 부추 나물을 숟가락에 올리려다가 콩알만 한 낙지젓 한 조각을 올린다. 가느다란 부추가 또 어디에 걸리는 느낌을 줄까 봐 그런 것 같았다.

아버지의 식사 시간은 엄마가 희망을 찾는 시간이기도 하고, 달래는 시간이기도 하다. 나와 누이에게는 행여 어떤 소란이라도 일어나면 가슴 졸이는 시간도 된다. 우리는 모두 병세가 진행되더라도 그저 순하게 순하게만 이어지기를 간절히 원했다. 혹시 무슨 사단이 일어난다고 해도 엄마는 절대로 포기하지 않을 요량이어서 엄마가 걱정된다.

절대로 증오를 숨긴 동화 속 마녀처럼 되지는 않을 테지만, 그런데… 최악의 상황이 온다면… 식구들이 미리 상상해 두었던 최악의 상황, 그 누구도 아버지를 어찌할 수 없는 그 순간이 오지 않게 하려고 엄마는 매 순간 자신을 불사르고 있었다.

이 모든 과정을 모르는 사람이 본다면 한바탕의 소동임이 틀림없다. 그런 일이 이 시골집에서는 매일 일어난다. 엄마가 아버지의 온전한 기억을 잠시 불러내는 긴 점심시간이 지나갔다.

엄마와 나는 마주 앉아 고춧가루를 조금 더 넣은 갈치감자찌개를 잘 익은 열무김치와 함께 먹었다.

"열무 어디서 난 거야?"

엄마가 위축돼 보여서, 나는 부러 어린아이처럼 물었다.

요즘에는 너무 빨리 열무가 억세어지고 벌레도 참 많이 먹는다. 왠지 옛날보다 훨씬 더 그런 것 같다. 봄에 심은 열무는 싹이 나기 시작하면 솎아서 된장국 한두 번 끓여 먹고, 좀 더 자라면 열무김치를 담고, 더 자라면 뽑아서 푹 삶아 된장 시래기를 만들어 먹는다. 칼국수 집에 가면 곰삭은 열무 물김치를 내놓지만, 어디 가도 열무김치는 예전과 확연히 다른 느낌이 든다.

오늘 엄마랑 같이 먹은 김치는 어렸을 적 그 아삭한 맛이 났다.
"콩 밭 열무야."
콩 심은 두렁 사이사이에 흩뿌려둔 그 초여름 열무로 김치를 담았기 때문에 옛날 맛이 난 것이다. 콩밭에 심은 열무는 벌레의 집중 공격도 피하고, 무엇보다도 콩잎 사이로 하늘하늘 햇볕을 받기 때문에 적당히 부드럽고 무 잎의 향이 가볍다.

가시를 다 발라낸 갈치 살 조각과 감자를 밥에 얹어 한입 물고 풋내 날 듯 말 듯 익은 열무김치 두어 가닥을 함께 오물거린다. 그러다가 감자녹말이 고추장과 어울린 진한 주황빛 국물 한 숟갈 떠먹는다. 묘한 흙 내음 섞인 초여름 맛이다.

빨간 열무김치 국물을 밥 위에 부으며 엄마는 벌써 아버지 간식거리를 얘기한다.
"오곡 뻥튀기 드릴까? 콜라랑."
오후가 되면 모든 것을 포기하고 싶을 정도로 점점 심해지는 아버지의 증세를 어떻게 하면 조금이라도 줄일까 또 생각한다.

비름나물의 계절 인사

날이 무더워지고 하늘도 끄느름해졌다. 오늘이나 내일쯤 장마가 시작될 것이다. 비가 올라치면 강아지들도 심사가 뒤틀리는 모양으로 풀을 뜯을 때가 있다. 곧장 토해내긴 하지만 후각이 예민한 개가 뭔지 비위가 상하니 풀을 뜯는 것이다. 저기압 때 진해지는 흙냄새가 이유인 것 같다. 한때 유행했던 '개 풀 뜯어 먹는 소리'라는 거친 말도 이치에 맞지 않는 엉뚱한 경우를 비꼴 때 썼던 표현이다.

요즘에는 시골 강아지도 묶어 놓다 보니 그런 모습을 보기가 쉽지는 않다. 그런 감각도 잃었을지 모른다. 산책 나와 잠시 풀어 놓은 아파트촌 강아지들 때문에 시골 강아지가 수난이다. 넓은 곳에 있어도 묶여 있어야 하는 자와, 좁은 곳에 있다가 잠시 풀려난 자의 감정이 꽤 복잡하게 얽히는 모양이다.

시골집에는 보통 강아지 두세 마리, 길고양이도 두세 마리가 산다. 시골이니까 들고양이라는 말이 더 맞는 것 같다. 강아지는 키우는 것이고, 들고양이는 먹이 때문에 집시처럼 자유롭게 왔다 갔다 하는 무법자들이다. 강아지는 보통 대문과 텃밭 사이에 묶어 둔다. 주인이 올 때만 짖고, 객이 왔을 때는 찍소리 못하는 바보 같은 놈들이라 시끄러워서 그렇게 한 것이다. 자동차 소리만 듣고 알아채서 몇 초 앞서서 식구를 반기는 게 고작 하는 일이다.

요즘 고양이들은 쥐에게도 별로 관심이 없다. 시골에는 그만큼 먹이가 풍부하기 때문이다. 훔쳐 먹을 것들이 많다. 오직 경쟁자, 다른 고양이들을 물리치는데 열을 올린다.

그래서 시골집에는 쥐도 있다. 엄마는 이런 동물들이 뭔가 소리를 내고, 움직이고 말썽을 피우는 놈들이라서 오히려 도움이 된다고 한다. 보통 때 잘 느끼지 못하는 소음, 거슬리지 않는 익숙한 소음이 알게 모르게 외로움과 무서움을 달래준다는 것이다.

그래서인지 엄마는 개나 고양이한테도 꽤 신경을 쓴다. 사료와 집에서 먹다 남은 음식을 번갈아 준다. 개와 고양이를 구별해서 먹이를 주면서 개들을 좀 더 우대한다.

고양이들이 담에서 뛰어내려 장독 뚜껑을 몇 개나 깨뜨렸는지 모른다. 심술이 날 때면 수돗가에 뱀을 갖다 놓기도 했다. 하지만 미워서가 아니라 제발 쥐에게도 관심을 가지라고, 우리 집에 다른 고양들까지 끌어들여 싸움판 벌이지 말라고 적당량의 먹이를 일정한 장소에 놓는다.

집짐승에 대한 엄마의 비법은 북어와 달걀이다. 개가 눈곱이 끼거나 시름시름 앓아도 한가하게 동물병원까지 데려갈 짬은 없다. 그저 북어 대가리를 푹 삶아 주거나 날달걀 하나 먹이는 것이 엄마의 비방이다. 북엇국은 상시 처방이고, 시원한 날달걀은 여름철에 잘 통하는 고급 처방이다. 한여름에 냉장고에서 꺼내다 준 시원한 달걀을 먹는 흰둥이는 마치 사람 같은 몸짓과 표정을 보여준다. 몇 번이고 조아리며 웃는 얼굴을 한다. 그런 다음 날은 쨍했던 눈이 좀 살아난다. 그리고 더 괜찮아지면 새끼를 낳는다.

　엄마는 개밥을 주고 오면서 밭을 한 번 바라본다.

　감자밭 사이로 껑충하게 자랐던 명아주, 매가리 없이 잘 퍼졌던 참비름, 뽑고 또 뽑아도 마지막까지 살아남았던 쇠비름도 이제는 찾아보기 힘들다. 어쩔 수 없이 쓰는 제초제 때문이리라. 그런데 그것마저 이겨내는 풀들은 지긋지긋하다. 정말로 아무짝에도 쓸모없는 것이다. 뾰족하고 무성하게 자라는 바랭이, 둑새풀, 강아지풀 같은 것들은 그야말로 억센 잡초들이다.

　시골집 밭에도 이제는 비름이 저절로 자라지 않는다. 아예 자취를 감췄다. 엄마는 남은 음식 모으는 통을 씻어놓고 아랫마을 먼 친척뻘 조카며느리에게 전화해서 참비름 한 움큼을 배달받는다. 밭을 보고 비름이 생각난 모양이었다. 어쩌면 엄마는 이 조카며느리를 방문 요양사로 미리 점찍어 두고 그렇게 가끔 왕래하도록 했을 수도 있다.

　평상에 앉아서 이쑤시개처럼 이 사이에 낄만한 줄기는 버리고 연한 것만 떼어낸다. 어떻게 만들지, 이 정도면 얼마나 양념이 필요한지 미리 짐작해둔다.

　엄마의 비름나물은 두 가지다. 하나는 된장에 무치고 하나는 굵은 소금과 참기름으로 무친다. 맛소금이 아닌 굵은 소금으로 무치는 것은 정말 현명하다. 처음에 덜 짜게 먹을 수 있고, 취향대로 소금알갱이까지 젓가락으로 집어 간을 맞출 수도 있으며, 남은 것은 점점 나물에 녹아들어 시간의 변화에 맞게 간이 진해진다.

냉장고에서 차가워져도 간이 맞게 된다.

아버지는 비름나물 특유의 풋내까지는 기억하지 못했다. 비름나물은 고춧잎나물과 비슷한 독특한 향이 나고 식감도 약간 비슷하다.

비름나물이라고 일러주자 뜬금없는 질문이 날아온다.

"마늘은 뽑았어? 양파는 밑이 잘 들었고?"

아버지의 말에 엄마와 나는 어리둥절했다. 궁금해서가 아니라 확인 차원에서 다그치는 말투라 더욱 놀랐다. 그렇게 놀라는 일이 있으면 그저 반가울 뿐이다.

아, 이맘때쯤 그렇고 그런 것들이 나온다는 것을 떠올렸다는 사실에 엄마는 또 희망이 커진다. 그것은 천 조각짜리 그림 퍼즐의 한 조각 정도에 불과하긴 해도 꼭 있어야만 할 것 같은, 그것이 없으면 미치도록 찾고 싶은 바로 그 조각 같은 큰 의미가 된다.

엄마는 벌써 뽑아서 헛간에 잘 말리고 있다고, 그리고 이웃집에서 더 사다가 매달아 놨다고 답한다. 그리고 이야기는 그 마늘밭 주인까지 찾아서 꼬리를 물고 거슬러간다.

"그 사람은 농약을 많이 치던데."

아주 옛날의 기억일 수 있거나 그 사람에 대한 인상의 잔상일 수 있다. 누가 밖에서 들으면 하나도 이상할 것 없는 일상의 대화가 된다.

엄마가 국산을 구별하는 방법은 제철에 흙 묻은 것을 사는 것이다. 제철이 아니면 시골 장에서 파는 것들이 더 질이 나쁘고 국산이 아닌 것이 많을지도 모른다. 옛날부터 농부들이 좋은 것들은 다 외지에 팔아버리고 필요할 때 싼 것들을 사버릇해서 그럴 것이다. 요즈음은 시골에도 편의점이 많이 생겨서 좋다고 한다. 구멍가게에서 파는 유통기한 넘은 과자와 아이스크림을 얼마나 많이 먹었던가? 병뚜껑이 녹슬어버린 콜라도 많이 마셨었다. 그래도 딱히 큰 탈이 난 적은 없는 것 같다. 일상적으로 몰랐던 것들이 모여서 언젠가는 큰 탈을 일으킬 수도 있지만, 모르는 것이 약이 될 때도 잦은 것 같다.

옳고 그름이나 무엇을 선택할 것인지에 대한 시골의 기준은 고집스러울 수가 없게 되었다. 지조가 없게 되었다. 벼는 익을수록 고개를 숙이고, 옛것으로 새롭게 한다는 말도 있지만, 이제 노인들이 할 일은 적응하는 것뿐이라는 탄식도 있다. 엄마도 당신이 믿고 있는 것에 세상의 변화를 추가해서 처방을 내린다.

오늘 밥상은 보리밥과 칼국수였다. 보리밥은 비름나물과 묽은 햇고추장을 넣어 비볐고, 칼국수는 멸치로 국물을 내고 호박을 채 썰어 넣었다. 생면은 마트에서 사 온 것이고 나머지도 특별한 것은 없다. 나는 칼국수 짝으로 잘 익은 양파김치를 선택했다. 집에서 양파김치를 담가 먹은 지는 그리 오래되지 않았다. 양파가 다 크기 전에 뽑는다는 것은 엄두를 내지 못해서였을 것이다. 엄마는 어린 양파 대가리에 열십자로 칼집을 넣고 부추와 집에서 담근 젓갈로 꽤 많은 양을 버무려 두었었다.

먼저 양파 대가리부터 잡고 짤막한 줄기 끝까지 죽 찢어 놓는 것으로 식사를 시작한다. 뜨거운 칼국수 한 젓가락과 시원한 양파 한줄기가 열정과 냉정으로 입안에서 서로 엉켜 자진모리장단으로 춤을 추는 듯했다.

　며칠 동안 내리던 비가 그쳤다. 장마다운 장마는 아니었지만, 금이 간 마당 틈은 메워졌다. 그리고 그 틈이 있던 자리에 쇠비름 몇 가닥이 올라왔다. 어렸을 때부터 제일 싫어했던 풀이다. 몸통이 지렁이 같은 색깔이라 더 싫었다. 그리고 어떤 때는 채송화와 잘 구별을 못해서 한참을 살려둔 적이 많았다.
　요즘엔 그런 쇠비름으로 진한 청도 내서 먹고, 효소를 만들어 건강음료로 마시기도 한다. 작년에 그 바쁜 와중에도 엄마는 쇠비름 청을 한 병 구해 주셨다. 나에겐 몸에 열이 많으니 꼭 먹으라고 당부했고, 아내에게는 나 몰래 나물 무침 하는데 살짝살짝 넣으라고 했다.
　오늘 마당에 솟아난 쇠비름을 발견하고 대뜸 물어보신다.
　"그거 다 먹었으면 또 해 줄까?"
　이럴 때면 나는 속으로 혀를 내둘렀다. 엄마는 그런 식으로 무엇을 먹을 사람, 아니 먹일 사람에 대한 생각으로 가득 차 있었다. 사람을 바라보면 그 사람에게 해주고 싶은 것이 자동으로 생각나는 것 같았다. 아무리 바빠도 그 모든 것들과 사람을 연결 지으며, 머릿속에 있는 시간과 공간의 지혜를 차곡차곡 정성스레 담고 또 나눌 생각을 한다.

빗소리와 채소 바구니

드디어 본격적인 장마가 시작되었다. 반세기 전에 샀던 반듯한 초가집이 아까워 아직 집을 허물지 못했다. 맨 처음에 슬레이트로 지붕을 바꾸고, 탱자나무 울타리를 뽑고, 벽돌 건물로 뒤채를 내어 달고, 또 행랑채 비슷하게 앞마당 옆으로 방 한 칸도 들였다. 그리고 또다시 지붕을 양철로 바꾸고, 입식 부엌을 만들고 양변기를 들여놓았다.

보일러 두 개를 설치하고, 에어컨을 달고, 전기장판을 깔고…… 수십 년 동안 더 얹고 더 갖다 붙이면서도 '차라리 새로 지을 것을' 하는 후회는 계속되었다. 장마철이 되면 그렇게 복잡해진 처마 여기저기서 아주 여러 가지 모양으로 낙숫물이 떨어진다. 시골집은 우리나라 새마을 운동, 주택 정책, 도로 정책, 전기요금 정책, 공해 대책, 유가 정책, 상하수도 정책의 역사를 담고 있다. 잘된 것도 있고 잘못된 것도 있다. 현재까지 가장 강력한 승자는 이 방 저 방에 깔린 전기장판인 것 같다. 항상 불안한 구석이 있어도 어쩔 수 없다.

시골집은 불편하고 비효율적이어도 만족이 더 크다. 그것은 눈 내리는 날의 발자국, 꽃피는 봄날의 나비, 흙 내음 풍기는 여름날의 마당, 가을바람이 떨어뜨리는 낙엽이 사람의 마음을 정겹게 흔들기 때문일 것이다.

목욕탕 안마 폭포수같이 빨간 고무통으로 쏟아져서 다시 넘쳐 나가는 빗물에 눈이 꽂혔다. 차라리 이렇게 장대비가 오는 날에는 노부모의 신음이 묻혀서 들리지 않아 마음이 편하다. 아니 두 분도 양철지붕으로 쏟아지는 빗소리를 들으며 평화롭게 그저 멍하니 누워있을지도 모른다.

흐린 날은 줄곧 힘들었다. 온몸이 부서져 버린 아버지의 통증은 그런 날에 더욱 심했다. 되레 아프지 않다고 하면 또 뭐가 잘못 되었나 가슴이 철렁할 정도였다. 이런 날 어머니는 아궁이 군불을 지피고 큰 가마솥에 아주 조그마한 고깃덩어리를 삶았다. 천천히 불을 때면서 가마솥 엉덩이를 떠받들듯 올라가는 불꽃을 보며 우리는 나란히 그냥 앉아 있곤 했다.

주방을 새로 만들면서 그 큰 솥을 투명한 지붕이 있는 모퉁이에 걸었다. 이 솥은 청국장 콩을 삶을 때도 쓰고, 맹물만 붓고 아궁이 앞에 모아둔 잡다한 종이 쓰레기를 태우기도 한다. 식구들이 많이 모이는 날에는 옛날처럼 고기도 삶는다. 큰 솥에 삶은 고기가 누린내도 덜 나고 더 맛있는 것은 진리다. 오늘은 돼지고기 앞다릿살 두 덩어리를 삶았다.

비가 잠시 긋는 사이에 나는 플라스틱 광주리에 가득 담긴 채소를 후다닥 골라서 수돗가에서 씻었다. 막 쏟아지기 시작한 빗속에서 호박을 찾고, 가지를 따고, 고추를 훑고, 오이를 따 두었다. 이럴 때는 언제나 가슴이 가볍게 차오른다. 비가 1분 만에 그쳐도 억울하지 않았다. 그것은 급박함에 쫓기는 것이 아니라 서두르면서 느낄 수 있는 아주 드문 쾌감이다.

 장마철에는 비가 얼마나 올지 모르기 때문에 이것저것 잔뜩 따서 광주리에 담아놓게 된다. 쌈을 싸 먹거나 그냥 고추장을 찍어 먹기도 하고, 나물도 하고, 찌개에 넣기도 한다. 엄마는 잎사귀 종류도 여간해서는 냉장고에 넣지 않는다. 차라리 시들해지면 물에 담가서 다시 살린다.

 오늘은 모처럼 셋이서 겸상을 했다. 아무리 분발하더라도 다 합쳐봐야 고기 두어 점 드시는 분 앞에서 어찌 게걸스럽게 먹을 수 있으리. 대개는 따로 먹곤 했다. 그러나 밥상을 들고 가면 아버지는 한 번도 빠짐없이 말씀하신다.

 "너도 같이 먹자!"

 오늘은 삶은 돼지고기가 주메뉴여서 셋이서 함께 집중할 수 있었다. 아버지는 겸상이 기분 좋은지 쌈 싸는 것을 간섭하고 조언하느라 여념이 없다.

 그리고 돼지 잡았을 때 동네 풍경을 그림처럼 설명하신다. 아득히 먼 옛날, 고기 삶는 솥단지 주변을 뱅뱅 돌던 그 시절.

 오늘의 밥상에서는 채소를 무엇을 고르고, 고추장을 찍을시, 된장을 찍을지를 결정하면 되었다. 엄마는 오늘도 된장과 고추장을 섞은 쌈장을 만들지 않는다. 장독대에서 퍼온 것을 양념 첨가 없이 그대로 내놓는다. 참기름도 넣지 않는다. 그런 각각 독립된 장류는 같은 채소라도 완전히 다른 맛을 느끼게 해준다. 입안과 식도를 깨끗이 청소해 주는 느낌이다.

엄마는 대개 아버지 식사가 완전히 끝날 때까지 관찰하고 나서야 나와 같이 밥을 먹는다. 그래서 겸상을 하더라도 천천히 먹어야 한다. 엄마 앞에서 나는 더 푸짐하게 반찬을 집어서 더 크게 쩝쩝거리면서 머슴처럼 먹게 된다. 상추 한 바구니를 몽땅 목표로 삼기도 한다. 나를 바라보며, 나와 같이 밥을 먹는 그 시간이 엄마가 고통을 잠시 잊는 시간이라는 것은 철칙이다.
 나와 엄마와 누이는 먹으면서 음식 화가들처럼 '어떻게' 맛있다는 말만 주고받으며, 또 뭐 해 먹자는 얘기, 아버지가 무엇을 찾을 것 같다는 예상으로 식사를 마무리한다.

삶을 붙드는 방울토마토와 카스텔라

 무섭게 내리는 장대비와 천둥, 번개, 그리고 벼락. 이렇게 요란한 여름은 약간의 경계심을 일으킨다. 때론 한기를 느끼게도 한다. 그러다가 작은 행복감을 느끼기도 하고 비가 그치면 무엇을 할 것인가에 대해서도 고민하게 된다. 생각의 끝자락에서는 자신도 모르는 의욕이 활활 생긴다.
 비가 그치고 하얀 뭉게구름이 제법 큰 무리를 이뤄 높이 뜨면 드디어 한여름 태양이 작열하기 시작한다. 그런데 장마와 그 뜨거운 계절 사이, 보름 동안에는 딱히 손에 잡히는 것이 없다. 끈덕진 비가 남기고 간 흔적들을 정리하는 잡일만 널브러져 있을 뿐이다.
 가게에서 파는 과일도 밍밍하여 수입산 포도가 판을 친다. 이 심심함을 메꿔주는 유일한 대안은 누이가 해마다 몇 그루 심는 방울토마토다. 누이는 첫 순 따줄 줄도 모르며, 그저 대나무 지주 몇 개 세워 주었을 뿐인데 방울토마토는 절반을 땅에 떨어뜨릴 정도로 매일매일 왕성한 생산력을 자랑한다. 생각해보니 방울토마토만큼 질긴 것도 없다. 6월 말부터 거의 11월까지도 열린다. 파란 것을 따놓아도 잘 썩지 않고 바구니에서 빨갛게 익어간다. 조금 상한 것은 손질해서 익혀 먹는 요리에 넣으면 된다.
 아버지에게 방울토마토의 공은 너무나 컸다. 먹을 때마다 토마토의 역사, 종류와 생육 특성, 효능까지 틀림없이 몇십 번은 반복했을 것이다. 토마토는 평소에도 많이 먹는 거라서 재미 삼아 정보검색을 해보았다. 거의 다 맞는 말이었다.

"방울토마토 먹을 때는 입을 다물고 한 번에 꽉 씹어라."

날마다 머리맡에 두고 먹는 토마토이건만, 달다, 시다, 껍질이 두껍다, 얇다, 입 밖으로 토마토 물이 튀었는데 어디로 튀었는지 찾아봐라 등등 그 사건과 반응은 변화무쌍하고 다채로웠다. 영양도 좋은 것이 아버지의 심심치 않은 상대도 되어 준 것이다.

오늘 오전 간식은 내가 만들었다. 가래떡이 아닌 잘게 썬 떡국 떡으로 떡볶이를 했다. 고추장을 조금만 넣는 대신 빨간 방울토마토만 골라 껍질을 벗겨 넣었다. 되직한 집고추장이어서 그런지 시큼한 방울토마토 맛이 잘 숨어들었다. 어색한 조합을 싫어하는데도 아버지는 그것을 눈치채지 못했다.

식사 사이사이에 무엇을 조금 드리는 것이 이제는 큰 숙제가 되었다. 몇 번씩이나 식사를 못 해 죽을 고비를 넘긴 터라 '제발 한 숟갈만' 소원한 적도 있었는데 지금은 입맛이 살아난 것이 문제가 된 것이다.

엄마를 또렷이 알아보는 것, 몸을 엄마한테만 맡기는 것 두 가지가 아직 확실하다는 것이 문제의 이유다.

더 나빠지지 않은 것이 문제의 이유라니.

그것은 구순의 엄마가 힘이 닿는 한 집에서 아버지를 돌보자는 가장 큰 이유이기도 했다.

"집을 떠나서는 3개월을 못 넘길 거야. 다 나가떨어질 거다." 엄마의 이 말은 오래전부터 자식들의 머릿속에 콱 박혀있었다. 누구도 부정할 수 없는 말이었다. 아버지의 복잡한 병증 표출과 고집, 자존심 때문에 엄마가 아니고는 누구도 아버지를 제대로 돌볼 수 없었다.

집으로 모시고 온 날, 제일 먼저 엄마가 챙겼던 스테인리스 변기는 집에서 가장 오래된 살림살이일 것이다. 버스 추락사고를 당했던 아버지가 퇴원할 때 병실 침대와 함께 병원을 나온 충실한 물건이다. 요즘 사용하는 플라스틱보다 튼튼하고, 안이 멀겋게 비치지도 않으며, 세척도 편하고 특히 위생에 좋다. 바닥에 떨어뜨릴 때 징 치는 소리가 난다는 것, 그리고 미리 따뜻한 곳에 두지 않으면 첫 촉감이 차갑다는 게 약점이라면 약점이다.

아버지의 식욕이 살아나면서 변기 위에 아버지를 엄마 혼자 들어서 앉혀야 하는 횟수가 늘어나고 있다는 게 큰 고민이다. 기저귀도 시 보았고 바닥 패드도 시도해 봤지만, 의식이 없을 때 빼고는 번번이 거부당했다. 날마다 혈압약을 먹고 있음에도 그 일을 마다하지 않는 엄마가 걱정되었다.

그렇게 변기와 씨름을 하는 것은 아버지에게도 큰일일 것이다. 두 팔로 어떻게든 방바닥에서 몸을 들어 올리려고 온 힘을 다해야 하기 때문이다. 내가 하는 일은 혹시나 일어날 실수에 대비하여 방문 앞에 신문지를 몇 장 갖다 놓는 것뿐이다.

그 실수를 그렇게도 싫어하는데 치매가 여기서 멈추지 않을까?

하체를 쓰지 못하는 사람의 몸을 방바닥에서 살짝 들어 올릴 수 있는 물건에 대해서도 생각해 보았다. 지렛대 원리를 이용하는 것, 피자처럼 들어 올리는 것, 평행봉 같은 것을 방안에다 설치하여 환자 스스로 상체를 사용하는 것 등 여러 상상을 해 봤었다. 하지만 엄마의 답은 항상 똑같다. 아직은 이렇게라도 가릴 정신이 있으니 기꺼이 아버지의 의지를 돕겠노라고 한다.

한바탕 씨름이 끝나고 나면 잠시 고요하다. 힘이 빠져서도 그럴 것이고, 삶에 대한 어떤 상념들도 교차할 것이다. 그러나 그것도 잠시뿐이다. 충분히 환기될 정도로 시간이 지나니 엄마는 다시 쟁반을 꺼낸다. 그리고 폭신한 카스텔라 몇 조각과 요구르트를 놓는다. 콜라도 반 잔 놓는다. 이미 상할 이가 없으니 단 것이 무슨 대수겠어. 엄마가 중시하는 것은 에너지 보충과 달콤함이 주는 만족감이다. 그렇게 또 아버지 옆에 앉아서 달고 부드럽고 맛있다는 얘기를 또 질리도록 듣는다.

애간장을 녹이는 향, 호박전과 고추 산적

공상과학 영화의 괴물처럼 호박 넝쿨이 온 밭과 울타리를 헤집기 시작했다. 벌과 나비도 부지런히 움직인다. 나는 대나무 장대를 들고 호박잎들을 들추고 눕혀가며 쉽사리 동그란 애호박 몇 개를 따낸다. 그리고 중간 크기보다 조금 작은 고추들을 한 바가지 딴다. 엄마의 지시를 받아 순식간에 임무를 완수한다. 열매 따기는 너무나 쉽고 재밌다.

냉동실에서 비닐에 쫙 달라붙은 쇠고기를 꺼내 전자레인지로 해동시켰다. 전자레인지는 요즘 시골 노인들을 매우 편하게 해준 문명의 이기이다. 특히 찬 것을 데우고 언 것을 녹이는 데 그만이다. 무엇을 데우다가 태워버리고, 냉동된 것 떼려다가 손가락에 피가 나던 것을 쉽게 해결해 주는 물건이다.

엄마가 음식을 만드는 모습은 마술 같다. 전을 만들 때도 내가 하는 일은 달걀 물 만들고 전을 뒤집어주는 것, 그리고 집어 먹는 것뿐이다. 먼저 쇠고기를 간장양념으로 주물러 놓고 호박전 준비를 한다. 내가 호박전을 부치는 사이에 엄마는 고추와 양념 쇠고기를 꼬치에 가지런히 꿴다. 길이가 비슷한 고추를 딴 것으로 칭찬을 들으며 실없이 '선수끼리 왜 이래?'라는 말이 떠올라 웃었다. 어울리지 않는 말인데 그런 생각이 들었다.

간장 기가 배인 식재료를 프라이팬이나 석쇠에 구울 때 나는 강렬한 냄새는 세상 사람 모두가 좋아하는 냄새일 것이다. 간장양념이 옆구리에 묻은 풋고추 익는 냄새는 정말 환상적이다.

오늘의 메뉴는 텃밭의 혜택을 누리는 메뉴였다. 풋풋한 것들로 반찬도 삼고 간식거리로도 삼는 것이다. 밭에 가지도 있었지만 거의 부쳐 먹지는 않는다. 가지는 생것이든 말린 것이든 역시 나물이라, 무친 것이 가장 맛있다. 일본식으로 길쭉한 가지튀김을 폰즈 소스에 찍어 먹거나, 중국식으로 깍둑썰기 한 가지튀김을 양념에 굴린 것도 맛있기는 하다. 그래도 가지는 무치는 것이 최고다.

아버지의 일성은

"야! 냄새가 애간장을 녹인다!"였다.

후각으로 정신이 말짱하다고 자신한 아버지가 의기양양하게 외친 말이었다. 하지만 제일 안 맵게 생긴 고추 한 개와 쇠고기 한 점, 부드러운 가지나물 몇 가닥과 호박전 2개가 아버지의 정량일 뿐이었다. 간장양념을 한 쇠고기는 냄새 풍기는 역할만을 충실히 했다.

왜 대파 꼬치는 없냐고 하는 투정이 엄마는 반갑다.

"지금은 파가 매워요. 가을이나 되어야 먹을 수 있어."

다독이는 엄마의 대답에 실망한다.

전 담은 바구니를 물끄러미 보시더니 갑자기

"왜 휴지 위에 음식을 놓았냐?" 심술궂게 나무라신다.

키친타월이 잘 보일 리도 알 리도 없겠지만 아버지는 다른 것을 떠올린 듯했다. 아니나 다를까 벽장 속에 새 달력 많은데 꺼내 쓰지 그랬냐고 한다. 기억을 더듬어 보니 얼마 전까지도 우리는 깨끗한 달력을 채반 위에 뒤집어 깔고 전에 배인 기름기를 뺐었다. 달력으로 채반을 덮어 놓기도 했었다.

추석이나 설날, 제사 때나 전을 푸짐하게 부쳤으므로 지나간 달력을 뜯으면서 세월을 느끼기에도 그만이었다. 신문지처럼 냄새가 독하지도 않았다. 한복 입은 여배우 얼굴과 이름을 일일이 맞춰보기도 했었다.

근 30년 전, 퇴직 후에 아버지는 수첩 대신 여러 종류의 달력을 썼다. 2절지만 한 큼지막한 농사용 달력은 혼자 일어설 수 있었던 재작년까지 썼었고, 하나는 습자지 같이 얇은 종이를 한 장씩을 날마다 뜯어내는 일력日曆이었으며, 그것이 나오지 않게 되면서부터는 탁상용 달력을 썼다. 놀랍게도 탁상용 달력 하나만큼은 지금도 애지중지 쓰고 있다.

유일한 메모장인 탁상달력에 한자를 섞어 쓴 글씨는 붓으로 쓴 듯 반듯하다. 지금은 뭐라고 쓰여 있는지 분간하기 어렵다. 정신이 맑다고 생각하는 이른 아침 시간에 깨알 같은 글씨를 한참 동안 쓰는데, 그 시간 외에는 절대로 쳐다보거나 확인하지 않는다.

살아 있음을 느끼는 것에 몰두하다 보니 그것을 들여다볼 여유가 없을 수도 있다. 그것을 다시 보기가 무서울 수도 있다. 아니, 그 시간이 지나면 달력이 아예 눈에 띄지 않을 수도 있다.

가끔 내려온 손주들에게 언제 왔냐고 몇 번씩 물어봤다가, 인사하고 나오면 방금 누가 왔다 갔느냐 하면서 엄마의 눈치를 본다.

어떻게든 나 아직 멀쩡하다는 눈빛으로 한마디 한다. 갑자기 달력을 가리키며 큰소리를 치신다.

"무슨 소리야! 내가 애들 생일이랑 왔다 간 날짜 다 적어 왔는데."

늦여름의 군만두와 카레

참매미가 우는 것을 보니 여름도 절정을 넘어섰다. 한여름에는 하루 이틀이라도 손을 보지 않으면 텃밭은 풀밭이 된다. 작은 밭일망정 일 년에 수십 가지를 돌려 심는 텃밭은 우리 집의 무공해 보고이자 스트레스 해소장소다. 씨앗과 종묘를 사서 쓰니 유기농까지는 아니다.

대부분 누이가 일구고 씨를 뿌리는데 엄마도 가끔은 거든다. 아마 호미질을 하면서 참 많은 생각을 하고 나쁜 상상도 날려 보내실 게다. 나쁜 생각을 좋게 바꾸는 것, 그것이 엄마가 살아온 만병통치 방식이다.

엄마가 아버지 곁을 비우는 핑계는 아주 단순했었는데 요즈음은 조금 늘었다. 네 가지로 정해진 듯하다. 잠깐 병원에 갔다 오는 것, 밭에 갔다 오는 것, 화장실 갔다 오는 것, 밥상 차리는 것 정도다. 아버지는 늘 시간을 계산한다. 그 시간의 기다림이 분명 즐거운 것 같기는 한데, 계산은 엉터리다. 아버지의 몸과 마음에 따라 바뀐다. 겨우 십 분을 비웠는데 몇 시간을 기다렸다고도 하고, 한 시간 만에 들어가면 왜 이렇게 빨리 왔느냐고도 한다.

오늘은 탕수육과 자장면을 시켰다. 군만두는 선물로 따라온다. 군만두와 자장면을 가위로 잘게 자르고, 탕수육도 잘라서 준비한다. 양파와 단무지도 자른다. 함께 하는 메뉴라서 당연히 아버지와 겸상을 하는 날이다.

항상 그렇듯이 단단히 각오를 해야 한다. 부종 때문에 이제 젓가락질도 왼손으로 하는데 입에 가져가는 것을 기어이 혼자서 해낸다. 그것을 아주 편안하게 지켜볼 수 있어야 한다. 나는 눈치껏 흘리는 것을 닦아내기도 하고, 먹기 좋은 조각들을 좋은 위치로 옮겨 놓는 정도만 도와드린다. 젓가락질이 힘든데도 아버지는 '찍먹주의'를 고수한다. 짭짤한 자장면 냄새, 반쯤 익힌 파와 부추 향이 느끼한 군만두 냄새는 횟수 제한 없이 아버지에게 입력되어 있는 옛 향수를 자극한다.

오늘은 누이의 여고 시절, 집에서 군만두를 해 먹었던 것을 기억해 내신다.

"이거 집에서는 못 만들어? 그전에는 했었잖아?"

시내의 이름 있는 여고는 생활관 합숙지도라는 프로그램이 있었다. 며칠 동안 학교에서 여학생들이 머물면서 예의범절과 음식을 배우는, 그야말로 그 시대를 풍미했던 현모양처의 기초를 배우는 시간이었다. 며칠 만에 집에 돌아온 누이가 여러 번의 실수 끝에 성공한 군만두는 알고 보면 너무 쉬운 음식이기도 했다. 솜씨를 떠나 여러 가지 재료를 밀가루로 싸서 튀겼으니 그때로서는 맛이 없을 수가 없었다. 뻣뻣한 밀가루 덩어리도 튀겨지면 맛이 달랐다. 우리 가족은 엄마가 아닌 누이가 음식을 만드는 것에 왠지 어색했었다.

군만두 이야기는 생활관 이후 누이의 주특기 음식으로 자리 잡은 카레라이스로 넘어갔다. 누이는 고기 없이 감자, 양파, 당근만으로 만들기도 했고 가끔 햄을 넣기도 했다. 하지만 카레는 카레였다. 재료를 조금씩 바꿔도 큰 차이가 없었다. 처음부터 우리가 모두 카레에 익숙한 것은 아니었지만, 카레와 함께 먹었던 반찬은 낯선 카레 냄새까지 좋아하게 만들었다.

엄마가 카레의 짝으로 만든 반찬은 깍두기나 무생채였다. 깍두기가 익었을 때 국물과 함께 떠먹으면 입안에서 아이스크림이 녹는 행복감을 느꼈다. 모두가 네모난 재료여서 그 모서리들이 입안에서 서로 부딪히면서 다듬어지는 느낌이었다.

잘 익은 깍두기가 없을 때 엄마는 30분 만에 무생채를 완성했다. 무를 최대한 가늘게 채 썰고 양념은 칼로 다졌다. 절구를 이용하면 편했으련만 최대한 짧은 시간 안에 고른 양념 맛을 내기 위해 마늘과 젓갈을 칼로 깨알같이 다져 넣었다. 실파 잘라 넣고, 소금과 새우젓 약간, 깨소금, 그리고 약간의 설탕을 넣어 버무리면 숟가락 위에 밥보다 더 욕심껏 쌓아 올려 먹는 생채가 완성되었다.

한여름엔 물김치도 꽤 괜찮은 카레라이스의 짝이었지만 밥을 그냥 삼키게 되는 부작용 때문에 카레를 기다리는 동안에 미리 물김치를 먹었었다.

가끔은 카레처럼 아버지가 싫어하는 음식도 만들어 우리끼리만 먹기도 한다. 그러면 아버지는

"아까 무슨 냄새가 나던데 뭐여?"

왜 나는 안 주냐고 따진다. 그 또렷한 코의 반응, 투정과 집착이 엄마에게는 또 새로운 시도의 실마리가 된다.

낯익은 시골 풍경 속 박속무침

아침저녁으로 조금씩 시원한 바람이 분다. 기와집 느낌이 나는 양철지붕으로 바꾼 뒤에 집이 훨씬 더워졌다. 벽걸이 에어컨 하나에 의지하여 방마다 문을 열어 시원하게 하니 전기요금이 꽤 나온다. 이리저리 수리한 시골집 깊숙이 황토 흙벽이 남아 있어도 이제 시골집은 에어컨 없이 견딜 수 없다. 나처럼 비만한 사람의 혈관 찾듯이 간신히 벽을 가로지른 기둥을 찾아 벽걸이 에어컨을 걸었다.

아버지가 검은 옷을 입은 저승사자나 악동들을 잡느라 방바닥을 두드리는 소리는 이제 소음도 아니다. 우렁찬 참매미의 노래를 물리친 애매미들의 높은 울음이 더 커서 탁탁! 두드리는 소리를 감춰주고 있다.

잠시 엄마와 나는 주방에 나란히 누워 친척들과 동네 사람들 얘기를 나눈다. 나눈다기보다는 총기 가득한 엄마의 얘기를 들어주며 또 얘기가 이어지도록 맞장구를 쳐주는 것이다. 그리고 끝에 가선 또 무슨 반찬을 만들지 정하고 나서 자리에서 일어난다.

지난봄에 촌닭 두 마리와 마늘 몇 접을 품고 있었던 비닐하우스를 걷어내고 재미 삼아 수세미와 박을 심었었다. 서로 구분하기 어려울 정도로 유연한 줄기들이 삐뚤빼뚤한 활대를 타고 엉키더니 그 터널 밑으로 수세미와 조롱박이 주렁주렁 매달렸다. 가을에 그 무성한 덩굴들을 걷어내는 것이 큰 일거리인데도 두서없이 무수히 열리는 그 열매들을 보는 즐거움이 그 수고스러움을 잊게 했다. 그것들을 수확해서 수세미나 바가지로 써보리라는 막연한 설렘도 한몫을 했다.

축 처져 가는 덩굴 밑으로 엄마 눈에 띈 것은 동그란 박 한 덩어리였다. 심을 때 한 포기가 잘 못 따라왔는지 아주 오랜만에 귀한 구경을 하게 된 것이다.

나는 멜론 색깔보다 조금 연한 색을 띤 반질반질한 박을 하나 땄다.

"오랜만에 보는 귀한 것 하나 있네. 구멍 내서 속 좀 긁어봐."

엄마의 말에 따라 우유 슬러시 같은 박속을 숟가락으로 열심히 긁었다. 새 화선지에서 나는 냄새와 오이 냄새가 섞여진 듯하면서 상큼하고 시원했다. 그 향은 시골집이 초가집이었을 때 지붕 위에 열렸던 박들이 보름 달빛에 반짝였던 풍경을 불러왔.

엄마는 일 년에 한 번 먹을까 말까 했던 낯선 박속무침을 아주 오래간만에 만들었다. 얇게 긁어내 모은 박속을 데쳐 물기를 짜내고 초고추장을 만들어 순식간에 비무렸다. 아직 어린 직은 박씨를 하나씩 골라내는 것도 싫지 않았다. 박의 향기로움이 식초를 타고 날아다녔다.

아버지는 그 특유의 향 때문에 박속무침을 좋아했었고 나는 그냥 초고추장 맛에 먹었었다. 그 박속무침이 10여 년 만에 밥상에 올라온 것이다. 아버지는 출처부터 캐물었다. 그렇게 엄마의 마법은 또다시 통한다. 오랜만에 등장한 만큼 박에 대한 풍부한 표현과 해설로 보통 때의 점심보다 훨씬 길어진다.

열심히 대꾸해주던 엄마가 지쳤는지 윗목에 놓인 전용 침대로 "아이고" 큰 소리를 내며 눕는다. 그리고 10초도 지나지 않아 다시 아버지의 밥상 쪽으로 몸을 돌려세운다. 아버지는 자신의 말을 들어주는 고마움에 식사시간에 누운 것에도 관대하다.

엄마가 맞춘 침대는 길이가 짧고, 높이는 낮은 딱 엄마용이었다. 따지고 보면 엄마를 위한 물건이 아니다. 24시간 비상 대기하는 엄마가 아버지의 부름에 바로바로 응답하기 위한 근무 장소로 안성맞춤일 뿐이다. 그런 죄스러움을 잠시 면하고자 자식들도 가끔 침대에서 대기해 보지만 누구도 아버지의 간병인도 말동무도 되지 못했다. 한 시간을 버텨내기 어려웠다. 딱히 까다로운 아버지 때문만이라고도 할 수 없었으며, 간단한 반응도 제대로 못 하는 나 자신의 문제인 것 같았다.

이런저런 이유로 침대에 누운 아픈 엄마가 방바닥에서 생활하는 더 아픈 아버지를 돌보고 있는 셈이다. 병간호하는 배우자가 먼저 세상을 뜨는 경우도 많다. 그러면 아팠던 사람이 곧 따라가는 경우를 많이 봤다. 어떤 익숙한 편안함이 사라지거나 슬픔이 감지되어서가 아니라 너무나 미안해서 그럴 것 같다. 미안함이 인간의 본능은 아니지만, 미안해서 본능적으로 그렇게 쉽게 무너져버리는 것 같다.

가시는 날까지 엄마가 돌보겠다는 결심은 날마다 더 굳어지고 있다. 엄마의 육체적 정신적 고통 따위는 다른 사람이 그렇다고 말해줄 때만 잠시 밖으로 이끌려 나올 뿐이다. 그 사람 앞에서 팔 자려니 하고 한숨 한 번 쉬어주며 위로에 고마움을 표하는 것으로 족하다.

엄마가 부부로서 어떤 오래된 사랑의 맹세를 염두에 두고 있을 가능성은 없다. 누이가 또 장난을 친다.

"낯간지러워서 못 보겠어. 어찌나 둘이 서로 챙겨주는지."

"세상에 엄마처럼 해주는 사람은 없을 거야."

엄마는 항상 같은 대답을 한다.

"뜻 받아 줄 곳이 없는데 어떻게 하겠어."

"너 같으면 네가 서 있다고 생각하는 시간과 장소에, 그 주변에 있을 것이 없으면 좋겠냐? 얼마나 황망하겠어."

정신이 혼미하고 인지가 온전치 못한 상태이더라도 낯선 곳에서 아버지가 언뜻언뜻 느낄 수치스러움까지 걱정하는 마음이 엄마의 다짐이 되었다. 아버지가 잠깐이라도 온전하게 인식할 그 시간 그 장소에 엄마는 빠짐없이 있고 싶어 했다.

가장으로서 아버지가 자리를 지켜온 것처럼, 엄마도 아내로 그 자리에 머물겠다는 것이 변함없는 엄마의 생각이다.

여름과 가을 사이, 곰국과 콜라

보통사람도 기력이 쇠해지는 여름을 아버지는 잘 버텼다. 재료가 다양하지 않은 늦여름, 엄마의 주방은 조금 한가하다. 찬바람이 불어올 무렵에 엄마는 늘 곰국을 끓여 놓는다. 우족과 사골을 따로 끓여 섞기도 하는데 질리지 않도록 여러 가지 응용을 한다.

이번에는 곰국 끝물에 쇠무릎이라는 약초를 넣어 푹 고았다. 신경통이나 두통에도 좋다고 한다. 엄마의 큰아버지가 한의원을 하셨을 때 엄마는 참 많은 것을 배워 놓았던 모양이다. 사시사철 몸에 도움이 되는 것들의 찰떡궁합을 물 흐르듯 떠올린다.

쇠무릎은 매년 이맘때쯤 달여 먹었던 약초였는데, 이것 말고도 엄나무나 황기, 감초, 작약, 그리고 들에 있는 많은 풀이 보약의 재료였다. 집에서 기르는 가축이나 민물고기가 짝이 되기도 하였다. 엄마는 쓰디쓴 익모초로 여름 배탈을 다스려주고, 넓적한 선인장을 불에 달궈 삔 발목을 달래 주기도 했다.

입 가진 사람들은 말한다. 엄마는 예전에도 현명한 아내로 아버지를 살렸고 지금도 엄마가 아버지를 살리고 있다고.

곰국을 며칠 계속 먹는 것은 쉬운 일이 아니다. 깍두기나 배추김치, 파김치, 젓갈, 장아찌 등을 번갈아 곁들여도 한계가 있다. 그래도 기름을 다 건져낸 담백한 곰국을 끓여 놓은 엄마는 며칠 편하다. 아버지도 불만은 없다. 그런데 우족이나 사골에서 떨어져

나온 감질 나는 건더기가 또 다른 식욕을 불러올 때가 있다.

　누이가 불고기 피자 한 판과 프라이드치킨 한 마리를 주문했다. 교회 앞집이어서 얼마나 다행인지 모른다. 길이 밝고, 사람 왕래가 많은 것이 제일 좋고, 음식 주문할 때도 편하다. 보통은 피자가 더 빨리 온다. 치즈가 너무 늘어지지 않게 피자를 식히고 있으면 치킨이 온다. 치킨가게 이름은 시장통닭인데 도시보다 닭을 훨씬 잘게 잘라 튀긴다. 튀김옷에는 카레가루를 넣고 흑임자도 많이 넣어 냄새가 좋고 고소하다.

　피자에 상당히 익숙해지고 닭튀김은 즐길 정도까지 되었지만, 부모님은 아직도 콜라를 맛있게 마시려고 이것들을 주문하는 것 같다. 여름에는 이온 음료를 박스로 사 놓고 마셨었다. 짭조름한 맛이 적당한 먹을거리와 짝을 맺지 못해 땀이 많은 한여름에만 마신다.

　언젠가 삼겹살을 구워먹기 시작하면서 버젓이 식탁 위를 차지하게 된 가위로 식은 피자와 치킨 살을 잘게 잘랐다. 치킨의 튀김옷이 다 떨어지면 안 된다. 우리는 피자 한 입, 콜라 한 모금, 치킨 한 조각, 콜라 한 모금, 그리고 트림 한번 하고 '맛있다!'를 합창하듯 여러 번 반복했다.

　충치 생길 일 없는, 틀니를 한 아버지 때문에 우리도 덩달아 콜라 팬이 된 것 같다. 설탕이 에너지를 주기도 하고 탄산가스가 기분도 전환시켜 줄 때가 있다. 식탁 위의 콜라, 대청의 콜라, 냉장고의 콜라가 각기 다른 온도로 선택을 기다리며 상시 대기한다.

피자와 치킨은 아버지의 눈물겨운 노력을 불러일으킨다. 피자는 한 번쯤 더 찾고, 치킨은 세 번쯤 더 찾는다. 이것을 예상하고 냉장고에 남겨 놓지만,
"어제 먹던 것 남아 있냐?"라는 요구가 나올 때까지 기다려 본다.
뭐 먹을 게 있었다는 것을 생각하고 또 생각했을 것이다.
가끔은 시켜먹었던 음식을 잘못 기억할 때도, 아예 잊을 때도 있다. 하지만 뭔가 자신을 위한 것을 찾고, 기억하며 요구할 수 있다는 것이 엄마에게는 희망이다.
엄마는 그렇게 남겨 놓은 것을 다시 내놓을 때 조금씩 변화를 준다. 그리고 아버지를 시험한다.

토종붕어와 고구마 순

 모처럼 동네가 떠들썩하다. 기억도 가물가물할 만큼 오랜만에 동네 방죽 물을 완전히 빼버리는 날이라서 사람들이 물고기를 건지러 간다. 대개는 논에 더는 물 댈 일이 없는 가을철에 물을 빼고 흙을 파내고 방죽 바닥을 정리한다. 점점 드러나는 진흙 속으로 숨어드는 가물치며 잉어, 그리고 붕어를 장갑 낀 손으로 잡으면 된다. 하지만 이제 물고기는 별로 없다.
 저수지라고 말하기에는 보잘것없이 작아진 방죽에 연과 수초만이 가득했기 때문이다. 그래도 누이는 칠십이 다 된 동네 오빠가 잡은 토종 붕어 몇 마리를 얻어 왔다. 아니, 뺏어왔다.
 토종 붕어는 정말 예쁘게 생겼다. 정말이지 생김새가 예쁘면 토종붕어다. 어렸을 때는 장마철에 냇가에서 잡기도 하고 방죽 수문에서 떠내려오는 것을 줍기도 했었다. 두세 마리 귀한 붕어로 오늘은 붕어찜을 만든다. 아버지가 사시사철 좋아했던 음식이다. 무시래기나 묵은 김치를 깨끗이 씻어 넣고 양념하여 졸이면 된다. 찜을 하더라도 처음 먹을 때는 원형 그대로를 살려야 하므로 옆에 지켜 서서 빨간 국물을 끼얹어가며 마늘, 생강 향도 배게 하고 살점이 부서지지 않게 해야 한다.
 아버지는 소꿉장난하듯, 젓가락질 연습하듯 붕어 잔뼈 사이를 탐구하고 있다. 적어도 몇 끼는 그럴 것이다. 엄마와 나, 누이도 비슷한 즐거움을 느끼기 위해 시장에서 꽃게를 사 왔다. 심각하지 않으려면 열심히 함께 노력해야만 한다. 간호하는 가족이 즐겁다는 것이 결코 죄는 아닐 것이다. 여럿이 함께 있으니 가능한 일이다.

싱싱한 게에는 호박이나 고추, 대파를 넣어 적당히 끓여낸다. 오늘 꽃게는 축 늘어져 있는 것들이어서 고구마 줄기를 넣는다. 고구마 줄기는 이파리가 달린 연한 부분이라서 엄마는 보통 고구마 순이라고 불렀는데 일 년 열두 달, 심심치 않게 등장하는 맛있는 식재료였다. 조금 맛이 간 게에 반쯤 말린 고구마 순이나, 말린 고구마 순을 물에 불려 넣고 푹 끓이면 건더기 건져 먹는 재미가 좋다.

그리 맵지 않게 장국으로 맛을 낸 꽃게 찌개에는 알타리무라고도 하는 무청이 뿌리보다 많고 연한 무로 담근 총각김치나 겉절이처럼 바로 담근 배추김치가 잘 어울린다. 그런데 나는 고구마 순 김치를 택했다. 찌개에 들어가 있는 고구마 순이 잊어버리고 있었던 그 김치를 떠오르게 했다.

고구마 순 김치는 꽤 오래전에 만들어 놓은 것이다. 한여름에 평상 위에 둘러앉아 손톱 밑이 까맣게 물들도록 껍질을 벗겼고, 텃밭에 심은 부추를 한 바구니 베어 고구마 순 김치를 담갔었다. 이 김치의 핵심은 아삭거리는 느낌과 입안에서 화합하는 고구마 순 향과 부추 향이다. 사실은 부추 향이 더 강하다. 줄기가 미끈하기 때문에 고춧가루를 많이 넣게 되는데 국물이 연한 국 종류와 밥을 먹을 때 아주 잘 어울린다.

　30분이 지났는데도 아버지는 엄마를 부르지 않는다. 붕어의 향수에 푹 빠져 있는 것이다. 다 벗겨내지 못한 비늘을 찾고 있을지도 모른다. 누이와 나는 밭으로 나갔다. 아버지가 몰두하는 사이에 무성하게 자란 고구마 순을 따러 갔다. 고구마순은 그렇게 고구마 줄기처럼 계속 고구마 생각을 하게 만들었다.

　고구마를 캐기 전까지 줄기를 여러 번 따서 삶아 말릴 것이다. 그래서 명절 때마다 나물도 하고, 심심하면 볶음도 해 먹고, 담백한 탕도 만들 것이다.

　말린 고구마 순은 보릿대 냄새가 나기도 하고 지푸라기 냄새가 나기도 한다. 또 풀 먹인 모시 적삼 냄새가 나기도 한다. 모두 건강한 향이고, 한편으로는 엄마 냄새가 섞인 것도 같다. 너무나 흔한 것이지만 엄마는 고구마 순의 영양분을 몸으로 알고 있었다.

희망을 품는 된장 고추장 간장

항상 먹는 것은 아닐 테지만 엄마가 만든 장류를 찾는 사람은 줄잡아 오 십 명이 넘는다. 사돈도 드리고, 칠팔 십 된 동생들에게도 준다. 구순이 되었어도 엄마의 손맛은 통한다. 누나가 생각나서, 언니가 생각나서, 숙모가 생각나서 가끔 무엇을 부탁하는 친척을 나무랄 수는 없다. 그들이 생각난다는 것을, 그리고 엄마가 기꺼이 해주고 싶다는 것을 말릴 수가 없다.

엄마는 재료 구매 때부터 먹을 사람의 성향까지 기억을 더듬어 생각하여 정을 듬뿍 담는다. 그러다 보니 된장, 고추장, 간장이 두 종류씩이 된다. 엄마의 간장은 미역국 끓일 때 제일 맛있고, 고추장은 그대로 멸치만 찍어 먹는 게 맛있다. 된장은 고추나 파만 넣어 끓여도 충분하다. 간장이야 그렇다고 치고 고추장, 된장이 그렇게 쉽게 입맛에 어울리는 이유는 간이 딱 맞아 떨어지기 때문이다.

누가 가져가도

"안 짜고 맛있어요. 아무거나 넣어도 맛있더라고요."라고 한다.

보통 사람이 예상하는 바로 그 간으로 만든다. 그러면서도 쉽게 맛이 변하지 않는 간이어서 놀란다.

엄마는 큰 솥단지에 국을 끓일 때 말고는 날마다 하는 음식의 간을 거의 보지 않았다. 혹시라도 미심쩍으면 옆에 있는 사람에게 맛을 보라고 한다. 그러면 대개는 "된 것 같아요."라고 말한다. 그것이 엄마가 미각을 잃지 않는 이유 중 하나일 수도 있다. 뜨거운 국물을 입에 대지도 않거니와, 맛에 대한 집중과 연속된 생각이 최상의 감을 갖게 했을 것이다.

  사실은 된장, 간장 담그는 것은 별로 재미가 없다. 항아리를 깨끗이 씻어야 하고, 물이나 메주 등 무거운 것을 날라주는 것도 일이다. 특히 맛볼 게 없다. 고추장은 다르다. 맛있는 고두밥이 있었다. 메줏가루를 넣은 고추장도 삭혀서 먹어야 하는 기다림이 필요했지만, 고두밥을 김에 싸서 먹는 재미가 좋았다. 요즈음에는 쌀가루를 사용하고 메줏가루가 그렇게 많이 들어가지도 않아서 고추장을 바로 먹을 수도 있다. 고춧가루와 물엿으로 즉석에서 만드는 초고추장도 흔한 세상인데 이상할 것도 없다.

  올해는 아버지 상태가 좋지 않아서 때를 놓쳤다. 정월에도 담그고 봄에도 담갔던 것 같은데 가을에 고추장을 담근다. 겨우 내 띄워서 빻아두었던 메줏가루와 엿기름가루를 냉동실에서 꺼내고, 쌀가루, 햇고추가루와 아껴둔 묵은 고춧가루를 섞는다. 각자 손가락으로 맛을 보지만 모두 무사통과다. 덜 매운 맛과 매운맛을 나누어 단지에 담아 장독대로 옮기면 끝이다.

  누이는 큰 그릇에 묻은 고추장을 알뜰히 긁어서 동태찌개를 끓이자고 한다. 시끌시끌한 주방 탓인지 아버지는 아무 기척이 없다. 틀림없이 식구들의 요란한 말소리와 달그락거리는 소리에 안도하고 있으리라.

이렇게 조용할 때는 불현듯 돌아가셨을 수도 있다는 생각에 오싹해진다. 그렇게 큰 고통 없이 가신다면. 갑자기 호상好喪이라는 단어가 머리를 스치고 지나갔다. 이 죄짓는 생각과 기분을 바로 떨쳐내야 한다. 그것을 바랄 수는 없다. 아버지 덕분에 그렇게 평온하게 잘 담근 고추장이니 당분간 길게 늘어질 가을 햇살과 겨울 공기가 그 맛을 지켜 줄 것 같다.

봄이 오면 또 장맛을 볼 생각에 엄마는 화색이 돈다. 묵은 고추장 가져갈 것인지 햇고추장 가져갈 것인지 자식들에게 물어볼 말도 생긴다. 대량으로 만들어 파는 된장이나 엿기름을 추가로 섞어 넣는 것 말고 된장 맛을 내는 새로운 좋은 비법이 있는지도 사람들에게 들어 볼 것이다. 어디에 표시는 해 놓지 않았어도 차례차례 항아리 뚜껑을 열어볼 내년 봄을 설렘으로 기다릴 것이다. 그러면서 또 그때를 내년 봄 아버지 생일과 연결시키고, 그때까지 살아 줄 것을 맘속으로 빌 것이다.

엄마는 그런 식으로 작은 것에도 희망을 담아 놓으면서 무슨 일이 닥쳐도 이왕이면 재미있게 사는 것이 지극히 자연스러웠다. 한 번도 '사니까 살아지는 것'이라는 말을 들은 적이 없었다. 그게 엄마의 음식을 양심의 가책 없이 맛있게 먹을 수 있는 중요한 이유이기도 했다.

허를 자극한 고춧잎 호박잎

고추잠자리들이 마당에 핀 코스모스 주변을 맴돈다. 봉숭아는 볼품없이 시들어가고 있고, 샐비어 꽃은 아직도 벌들을 불러 모으고 있다. 문득 그 꽃술의 하얀 씨방 단물을 빨았던 일이 맴돌았다. 그리고 샐비어 꽃대를 닮은 길쭉한 과자도 생각이 난다.

여름방학이 끝날 무렵이 되면 괜히 가슴이 철렁했었다. 뭔가가 끝나가고 있다는 허전함이었으리라. 그러면 마지막 멱을 감으러 참게와 물뱀이 사는 개천으로 달려갔었다. 돌아올 때는 기차가 지나는 철로에 10원짜리 동전도 갈려보고 갈댓잎으로 바람개비를 만들어 집으로 뛰어 왔었다. 고추잠자리를 보니 아련하게 그런 추억이 떠올랐다. 이 집에서 정말 오래 살았구나. 속절없이 마른 침이 삼켜졌다.

안방에서는 오늘도 구석구석 숨은 악동들을 잡아내는 아버지의 호통 소리와 방바닥 두드리는 소리가 들린다. 들썩들썩, 불안하긴 해도 그게 거의 유일한 운동이라서 엄마는 말리지 않는다. 조금만 크게 움직이려 해도 손 쓸 수 없을 정도로 녹아내린 고관절에서 뼈가 부딪히는 소리가 난다. 엄마는 오늘도 진통제, 소염제, 치매치료제 그리고 우황청심환, 나름대로 이런 것들의 최적 조합을 찾고 조절한다. 나는 보조 약품들이 떨어지지 않게 하고 엄마가 투약 시간과 양을 결정한다. 물론, 병원에서 처방한 여러 종류의 많은 약을 조금 줄이는 것에 대한 결정이다.

처음에 참을 수 없는 통증으로 입원했을 때 응급실에 그런 난리가 없었다. 아버지는 거의 일주일 동안 정신을 차리지 못했다. 몸과 정신이 온전치 못한 상태에서 엎친 데 덮친 격으로 모르핀 같은 진통제가 역효과를 내니 방법이 없었다. 그때 나는 장례 준비를 했었다. 그러고도 벌써 열 달이 넘었다. 아버지는 석고상처럼 앉아서 살다시피 했고, 엄마가 아버지를 조심조심 아기처럼 대해 온 시간이다.

가을이 되어서인가? 자꾸 일으켜 달라고 하신다. 그 몸으로 문턱을 넘으려고도 한다. 혹시 마루에서 떨어지기라도 하면 정말 끝장일 것이다. 우리는 그렇게 움직일 수 없는 몸이라서 다행이라고 여겨 왔다. 그게 현실이다.

마지막까지 남아 있는 자존심으로 엄마는 아직도 주먹 높이만 한 변기 위로 아버지를 들어올려야 한다. 요사이는 소변기에 악동이 숨어 있다고 착각하는 것 때문에 이불도 자주 빨게 되었다.

그래도 엄마는 아버지의 음식에 최선을 다한다. 맞는 것을 찾아내고, 그나마 잘 드시는 것들의 균형을 미루어 짐작하고 순서와 주기를 정한다. 요즈음은 떼쓰듯이 담배 딱 한 모금만 피우게 해 달라고 통사정을 한다. 무엇이 자극한 것일까? 문틈으로 본 뱅뱅도는 고추잠자리가 이유일까?

그렇게 부고가 자주 당도하는 찬바람 부는 계절은 다시 긴장을 몰고 온다.

늘 그렇듯이 저녁이 되면 아버지의 증상은 훨씬 심해졌다. 낮에는 악동들과의 싸움, 밤에는 저승사자와의 실랑이임이 분명했다. 그리고 이 과정에서 도와달라는 외침과 스스로 물리치려는 동작들은 지켜보는 사람에게 무섭기도 하고 더 무엇을 어찌할 수 없는 낙담과 탄식이 나오게 했다.

그런 시간에는 양다리 속의 쇳덩이와 철사, 달아빠져 어긋난 고관절, 몸 곳곳의 욕창과 무기력한 양팔…… 아버지는 이런 것쯤이야 충분히 상대할만하다고 여기는 듯했다.

엄마가 안쓰러워서 해가 진 이후에 엄마를 대신하여 안방에 들어가 나는 30분도 버티지 못했다. 내가 있는 척을 해야 할지, 없는 척을 해야 할지, 대답을 해야 할지, '예'라고 해야 할지, '아니요'라고 해야 할지, 요구를 들어줘야 할지 말아야 할지…… 모든 것이 혼란스럽고 힘들었다. 나의 응대는 역효과를 내기 일쑤였다. 건너짚어 대답해도 혼나고 머리를 써서 대답하면 상황이 더 꼬였다. 그러다가 미움이 솟아오르고 엄마를 살려야 한다는 생각에 또다시 요양원을 떠올리곤 했다.

엄마의 답은 유연했다.
조금 전에 그렇다고 해 준 것도 지금은 아니라고도 하고, 아버지의 황당한 주장에도 맞장구를 쳐 주었다.
곤란해도 못 들은 체하지 않았다.
때론 아버지와 같은 병실을 쓰는 치매 친구 같았다.

그런데 늘 그런 것은 아니었다.
절대로 잊어서는 안 되거나 아버지가 지키고 싶어 하는 올바른 것은 어떻게든 지켜주려고 했다.
엄마는 그런 한 가지를 조용조용히 살리기 위해서 천 가지, 만 가지의 억지를 날마다 온종일 다 들어주고 있었다.

그래서 집안에 사람들이 많으면 묵언의 수도자인 것처럼 조용해지는 것을 천만다행으로 여길 수밖에 없다. 치매 환자에게도 어떤 두려움과 안도감 사이에 판단의 경계가 있는 듯하다. 아버지에게 그것은 사람의 숫자보다는 친숙한 사람의 소리라는 생각이 들었다.
허전하고 텁텁해진 혀를 달래기 위해 오늘 엄마가 꺼낸 것은 갈치속젓에 박은 고춧잎이었다. 담근 지 며칠 되지 않았지만 진한 소금기 때문에 고춧잎은 얼룩덜룩 검은 빛이 돌았다. 다른 젓갈을 쓴 것은 장아찌처럼 좀 두고 먹어야 하는데 갈치속젓은 특유의 늘어짐으로 고춧잎을 잘 감싸서 빨리 먹을 수 있다.
깻잎과 마찬가지로 고춧잎도 가을 햇빛을 쐬어 조금 억세져야 풋내가 적게 나고 쉽게 물러지지도 않는다. 아버지는 계란 프라이 삼 분의 일과 고춧잎 냄새가 밴 갈치속젓으로 식사를 했다. 갈치속젓은 젓가락으로 묻히는 정도였지만 입천장에 혀를 댔다가 떼는 소리가 주방까지 들렸다. 아버지는 혀가 느낀 계절의 감각을 그렇게 즐기는 것을 잊어버리지 않았다.

갈치속젓이 우리 밥상에 짝으로 불러들인 것은 호박잎이었다. 호박잎도 찬바람이 불어야 씹는 맛이 있다. 뒤쪽 줄기의 억센 껍질을 판박이 떼어내듯 살짝살짝 벗겨내어 찌면 그만이다. 갈치속젓, 된장, 고추장 무엇을 얹어 먹어도 맛있다. 거칠거칠한 그 촉감이 혀와 목을 청소하듯 지나가면 뒷맛이 깔끔하다. 된장찌개에 호박잎을 넣어 끓일 때는 풋고추나 생양파 같은 다른 반찬을 곁들여 먹는다. 단순한 호박잎쌈에는 아삭아삭 달짝지근한 양배추 물김치도 잘 어울린다.

가을 된장국

 이백 평 남짓한 텃밭은 그렇게 넓을 수 없다. 일이 많은 가을이 되면 더 넓어진다. 한쪽에는 딱 김장에 쓸 만큼의 실파와 생강이 자라고 있고, 겨우내 먹을 대파도 한 두렁 있다. 고춧대는 조금 남겨 놓았는데, 서리 맞아 시들해지면 그 자리에 겨울을 나게 되는 마늘을 심을 것이다. 김장용으로 모자라기는 해도 올해도 무와 배추를 꽤 많이 심었다. 그래서 딱 이맘때가 텃밭에서 마땅히 조달할 반찬거리가 없을 때이기도 하다.
 시골에 별로 먹을 게 없을 거라는 착한 마음으로 아내가 금요일 저녁 내내 육개장을 만들었다. 제일 잘 하는 음식이다. 사실은 소사태를 빼면 전부 시골에서 갖다 쟁여놓은 것이다. 말린 것을 가져다 잘 두었다가 물에 불려서 쓴다. 고사리도 그렇고, 토란대도 그렇고, 버섯, 죽순도 그렇다. 아내는 진득하게 끓여서 맛있게 잘 만들었다.
 아내와 나는 차에 육개장을 싣고 조심조심 갔다. 아버지가 드시지 못하는 것을 다른 사람들 생각해서 가지고 간 것이다. 작년에 담았던 묵은 김치와 궁합을 그려보니 입에 침이 고였다.

 시골에 도착해서 우습게도 그 육개장을 비닐봉지에 나눠 담아 얼려야만 했다. 다음에 마땅한 국이 없을 때 먹거나 서울에 있는 아이들에게 갖다 주기로 했다. 김장용으로 심은 채소들 때문에 그럴 수밖에 없었다. 육개장이 밀렸다.

분명히 떡잎밖에 없었는데 일주일 사이에 새싹이 제법 자란 모양이었다. 나중에 보니 무는 배추보다 훨씬 더 컸다. 더워진 날씨 탓인지 아내의 감이 틀렸는지 모르겠다. 엄마는 벌써 북새통을 이룬 그것들을 솎아냈고 그것으로 맛있는 된장국을 끓여 놓았다. 연한 쌀뜨물을 넣고 끓인 구수한 국물에 실파 양념장으로 간을 해서 먹었다. 가을 맛이다. 게다가 솎음배추와 솎은 무로 담근 풋김치에 우리는 그냥 빨려 들어갔다. 쌉싸름하면서도 씹을수록 고소한 어린 배추나물도 한몫을 했다. 그러니 육개장과 묵은 김치가 밀릴 수밖에.

더군다나 이 된장국은 아버지와 공유할 수 있는 순한 맛이다. 그런데 오늘은 엄마가 기다렸던 답이 아버지 입에서 나오지 않았다.

"찬바람 나면 가을 무, 배추로 끓인 된장국이 제일이지"

그런 식의 말이 없다. 입맛 다시는 소리도 나지 않는다.

계절의 바뀜이 그렇게 또 아버지를 힘들게 하고 있었다.

3

이별을 준비하며

몇 번을 나뒹굴었는지 모른다. 기차는 기를 쓰고 올라탈 수 있을 만큼의 속도로만 달렸다. 책가방을 겨드랑이에 끼고 다른 한 손으로 손잡이를 잡을라치면 자꾸 난간을 헛디디기만 한다. 피는 멈추지 않고 흐르는데 선로 밑으로 깔린 자갈이 솜이불 같다. 나는 아직 죽지는 않았다.

떨어져 다치는 게 대수가 아니었다. 십 리를 걸어서 기차로 두 정거장, 그리고 또 오 리를 걸어서 가야 하는 학교에 그렇게 매달려서라도 가야 했다. 너무나 할 일이 많다. 공부면 공부, 운동이면 운동, 싸움이면 싸움 뭐든지 잘해야 한다. 검은 깃에 하얀 소금이 얼룩진 교복을 매만지고 들어선 교실에서 기다린 것은 다카하시 선생의 차가운 경고였다. 나는 교내에서 한국말을 썼다는 이유로 벌써 2장의 빨간 딱지를 받아 놓고 있었다. 한 장만 더 받으면 정학이다. 어제 야마모토와의 싸움이 발각되어 징계를 피할 수가 없다. 가슴이 철렁했다. 차례차례 식구들의 얼굴이 떠올랐다. 박박 깎은 머리를 쥐어뜯었다. 괴성을 질렀. 얼마가 지났을까? 술 취한 다카하시 선생 집 거실에 야마모토와 함께 나는 무릎을 꿇고 앉아 있었다.

제발 한 번만 봐 달라고 빌고 있었다. 선생의 장황한 훈계가 용서를 암시했다. 선생의 쉬어빠진 술내와 일본 가옥 입구 쪽에 있는 화장실 냄새가 발 냄새를 감춰주고 있었다. 그 구린내로 마음이 놓였다. 그렇게 나한테 맞은 녀석의 의리로 정학을 면했다.

두 시간을 걸어서 집으로 가는 밤길은 힘들지도 무섭지도 않았다. 집에 다 왔는데 다시 그 빨간 딱지들이 끝없이 원을 그리며 눈앞에 어른거린다. 대문까지 갈 수가 없다. 빨간 딱지 수십 장이 허공을 날아다닌다. 입안으로 들어온다. 숨이 막히도록 손을 휘젓는다. 빨간 딱지를 떼어내며 거꾸로 내달렸다.

......

뿌연 불빛에 고개를 들어보지만, 목이 움직이지 않는다. 숨을 몰아쉬며 축축한 몸을 보니 또 검붉은 피범벅이다. 어디서 그 많은 피가 나오는지 알 수가 없다. 그래도 감각이 있으니 아직 살아 있는 것이다.

눈을 끔뻑거려보니 눈썹 피딱지 밑으로 앞이 보인다. 두 눈이 멀쩡한데 눈 둘 곳이 없다. 앙다문 이는 부스러졌고 혀는 그 사이에서 잘려나간 듯하다. 두 발이 보이지 않는다. 부러진 갈비뼈가 숨을 막는다.

굉음을 내며 추락하는 버스 속에서 나는 끝까지 손잡이를 놓지 않았다. 몸은 다 부서졌어도 살았다. 다시 일어났다. 다시 걸었다.

분명 그 모습이어야 하는데 천장에서 내려온 끈들이 나의 사지 하나씩을 매달고 있다. 발버둥을 쳐도 사람들은 그냥 지나친다. 내 팔다리를 붙여 주었던 친절한 그 파란 눈의 의사가 보였다. 애원했다. 제발 풀어 달라고만 했다. 나를 보지 못한다.

목소리가 나오지 않는다.

마디마디가 다 끊어져 깊은 안개 속으로 빨려 들어가며 의식의 끝자락이 허공으로 사라져간다.

아무 소리도 나오지 않는다.

더는 저항할 수 없을 때 검정 두루마기가 내 눈앞에 알짱거렸다. 금방이라도 나를 끌고 갈 것 같다. 저편에는 먼저 간 사람들이 열을 지어 있다. 번갈아 가며 내게 손짓한다.

내 모든 감각은 아직 멀쩡한데…… 숨이 막혔다.

새어 나가는 숨을 입안에 모으고 또 모았다.

물 한 방울이 콧속을 타고 들어왔다.

보리차 한 숟갈

 엄마가 넣어 준 보리차 한 숟갈이 옆으로 누운 아버지의 뺨을 타고 인중 옆, 깊은 주름을 타고 흘러내렸다. 벌써 세 번째 죽음의 고비를 맞이한 아버지에게 엄마가 할 수 있는 것은 메마른 입술을 적셔주고 나지막이 불러보는 것뿐이었다.

또 다른 생명의 끈, 밥풀 미음

 마지막 숨을 필사적으로 붙잡은 아버지가 눈을 떴다. 움푹 들어가서 더 검게 보이는 그 눈동자는 얼핏 갓난아이의 눈빛과도 비슷했다. 세상을 처음 대하는 듯한 그런 눈빛이었다.
 "아이고 몇 시냐?"
 뜻밖의 첫마디였다. 마치 선잠에서 깬 듯한, 또는 졸다가 정류장을 놓친 듯한 표정으로 물었다. 사흘간 미동도 없었던 노인 입에서 나올 말이 아니었다. 옆으로 짓눌린 몸에 어떻게 다시 피가 돌게 되었는지도 모를 일이었다.
 엄마의 전화를 받고 시골집으로 달려가면서 한 삼십 분 정도는 눈물이 앞을 가렸다. 아내는 말없이 조수석에 앉아서 전방만을 응시했다. 그러나 나는 운전을 못할 정도로 정신이 없지는 않았다. 아버지는 흔히 말하는 '저승 잠' 같은 것을 이미 두 번이나 잔 터이다. 처음에는 거의 일주일이었고 두 번째는 이틀이었다. 그때마다 이렇게 눈물이 나왔었다.
 그래도 아직 늑대 소년 이야기가 떠오를 만큼 태평스럽지는 않았다. 자식들은 따로 떨어져 살면서도 각자 자신의 처지에서 무언가를 떠올리며 몇 분간 우는 것에 익숙해졌다. 그것이 자연스러워졌다.

사람이 죽어간다는 것,
누구라도 그런 상황에서는 아쉽고 슬픈 것들이 계속 떠오른다.
그런 순간이 반복되더라도 각자 조용히 흐느낄만한 이유는 쉽게 말라 없어지지 않는다.

그런데 이제 자식들은 막연한 슬픔에서는 벗어난 것 같다. 적어도 나는 그런 것 같다. 조금은 담담해지는 나를 발견하면서 이제는 고단했지만 대단했던 아버지의 일생도 돌아볼 수 있는 단계임을 느낄 수 있었다.

집에 도착했을 때, 이번에도 엄마가 가장 많이 놀라고 가장 많이 울었다는 것을 금방 알아차릴 수 있었다. 틈만 나면
"대단한 양반이지. 고생도, 좋은 일도 많이 했고, 오래 살았으니 이제 가도 여한은 없어."

항상 그렇게 주문을 외우더니만 속마음은 하나도 준비되지 않은 듯했다.

시골로 출발하기 전에, 처음 쓰러지셨을 때 사 두었던 공원묘원 관리사무실로 전화를 걸었다. 이번에는 돌아가실지 모르니 대비를 해달라는 나름 비장한 부탁이었다. 역시 마음이 편치 않았다. 아버지는 공원묘지가 아니라 매장이 가능한 가족 묘지를 원했기 때문이다. 가격으로 따지면 개인용 묘지가 훨씬 싼데도 나는 죄스러운 마음이다. 좋은 사설 묘지 터를 사 두었다고 진즉에 거짓말을 했었기 때문이다.

그럴 수밖에 없었다. 온 마을 사람이 다 아는 문중의 선산이더라도 가묘를 써 놓았다던가, 마을에 무언가를 희사하는 등 손을 쓰지 않고서는 마을을 통과하여 매장한다는 것은 이제 거의 불가능하다. 매장이 가능한 공원묘지도 점차 줄어들고 있고 영구사용료마저 크게 오르고 있어서 서두르지 않을 수 없었다.

아버지가 아주 오래전에 매장으로 결정한 것은 아버지의 몸 때문이라고 추측만 했다. 그 몸속에 박힌 쇳덩어리들이 함께 녹는 것은 상상하기도 싫었을 것이다.

도로변 언덕 위에 부쩍 많아진 매장묘지들이 눈에 들어온다. 마을을 피해 도로변에 영구차를 세우고 쉽사리 묘들을 쓸 수 있는 곳이다. 대단한 효심들이다. 그렇게까지는 못해도 내가 추모공원 매장묘지를 사 둔 것은 그나마 다행이었다. 세월이 흐르면 그것을 가족용 봉안묘로 바꾸기로 일찌감치 결정을 했었다. 잘한 일이겠지. 벌 받지는 않겠지. 나는 몇 번이고 중얼거렸다.

이번에는 대학병원 장례식장과 전문 장례식장 두 군데도 알아보았다. 내 차에는 벌써 반년이 넘은 검은 상복이 한 벌 실려 있었다. 장례절차에 대해서도 적어보고 부고를 어떻게 내야 할지도 생각했다. 나로서는 한 번도 겪어보지 않은 일을 남들처럼 해내기 위한 준비를 했다. 준비를 하면서 어색하게, 아니 색다르게 냉정해 지고 있는 나 자신을 보았다. 그것은 차분해지는 것과는 다른 느낌이었다.

그 냉정함은 엄마도 이제 조금이라도 편하게 살면 좋겠다는 바람으로 이어지는 지극히 현실적인 것이었으나, 아버지, 아버지의 죽음을 전제로 한 것이었다.

눈을 뜬 아버지에게 엄마가 물은 첫 마디는
"내가 누군지 알아보겠어요?"였다. 존댓말을 썼다.

그러자 힘없는 목소리였지만 "병신같이! 그럼 그걸 몰라?"라는 평생 아버지 입에 밴 반사적인 표독한 말투가 나왔다. 60년을 넘게 함께 살면서 가끔 반복되어 온 그런 차가운 말 한마디는 정이 많은 성품과 가장으로서의 책임감과 같은 아버지의 장점을 단번에 까먹고도 남는 것이었다.

더는 말이 필요 없었다. 엄마는 절룩거리면서도 날렵하게 주방으로 갔다. 아버지의 말과 엄마의 모습이 겹쳐지면서 나는 화가 치밀었다. 이런 내 버릇 또한 못 고치는 것이다. 그런데 또 엄마의 경건하기까지 한 정성스러운 움직임을 보면 볼멘소리는커녕 어떤 표정도 지을 수 없다.

엄마는 이제 막 뜨거운 김이 모이는 압력밥솥을 정지시키고 김을 뺐다. 그리고 설익은 밥 두어 주걱을 퍼서 냄비에 담았다. 물을 좀 더 붓고 끓여가며 밥물을 국자로 짜냈다. 사흘 만에 깨어난 아버지를 위한 미음은 그렇게 뚝딱 만들어졌다. 엄마의 초유만큼 묽고 노릿한 적은 양의 미음이었다.

흑임자죽과 생합죽

 엄마는 항상 들깨와 검정깨를 가지고 있다. 통깨도 있고 깻가루도 있다. 빻아서 소금을 섞었기 때문에 깨소금이라 한다지만 엄마에겐 소금보다 중요한 것이 깨다. 항상 냉장고 어딘가에 두세 뭉치씩 넣어두고 있다. 유통기한은 비닐 싼 모양이나, 봉투 색깔, 넣어 둔 양 등으로 엄마의 머릿속에 기억된다. 아직은 그런 총기 있는 짐작이 가능해서 시골집에는 별도의 냉동고가 없다. 아이스팩 빼고는 냉장고의 냉동실에 오래 보관하는 것이 없다.
 냉장고 위 칸에 붙은 작은 냉동실은 엄마가 그다지 애용하지 않았고 항상 뭔가를 사서 쟁여놓는다고 핀잔을 듣는 누이의 공간이다. 기억력의 대결, 위생 철학의 충돌이 있고 가끔은 우스꽝스러운 소유권 분쟁이 발생하기도 한다.
 엄마는 혹시 잘못 식재료를 꺼내더라도, 꺼낸 대로 그것에 맞게 먹을거리를 만든다. 다시 집어넣지 않는다. 가끔 들깨와 검정깨를 같이 꺼낼 때도 있다. 들깨는 보통 아픈 사람의 컨디션이 어느 정도 회복되었을 때 여러 가지 순한 맛 나물 반찬이나 탕을 만들 때 쓴다. 소화력이 생겼을 때 사용한다. 환자의 컨디션이 최악일 때는 검정깨로만 죽을 만든다. 이번에도 아버지는 엄마가 만든 흑임자죽을 먹고 회복할 것이다. 그리고 하루 이틀 지나면 문제없이 식구들도 같이 먹는 밥으로 넘어갈 수 있을 것이다.

낙담과 절망이 지배하는 순간에 흑임자죽을 만들면서 엄마는 내 생각까지 했다. 검정깨 많이 사두길 잘 했다고 자찬하며 나를 위한 흑임자 꿀을 한 병 만들어 준다. 다식이나 강정 같은 형식은 없다. 그냥 흑임자를 듬뿍 넣고 꿀도 듬뿍 넣어 떠먹거나 물에 타 먹기 좋게 만든 것이다. 이 와중에 술 마시는 아들까지 생각한 그 마음을 누가 알아챌까 봐 엄마가 한마디 한다.

"깨가 오래돼서 상할 것 같아 꿀에 절였다."

단 것이 쉽게 변질되지 않으니 맞는 말이긴 하다. 눈물 나게 맞는 말이다.

흑임자죽의 단점은 쉽게 물린다는 것이다. 다음 단계는 생합죽이다. 생합은 백합이라고도 하는데, 같은 조개인데도 껍데기 무늬가 너무 다양해서 그렇게 붙여진 이름이다. 생합은 백합을 임금님에게 진상할 때나, 귀하게 여기던 사람들이 높여 부르던 다른 이름이다. 백세를 채우고 돌아가신 친할머니가 가장 좋아하던 식재료가 바로 생합이었다.

생합으로 만드는 음식은 잘사는 친정에서 못사는 집으로 시집 온 엄마가 시어머니한테서 배운 거의 유일한 신세계였다. 바다와 가까운 곳이어서 그리 비싸지도 않았다고 한다. 물 없이 며칠간 살 수 있고, 죽기 전에는 쉽게 부패하지 않는 것이 조개다. 또 동물보다 조개 잡기가 훨씬 쉬웠기 때문에 선사시대의 조개무지가 많이 발견된다고 하지 않던가? 조개가 몸에 좋은 것은 역사가 말해준다.

생합을 가장 푸짐하게 먹는 방법은 고추 몇 개와 대파, 마늘을 대충 썰어 넣은 생합탕이다. 생합은 해감이나 모래를 뱉어내는 습성이 있어서 비린내도 적고 깔끔하게 씹힌다. 사박사박 모래 씹힐까 걱정하지 않고 자신 있게 턱 운동을 해도 된다. 먼저 입을 여는 싱싱한 생합을 건져 먹고 한 번 더 끓여서 나머지를 우러난 국물과 함께 먹는다. 맛술이나 쌀로 빚은 술을 뿌려 물 없이 쪄도 맛있다. 명절 때는 생합 살에 고기와 채소를 다져 섞어서 다시 조개껍데기에 채워 넣고 전처럼 기름에 부쳐 먹기도 한다.

너무나 고마운 것은 지금도 동네 슈퍼마켓 주인이 부인의 만류에도 불구하고 생합을 너무나 사랑한다는 사실이다. 봄부터 늦가을까지 무인도까지 가서 생합을 캐서 팔고 있다. 입소문이 나고 방송까지 탔는데 잡히는 양은 줄어서 많이 비싸졌다. 그래도 슈퍼마켓 주인은 나름 수요와 공급의 만남에서 결정되는 가격을 매길 줄 아는 것 같다. 같은 동네 사람으로서 내가 그 리듬을 잘 알고 있어서 행복할 때가 있다. 나는 쌀 때 살 수 있다.

생합은 아버지가 당신의 엄마를 조금이라도 기억할 수 있는 유일한 식재료이기도 하다. 아버지는 생합의 구수한 냄새를 맡으며,

"어렸을 적에 참 많이 먹었었지. 큰 것은 한입에 들어가지 않았어."

마치 부잣집에서 자란 것처럼 자랑을 했다.

엄마는 아버지가 그런 기억을 붙들고 있어 주는 게 고맙기만 하다. 그래서 하얀 생합 조갯살로 죽을 끓인다. 나는 큰 냄비에 생합

한 소쿠리를 넣고 너무나 쉬운 생합탕을 끓여본다.

일어나 앉은 아버지가 생합죽에 들어 있는 생합살 조각을 하나씩 느릿느릿 헤아리고 있을 그 시간, 우리는 둘러앉아 호로록 쩝쩝 생합 껍데기를 쌓아가며 잠시 아미노산의 감칠맛을 즐겼다. 조미료 맛과 비슷한 자연의 맛에 놀란다. 무슨 금가루라도 되는 양, 작은 관자까지 일일이 손톱으로 뜯으며 어색한 행복에 젖어 다음 일을 생각한다.

마음이 차분해지는 우거지

한바탕의 눈물 바람과 긴장이 지나가게 되면 다시 얼마간의 평온이 찾아올 거라 안도했다. 나는 용기를 내어 엄마를 모시고 처음으로 공원묘지에 갔다.

마당 한편에 있는 아궁이에 활활 불을 때다가, 그 노랗고 빨간 불꽃을 보다가 갑자기 엄마를 불러낸 것이다. 엄마가 시킨 대로 나는 마당에 건 가마솥에 김치 우거지를 가득 삶고 있었다. 이제 바람이 차가워지니 크고 작은 김치 통들을 모조리 비울 때가 된 것이다.

김치 통 맨 위쪽에 얹었던 우거지, 그리고 하얗게 골마지 낀 묵은 김치를 말끔하게 씻어 고무 함지박에 담고 하루 이틀 푹 담가 놓았던 것을 가마솥에 넣고 된장을 풀었다. 국물용 멸치도 봉지째 털어 넣었다. 물을 많이 부어도 땅바닥으로 넘치니 안심이고 불이 날 염려도 없다.

엄마는 안방 문과 마루 미닫이를 조금씩 열어두고 따라나섰다. 한 시간 정도라면 문틈으로 새어든 우거지 된장 냄새로 아버지를 안심시킬 수 있는 시간이었다.

시골집에서 멀지 않은 곳에 있는 공원묘지를 아내와 나는 오며 가며 들렀다. 죽음을 떠올릴 수밖에 없는 무거운 발걸음이었지만, 마치 옮길 수도, 써먹을 수도 없는 보물이 잘 있는지 확인하는 야릇한 기분이 들기도 했다.

 부모님만큼은 얼마간 매장 묘지로 사용할 수 있는 곳이니 아버지의 뜻을 완전히 거역한 것도 아니다. 나는 그렇게 자주 나에게 최면을 걸었다. 훗날에 우리 가족 모두 한 줌의 재로 다시 모일 장소라고 생각하면 든든하기까지 했다. 아주 나지막한 언덕에 적어도 두 줄로 서서 절을 할 수 있는 앞뒤 공간이 나오는 아늑한 묘터다. 이제 몇 자리 남지 않을 만큼 오래돼서인지 동실동실한 향나무를 비롯해 소나무와 꽃나무들이 수목원만큼이나 잘 정돈되어 있다. 그 경계 너머에는 봉안묘가 있고 화장터가 있다.

 엄마와 나는 E-5-4라는 예정된 묘 터에 나란히 앉았다. 그런 곳에서는 언젠가 다가올 훗날을 어렴풋이 그려보기 마련이어서 어떤 말도 필요하지 않았다.

 "이 정도면 네 아버지도 좋아하겠다. 굳이 거짓말하지 않아도 되었을 것을……."

 그리고 다음 날 아버지 귀에 대고 아들이 좋은 곳에 자리 잡아 놨으니 걱정하지 말라는 말을 몇 번이고 했다. 엄마도 공원묘지라는 말은 하지 않았다. 아버지의 정신이 그나마 맑은 시간이었다. 그 날 이후 아버지는 묫자리에 대해서 되묻지 않았다.

 아침은 어제저녁과 같은 메뉴였다.

 국물이 자작해진 된장 우거지로 입과 식도, 위, 소장, 대장, 직장까지를 완전히 청소하는 것이다. 곤죽이 되기 직전까지 아주 부드러워진 우거지는 옅은 멸치 냄새와 구수한 된장 냄새를 머금고 있어서 냉장고에 두고 먹어도 맛이 있다. 매운 고추를 고추장에 찍어 먹거나 짜디짠 젓갈을 함께 먹어도 입속만 적당히 즐겁게 해주고 뱃속에 자극을 주지 못하게 중화시켜줘서 좋다. 또한, 아버지와 겸상을 할 수 있는 메뉴이기도 해서 좋다. 우거지 된장은 보리차에서 시작하는 아버지를 위한 회생 메뉴 4단계쯤 되는 착한 음식이다.

조기와 홍어, 그리고 다시 찾아온 평온

추석은 쌀쌀해야 제맛이 난다. 곡식도 튼실해지고 과일도 충분히 익는다. 무엇보다도 생선 다루기가 편하다. 쉬 고릿해지지 않고 파리와의 싸움도 한층 수월해진다. 아주 오래전, 부둣가 시장에 가는 것도 큰일이었던 시절부터 궤짝 단위로 생선을 사는 게 익숙했다.

오늘은 모처럼 엄마와 함께 시장에 가기로 했다. 누이가 지키는 그 한 시간 동안 엄마 아니면 안 되는 무슨 일이라도 생기면 안 되기 때문에 역시나 바짝 긴장이 되었다.

"잠깐 병원 다녀올게." 엄마는 가장 강력한 이유를 댔다.

"걱정하지 말고 다녀와. 빨리 와." 작은 목소리로 아버지가 대답한다.

그때부터 아버지는 나보다 더 큰 긴장을 한다. 엄마가 없으면 안 될 어떤 일도 만들지 않으려고 안간힘을 쓸 것이다.

자동차로 15분이면 가는 짧은 거리를 엄마는 만끽한다. 정말 휘발유 냄새를 좋아한다. 해망동 시장은 군산의 관광객이 늘면서 더 부산해졌다. 마른 생선도 많이 나온다. 냉동이든, 생물이든, 건어물이든 국산인지 외국산인지 내 실력으로는 분간할 수 없다. 그저 상인들이 하는 말을 믿을 뿐이다. 그나마 엄마가 긴가민가 할 수 있는 것은 얼리지 않은 생물이다. 물고기 색깔이나 무늬 같은 것을 보고, 거기에 생선 장수 표정을 더하여 판단한다. 엄마는 서둘러 조기 한 궤짝과 작은 홍어 몇 마리를 샀다. 가오리나 간자미를 사서 먹다가 오늘은 운 좋게 국산 홍어 중치를 만났다.

이제 추석은 걱정이 없다. 조기는 소금물에 살짝 씻어서 채반에 높이 매달아 말리기로 했다. 홍어 날개 살은 조금 떼어서 초고추장을 찍어 먹을 것이고 나머지 살은 도라지나 무채를 넣고 빨갛게 무칠 것이다. 홍어 애와 내장은 매운탕을 끓인다. 그리고 마지막 남은 머리부터 꼬리까지는 코를 꿰어 빨랫줄에 건다.

아직 저녁 5시가 되지 않았는데, 비린내가 나서인지 아버지가 밥을 재촉한다. 병원에 갔다 온다는 거짓말과 생선 냄새를 연결지어 생각할 줄은 모르지만, 아직도 후각은 놀랄 만큼 예민하게 살아있었다. 설사 그게 과장된 반응이라고 해도 그저 반갑다.

오늘 아버지의 밥상에는 새끼손톱만 한 홍어회 몇 점과 홍어 내장으로 끓인 매운탕을 올렸다. 매운 것은 드시지 못하니 홍어회 옆에는 간장을 놓았고, 매운탕은 된장과 고추장으로 끓였다. 아버지는 난데없이 내가 어렸을 때 홍어를 먹지 못했던 얘기를 했다.

"홍어가 사람 얼굴을 닮았다고 안 먹었었지."

"네가 아주 어렸을 때 홍어나 가오리 그림을 잘 그렸어."

엄마는 그 기억력이 대단하다는 표정을 지어 주었다.

아버지는 조금 전까지 엄마가 우물가에서 하고 온 일들을 훤히 본 듯이 이야기했다.

"조기 채반은 모기장으로 잘 감싸서 놓고, 홍어는 빨랫줄에 매달아 바지랑대를 높이 올려야 한다. 파리보다 고양이가 문제여."
　엄마가 시켜서 내가 해 놓은 일 그대로였다.
　한 치의 오차도 없는 습관에 대한 기억이었다.
　덕분에 오늘은 엄마와 편한 마음으로 밥을 먹을 수 있었다. 아버지는 뭔가 만족스러운 날, 한 삼십 분 정도는 엄마를 찾지 않는다. 그저 문틈으로 우리 말소리가 풍경 소리처럼 평화롭게 들리게 해주면 된다.
　그날 저녁 엄마와 나는 제대로 된 홍어 매운탕을 다시 끓였다. 엄마의 홍어탕은 양념과 대파만 넣고 다른 건더기 재료를 일절 넣지 않는다. 국물 맛을 어떻게 깔끔하고 구수하게 내는가가 관건이다. 엄마는 대청 김치냉장고 세 번째 칸에서 파김치, 네 번째 칸에서 갓김치를 꺼내오라고 했다. 엄마의 그런 기억력은 눈을 감고 수저통에서 숟가락 하나 꺼내는 것처럼 쉬운 것이었다.

엄마를 위한 밥상 I

"어서 와라. 말린 조기 가지러 왔구먼?" 엄마가 그랬단다.

누이한테 다급한 전화가 왔다. 아무것도 없는데 엄마가 헛것을 보고 헛소리를 한다는 것이다. 하늘이 무너지는 것 같았다. 그렇게 엄마에게 짧은 몇 분간의 섬망譫妄이 일어나고야 만 것이다. 엄마는 막내딸이 집안으로 들어오는 것으로 착각하고 반가이 맞이 했다고 했다. 그리고 조금 있다가 그런 말을 한 것을 하나도 기억하지 못했다. 아예 기억에 없었다.

내가 집에 도착했을 때 누이와 엄마는 무슨 일이 있었냐는 듯 서로 농담을 하고 있었다. 죽을 때가 되었나보다 하는 설움과 무서움을 어색한 웃음으로 가리고 있었다. 그리고 아무렇지도 않게 엄마는 다시 안방으로 건너가며,

"하지도 않은 말을 했다고 우기는 네가 더 이상하다."

누이에게 그렇게 쏘아붙였다.

다음날 나는 예전에 가 보았던 평판 좋은 요양병원과 근래 새로 생긴 요양원에 갔다. 결론은 똑같았다. 아버지의 상태가 너무 심각해서 어디도 쉽게 보낼 수 없다는 것, 엄마만 따로 떼어 놓을 수 없다는 것, 두 분을 다 모실 곳은 없다는 것, 그래서 결국은 우리 가족의 손으로 돌봐야 한다는 것이었다.

그렇다고 누이한테만 모든 것을 맡길 수도 없고, 자식들의 순번

제가 가능한 상황도 아니다. 나에겐 엄마한테 배운 대로 희망을 발견하고, 그곳을 향해 나가는 조용한 낙관만이 있을 뿐이었다. 그러나 지금은 엄마의 존재가 너무나 커서 그 낙관은 내 것이 아니었다. 엄마가 없으면 불가능한 것이었다.

서둘러 병원을 예약했다. 엄마가 아버지를 위한 모든 준비를 완벽하게 했지만, 애초부터 하나가 빠져 있었다. 그 생각을 했을 때, 무조건 엄마의 건강부터 살피지 못한 것이 죄스러웠다.

당장 어떻게 여섯 시간을 버티느냐가 문제였다. 늘 그래 왔듯이 아침 이른 시간을 골라 아버지에게 엄마의 부재예정 시간과 이유를 설명했다. 아버지가 고개를 끄덕였다.

대전 S 병원에 검진을 받으러 가고, 또 병원에서 검사를 기다리고, 결과를 보고, 다시 시골집에 오는 그 모든 시간이 엄마에겐 1년 만의 휴식시간이었다. 마음이 아플 여유도 없었다.

검사 결과는 뇌혈관 일부가 좁아졌으며, 녹내장이 심하고, 콩팥에 약간의 돌이 있고, 혈압은 약을 먹고도 150에 80이었다. 인공뼈 이식수술을 한 허리와 다리의 통증은 이미 어찌할 수 없는 상태였다. 몇 년 전부터 알고 있었던 거의 그대로다. 그나마 그게 다행이라고 안도하는 내가 정말 한심했다.

결국, MRA 촬영으로 머릿속 혈관을 재차 확인하고 약을 조금 바꿔서 타 온 것이 전부였다. 모두 다 더는 좋아질 것도 나빠질 것도 없는 그대로였다.

"대책을 세우셔야지 이러다가 어머니가 먼저 돌아가시겠어요."

의사 선생의 걱정스러운 그 말을 귓등으로만 듣고 나서 엄마의 손을 잡고 빵집에 갔다. 그 집에서 가장 부드럽고 달콤한 빵과 바나나우유를 샀다. 언젠가 아주 오래전에 그랬던 것처럼 151살 모자의 말없이 행복한 외식이었다.

돌아오는 길에 차 안에서 나는 엄마에게 물었다.

"엄마, 뭐 하고 싶은 것 있어?"

아주 성의 없는 질문은 아니었지만 내 머릿속에 구체적으로 생각해둔 것도 없이 그랬다.

"나도 하루 휴가가 있으면 좋겠다!"

놀랍기도 하고 반갑기도 한 대답이었다. 돌이켜 보니 지난 몇 년간 엄마를 모시고 간 곳은 시장과 새만금 방조제가 전부였다. 아버지가 저렇게 되고 나서는 시장만 몇 번 갔었다. 거기서 엄마는 집에서 편하게 입을 옷, 그리고 베갯잇과 이불 몇 개를 샀었다. 단지 계절의 변화에 맞춰서 바꿔야 하는 물건이 고작이었다.

"너희 이모와 외삼촌이 심하게 아파서 서울에 한 번 갔다 오고 싶은데 그럴 수가 있어야지. 하루라도 좋고 이틀이면 더 좋을 텐데 어쩔 수 없지 뭐."

엄마는 열 살도 더 차이가 나는 동생들이 보고 싶었던 것이다. 아파서 시골에도 못 왔다가는 그리운 얼굴도 보고 뭔가를 주고 싶었을 것이다. 말을 잇는 엄마의 숨소리는 이미 불가능하다는 것을 단정 짓고 있는 듯했다.

"알았어. 엄마 생일 지나고 날씨 좀 풀리면 한 번 해보지 뭐."
엄마는 멀미를 한 적이 없었다. 무엇을 싸서 들고 어딘가를 가는 설렘을 좋아했다.

아버지가 좋아지면 엄마의 여행도 가능하다.

엄마와 나의 이야기에는 걱정이기보다는 희망이 더 크게 자리하고 있었다. 심지어 가끔은 오늘처럼 길게 자리를 비워봐야 아버지가 독하게 잘 버티게 된다는 배짱도 있었다.
거의 일곱 시간 만에 시골집에 돌아왔을 때, 아버지는 약간 힘이 빠진 상태였지만 다행히 엄마의 예상은 틀리지 않았다. 누이에게 콜라를 부탁하지도 않았으며, 밥을 재촉하지도 않았다. 온 힘을 다해 배설의 원인을 만들지 않으려고 애를 쓴 흔적이 역력했다. 그건 아마도 몽롱한 상태에서 또박또박 주문을 외우고 똑바로 서야 하는 그런 고통이었으련만 아버지는 아무 타박도 하지 않았다. 엄마가 병원에 다녀온 것도 모르는 것 같았다. 오직 아내가 곁에 없다는 것에 몰입한 듯했다.
냉장고에서 얼마 전에 해 두었던 된장 우거지를 꺼냈다. 그리고 채반에서 고들고들하게 마른 조기 몇 마리를 내려 구웠다. 밥상에 고춧가루 들어간 음식은 없었다. 그저 심심한 우거지와 따뜻한 조기 살이 있을 뿐이었다. 그렇게 같은 반찬으로 또 아버지와 겸상을 했다. 몇 시간이나 자리를 비운 보상인 듯, 미안함인 듯 그랬다. 그 맛은 지친 노인네들의 허기를 달래줄 만큼 순했다.
 엄마와 아버지는 이래저래 같이 힘이 빠진 듯 별말이 없었다. 엄마가 만들어 놓은 그 반찬으로 밥을 먹으며 오늘도 내가 한 것이 별로 없다는 생각이 들었다. 누이와 엄마는 오늘 하루 누이가 아버지를 보살피며 있었던 일과 엄마의 검진 결과를 나누며 며칠 동안 심심하지 않을 것이다.

떠들썩한 하루 여섯 끼

추석 연휴 첫날은 조용하다. 딸들이 모두 시가에 먼저 들렀다 와야 하는 명절이니 아들인 내 가족들만 있을 뿐이다. 부모님과 우리 부부는 서울에서 내려오는 아이들을 기다리며 전을 부치고 나물을 만든다.

떡은 걱정이 없다. 엄마의 양아들을 자처한 방앗간 주인이 한 달에 한 번 떡을 알아서 만들어 오기 때문이다. 물론 쑥이며, 말린 호박, 콩, 팥, 깨 등 주요 재료는 엄마가 주는 것으로 한다. 떡집 주인에게 어머니가 없는 것은 아니다. 그냥 우리 엄마 같은 사람이 매우 특별하다는 느낌, 자기 엄마보다 더 엄마 같다는 생각이 들었다고 한다. 그래서 맛있는 반찬이 있으면 갖다 주기도 하고, 진짜 좋은 국산 재료가 나오면 알아서 떡을 만들어 오기도 한다.

이른 아침, 분주하게 전 부칠 준비를 하는 그 시간이 아버지에게도 무척 바쁜 시간이다. 손자 손녀들에게 줄 돈 봉투를 만들어야 하기 때문이다. 첫날 아침은 돈을 정확히 세서 넣어야 하고 다음 날 아침은 봉투에 한두 자 적어야 한다. 이름이라도 적어야 한다. 그게 가능한 시간이 아침 시간 잠깐뿐이라는 것을 아버지도 안다. 누구의 간섭도 받고 싶지 않은 비밀스러운 시간이다.

아이들은 서둘러 나서서 음식을 같이 만들 수 있는 시간 안에 도착한다. 그렇게 함께 모여 만든 음식 몇 가지를 놓고 큰 교자상을 안방에 편다. 사람이 많이 모인다고 해서 항상 가능한 일이 아니다. 오늘은 아버지의 컨디션이 좋은 날이다. 그만큼 자손들이 모이는 것이 좋다는 것을 알고 있다.

할아버지의 변해버린 모습을 보고 아이들이 놀랄까 봐 걱정이 되었다. 엄마는 아버지 이발도 깨끗하게 해 놓고, 될 수 있으면 풍성한 옷으로 아버지의 몸을 많이 가려 놓았다.

오랜만에 아주 큰 상이 안방에 차려졌다.

이런 명절날은 음식이 주인공이 아니다. 엄마는 그 큰 밥상의 힘을 빌려 아버지의 기억과 총기를 일어나게 하는 것이 목표다. 먼저 밥상에 둘러앉은 아이들의 이름을 맞혀야 하고, 반찬 종류를 생각해 내어 아이들에게 일일이 먹으라고 권해야 한다. 그게 아버지의 스타일에 맞춘 순서다. 순조롭게 성공한다면 오후도 거뜬하다. 치매 환자에게도 만족의 힘은 큰 것이었다. 오후 서너 시만 되면 찾아오는 악동들과 저승사자도 나타나지 않는다. 그렇게 저녁 예닐곱 시까지 버티게 되면 모처럼 아버지도 밤잠을 달게 잘 수 있게 될 것이다.

그날 오후는 그랬다. 아버지는 지칠 때까지 적어도 70년 전쯤 있었을 법한 얘기로 손주들을 포획했다. 그 오래된 얘기들을 어떻게 기억하는지에 대해서 토끼 눈을 떠 드리는 반응만으로 충분했다. 아버지의 기억은 더 멀리 갈수록 더 분명하게 되살아났다. 첫날은 그렇게 들뜬 분위기로 지나갔다. 그러는 와중에 근처에 사는 일가친척 몇몇이 다녀갔다. 아버지는 이튿날까지 그들을 모두 기억하는 기적을 보여주었다.

　명절 둘째 날부터는 안방에 큰 교자상 하나, 주방에 도래소반 2개가 차려졌다. 자식들 식솔마다 돌아가며 아버지와 안방에서 겸상을 하고, 그 식사가 끝나면 약간의 시차를 두고 주방에서 나머지 식구들이 밥을 먹는다. 3일간 그렇게 날마다 여섯 끼의 밥상이 차려졌다.

　너무나 신기한 것은 그런 과정이 아버지나 엄마를 절대로 지치게 하지 않는 듯 보였다는 것이다. 오히려 아프기 전이나 젊은 옛날로 돌아간 듯 착각을 일으켰다. 다들 돌아가고 나면 아버지는 또 대부분을 기억 못 할 것이다. 그래도 엄마는 꿈만 같은 그 현실을 만들어 주고 싶어 했다. 금방 잊히더라도 즐거운 꿈을 꾼 것처럼 해주고 싶은 것이다. 어느 때라도 비슷한 상황이 오면 지금의 추억이 또다시 새로운 기억의 끈이 되어 줄 것이다.

　단 며칠 후에라도 엄마의 집요한 추궁에 "아하 그랬었지."라고 답하는 아버지를 마음속으로 기대하는 것이다.

위풍당당, 가을 운동회 도시락

높고 푸른 가을 하늘 아래, 운동장에서 공차는 소리가 요란하다. 전에 논이었던 자리에 주민 체육시설이 들어섰다. 그 덕분에 또 사람 소리를 듣게 되고 가끔은 야간게임도 해서 시골이라도 무서움이나 적막함이 덜하다. 이만하면 아직 살아있는 동네다.

서울에 갈 일이 있다고 하니, 자취하는 둘째 아이 갖다 주라며 반찬을 담으신다. 연근조림, 멸치볶음, 머윗대볶음, 깻잎김치다. "연근은 코피 흘리는데 좋아. 깻잎은 어렸을 때부터 잘 먹었지. 깻잎 낭자라서 쌨다."고 하신다. 연근조림은 조금 더 푹 조리면 아버지 반찬이 되고 머윗대는 들깨 넣어 탕 만들 것 일부를 뺀 것뿐이니 어려울 것 하나 없었다고 덧붙인다.

엄마의 음식에는 그렇게 늘 이유와 여유가 있었다. 그리고 먹는 사람이 그것을 만든 엄마를 생각나게 했다.

엄마가 원하는 휴가를 나와 같이 갈 수 있으면 좋으련만.

하지만 아직은 엄두도 내지 못할 일이다.

아이에게 줄 반찬 통을 보니 일 년에 딱 한 번 엄마가 만들어준 가을 운동회 도시락이 떠올랐다. 귀퉁이를 세워서 각을 잡아야 하는, 도화지보다 얇은 나무 도시락이었다. 보통 2개로 만들어 자

수가 놓인 면 손수건에 쌌는데, 하나는 밥을 담고 하나는 반찬만 따로 담았었다. 그 도시락에 담을 수 있었던 재료와 맛에는 한계가 있었다.

요새 같은 화려한 김밥이 아닌 맨밥투성이 목메는 김밥에 짜디 짠 단무지 한 칸, 그리고 계란말이 추가면 불만이 없었다. 엄마들이 솜씨를 부리고 싶어도 얇은 나무도시락에 국물이 배고 반찬이 섞여서 자식들에게 핀잔을 듣는 게 다반사였다.

그러나 일 년에 딱 한 번, 엄마의 도시락은 압권이었다. 엄마의 반찬은 돼지 살코기 구이와 연근조림, 호박전, 단무지 무침이었다. 요즈음의 포장 도시락 샘플 사진처럼 기억이 선명하다. 돼지고기는 기름기가 없는 부위로 얇고 넓적하게 포를 떠서 고추장 양념에 살짝 볶았다. 그리고 쪼그라지기 전에 그것을 넓게 펴서 다시 연탄불에 퍼석하게 구웠다. 연근조림은 물이 생기지 않게 윤기 나게 조렸고 단무지는 깨소금과 고춧가루에 버무려서 물기를 줄였다. 그리고 도시락에 돼지고기, 연근조림, 호박전, 단무지 무침 순으로 나란히 담았다. 섞이더라도 좋은 맛으로 섞이게 하고, 호박전이 연근조림과 단무지 사이에서 흘러나올지 모를 물기를 흡수하게 하는, 그 간이 배게 하는 깊은 배려였다.

아버지가 목발을 짚고 걷는 연습을 하던 늦가을 어느 날 엄마가 싸준 도시락을 드신 여선생님이 우리 집을 찾아오셨다. 그 맛을 너무나 잊을 수 없어서 대뜸 다른 핑계로 가정방문을 오신 것이다. 따뜻한 아랫목에 발을 묻고 엄마의 밥상을 기다리던 그 모습은 나와 다르지 않았다.

 그때처럼 여전히 엄마는 사람과 어울리는 음식을 생각한다. 아버지의 밥상을 만들면서 손녀의 반찬을 생각하고, 또 그 반찬을 배달하는 나를 생각한다.

엄마 주치의

텃밭이 봄보다 더 짙푸르게 무성해졌다. 유난히 불그레해진 석양과 하늘 높이 나는 기러기 떼도 계절을 느끼게 한다. 이제 아버지의 기억으로 헤아린 문병객들도 벌써 스물 몇 번째를 넘어섰다. 점점 더 알아보기 힘들 정도로 작은 글씨다.

지난 일 년 사이 엄마의 섬망이 한차례 있었고, 그것을 아버지는 모르며, 자식들 역시 아무 일도 없었던 것처럼 지내고 있다. 엄마가 작년과 달라진 것은 의사 선생의 권고대로 가벼운 털모자 하나를 머리에 쓰고 있는 정도다.

여전히 엄마는 아침 6시에 밤사이 벌어진 아버지의 흔적을 꼼꼼히 관찰하며 냄새도 맡아본다. 그것을 치우고, 얼굴을 씻겨주고 따뜻한 물수건으로 온몸을 닦아준다. 그리고 욕창을 소독하고 약을 발라준다. 하루도 빠짐없이 똑같다.

누이도 청소와 빨래로 분주하지만, 아버지에 관한 엄마의 몫은 변함이 없다. 아무에게도 용납되지 않는 일이기도 하다. 큰일이 아니면 주말에만 내려가는 나는 무엇을 고치거나 무거운 것을 나르는 등 조금 힘쓰는 일을 하고 부족한 물건들을 채워 놓는다. 물론 아버지에게 인사하고, 관찰하고 말을 걸거나 색다른 간식을 챙겨드리거나 가끔은 함께 밥도 먹는다. 어린아이도 할 수 있는 너무나 간단한 일이다. 그 정도라서 항상 부끄럽고 죄스럽다.

한 달에 한 번꼴로 다른 여동생들이 번갈아 가며 내려와서 집안 분위기를 신선하게 만들기도 하고 아버지의 말동무가 되어준다. 우리 모두 이제 익숙해졌다.

어떤 때는 아버지가 이름을 잘못 말해도 그렇다고 하고, 어떤 때는 틀렸다고 바로잡아 주기도 한다.

그 기준은 컨디션에 맞춰주는 옳고 그름이 아니라, 서로에 대한 기억이나 추억의 연결선 위에 있다. 고통을 일으키지 않으면서 교감하려고 한다. 어떤 자식을 본 지가 너무 오래되었다고 계속 집착하면, 그 사람이 움직이거나 그 사람을 중심으로 뭔가 자그마한 일을 만드는 식이다.

엄마의 원래 계획대로 그렇게 모든 것이 질서정연하게 움직인다. 열 달이 훌쩍 넘으면서 확실히 안정감이 생겼다. 엄마와 누이에게 2명의 상주 간호사 겸 간병인 겸 조리사, 나에게 주말 담당, 나머지 누이들에게 월간 순환 담당이라고 이름을 붙여보았다. 엄마의 구상은 아무 탈 없이 가동되고 있었다.

"어떤 마을에서 종합병원이 없어졌는데 그 주민들의 평균수명이 오히려 늘어났다는 주장이 있었어." 나는 언젠가 들었던 미국의 의학논문 얘기를 좀 포장해서 엄마에게 들려주었다.

"저 윗집 서천 댁은 좋은 요양병원 갔다더니, 다른 환자가 밀어서 팔이 부러졌다네. 그래서 민 사람을 묶어놨대. 그게 서로 무슨 고생이여. 그래서 집이 제일이지" 엄마가 화답했다.

엄마와 나는 그래도 잘하고 있다는 확신에 찬 눈빛을 그렇게 주고 받았다.

엄마가 중간 중간 관찰한 결과를 이야기 했다. 이것들은 마치 주치의가 차트를 보고 판단을 해 주는 것처럼 매우 신빙성 있게 내 머릿속에 박혔다.

주말에 자식들이 함께 머물게 되면 초저녁부터 환자분이 깊은 잠을 편히 주무시지요. 심리적 안정감을 얻으시는 듯합니다.
매일 오후가 되면 어지러움과 치매증세가 심해지는 것에는 별 차도가 없습니다. 단지 체력이 떨어져서 일수도 있고 밤이 다가오면 불안감이 커져서 일수도 있습니다.
아침에 정신이 맑다는 것을 자신도 알고 있다는 것이 신기합니다. 그 상태라도 계속 유지되면 좋겠습니다. 수시로 정신이 오락가락하는 것보다는 낫습니다.
그리고 정신이 있다가 없다가 하는 부분을 본인 스스로 구분하려고 애쓴다는 것도 대단합니다.
문제는 그것이 틀렸다는 것을 알 때 더 큰 혼란이 올 수 있는데, 이럴 때는 항상 가족이 옆에서 그 괴로움이 커지지 않도록 도와주시는 게 중요합니다. 그것은 사람마다 상황마다 다르기 때문에 답이 없습니다.
종합해보면, 치매 환자임에도 불구하고 어떤 규칙이 생긴 것은 매우 놀랍습니다. 이 상태가 얼마나 유지 될지는 아무도 모르겠지만요.

그렇게 엄마는 모든 것을 긍정적으로 보았다. 이러한 변화가 일어나는 과정에서 엄마의 존재는 기계를 움직이게 하는 윤활유 같은 것으로 잘 보이지 않았다. 그렇게 호들갑스럽지 않았다.

"참 독한 양반이야. 기저귀는 필사적으로 마다해. 소변은 가끔 실수를 해도, 큰 것은 꼭 정신 있을 때만 보려고 해. 다행이기는 하지. 근데 내가 언제까지 변기에 앉힐 수 있으려나…"

이 말에는 아직 아버지가 엄마를 실수 없이 확실히 알아보고 있어서 다행이라는 자기 자신에 대한 위안이 섞여 있었다.

여전히 매일 오후만 되면 나타나는 착각과 환상 등 증세는 모두를 절망에 빠뜨린다. 곁에서는 그런 모습을 차마 지켜볼 수 없을 정도다. 뇌 사진도 찍고 여러 약을 써 왔지만, 병원 약이 어떠한 효과가 있었는지 확신이 없다. 평상시에는 분명 약효가 있다고 믿으면서도 새로운 고비가 닥치면 일순간 모든 것이 허사라는 불신으로 바뀌어버렸다.

우리 가족은 아버지에게 바짝 붙어서 매달리는 것이 최고의 방법이라 여길 뿐이다. 그런데 그 '우리'에서 엄마가 99%를 차지한다는 것은 내가 풀고 싶어 미칠 것 같은 숙제다.

지난 시간 동안 엄마의 가장 중요한 전략은 무엇이든 추억의 끈을 살려, 기억을 살리고, 그 기억을 통해 사리 분별력을 더 잃지 않게 하는 것이었다. 간단히 그렇게 정리가 된다. 아버지의 영역을 아버지의 머릿속에 최대한 남겨두려고 한다.

그것은 시간 보내기가 아니다. 반복적이고 기능적인 학습 과정도 아니다. 아버지에게 맞춘 엄마만의 방식이다. 음식으로 옛날을 회상하게 하고 감각을 유지하게 하며, 기력도 보하고 있으니 일거양득임에는 분명하다. 아버지에게는 아직 언어장애가 오지 않았고, 새로운 신체장애도 나타나지 않았다. 운이 좋았다고만 할 수 없는 것들이다.

엄마는 또 아버지에게 당신의 엄마를 떠올리게 하여 증세가 순하게 나타나게 한다. 누군지 알아보지 못하더라도 찾아오는 사람을 꼭 만나게 하고, 함께 얘기를 주고받게 하여 무엇이든 연결의 끈을 끄집어내어 주려 한다. 스스로 아무 문제없는 체라도 하게 한다. 그런 모든 작전의 출발점은 언제나 아버지에게 몰입된 엄마의 생각이었다.

내가 엄마를 보며 가장 답답하게 생각하는 부분은 아버지의 거짓말 같이 나타났다가 사라지는 인지장애를 엄마가 쉽게 받아들이지 않는 것이다. 치매가 아니라 많이 늙으면 앓을 수밖에 없는 다소 생소한 병을 앓고 있는 정도로만 생각하고 싶어 한다.

그래서 엄마가 관찰한 정상적인 모습이 아버지를 지배하도록 아버지의 추억과 기억을 최대한 지키려는 것이다. 그것이 없어지더라도 아주 서서히 없어지도록, 아버지가 우리 모두를 기억하는 그 끄나풀이 더 아버지를 지배하도록 그토록 매달리는 것이다.

그 집요함이 너무 체계적으로 엄마의 의지를 반영하고 있어서 엄마가 측은해 보이지는 않았다. 오히려 엄마를 이해하는 것이 힘들었다. 포기하지 않는 신념과 에너지를 가진 아주 특별한 사람이지 바보가 아니라는 것을 받아들이는 데 시간이 오래 걸렸다. 자식들의 이러한 변화에 결정적인 영향을 준 것은 두 분 만의 대화법이었다. 그것은 유머일 수도 있고 실없는 농담이거나 장난 같은 것이었다.

  아침이나 점심 밥상을 들여놓을 때면, 아버지는 가끔
"고기가 냄새만 풍기고 갔구나."
"새 모이만큼 주네."
"배고파서 철사라도 먹겠어."
이런 식의 유머를 구사했다.

  그런 화법이 자식들이 없는 두 사람만의 시간에 훨씬 많이 이루어지고 있다는 것을 알게 되었다. 그것은 마치 엄마만의 비밀정원 같은 것이었다. 엄마는 어쩌면 아버지로부터 그런 장난스러운 말을 듣지 못하게 되는 때가 인간으로서 아버지의 진짜 마지막이라고 생각할지도 모른다. 주고받는 농담이 때로는 두 사람만의 은밀한 것일 수도 있다는 생각을 하니 엄마의 마지막 관찰 포인트는 바로 아버지의 낙천적 성격이란 확신이 들었다.

  엄마의 그런 여러 가지 기발한 노력은 이른 아침 시간의 안정과 주말의 평온함을 유지하는 비결임이 틀림없었다. 짧은 시간만이라도 아버지 스스로 정상인이라는 자신감을 느끼게 하고, 자책할 시간을 주지 않으려 하다 보니 되레 엄마가 아버지에게 꾸지람을 듣는 모습을 자주 목격하게 된다.

  여전히 참아내기 어려운 괴로운 시간이 하루 스무 시간을 넘지만 그런 기적 같은 규칙은 그 어느 병원이나 좋은 시설에서도 만들어내지 못했을 것이다. 서서히 자신을 잃어가며 즐겁게 죽음을 받아들이는 '잘 죽는 것(웰다잉 : well dying)' 정도가 최선이었을 것이다. 엄마는 아직도 '죽음에 길들기'를 거부하고 있다.

하지만 아버지의 그런 낙천적인 성격과 적극적인 표현은 까다로운 환자의 변덕으로 비칠 때가 많았다. 유독 내 눈에 그런 순간이 더 잘 포착되는 듯 나의 낙담은 더 커지고 잦아졌다.

죽음을 대하는 방식

짙은 감청색 밤하늘에 별이 선명한 10월 마지막 주말, 내 친구이자 매제인 Y가 왔다. 토요일 여느 때와 마찬가지로 잠시 평온이 찾아왔다. 아버지가 일주일에 한 번, 주말의 단잠에 빠진 것이다. 엄마도 같이 쉬면 좋으련만 사위에게 꽤 무거워 보이는 더덕 술병을 내놓는다.

"이거 재작년 가을에 저 양반 제자가 가져온 거로 술을 담았는데 잘 우러났는지 모르겠네. 한 번 열어봐."

Y는 '아이고' 애교스러운 소리를 내며 넙죽 받아 안았다. 병 밑동을 발바닥으로 잡고 빨간 뚜껑을 힘겹게 돌리며 입맛을 다셨다. 나는 얼마 전에 사다 말리던 가오리 두 마리를 구웠다. 엄마는 술 한 모금을 입술에만 적신 채, 정확히 지난번에 사위가 다녀간 시점을 더듬어 그때부터의 경과를 결말이 없는 구연동화처럼 들려주었다.

"그렇게 힘드셔서 어떻게 한대요."

Y는 멋쩍은 듯 사이사이에 끼어들어 그 말을 열 번도 넘게 되풀이했다. 엄마는 얼마간 Y의 위로를 받고 안방으로 돌아갔다.

"어머니가 잘 버티시는 것 같네. 아버지도 좋아지신 것 같고."

뒤늦게 잘 만났다는 표정을 지으며 Y가 내게 입을 열었다.

Y는 군포에서 작은 내과의원을 개원하여 주로 감기 환자들을

돌보며 그럭저럭 버티고 있다. 그는 아버지 같은 경우 병원에서 더 손을 쓸 수 있는 상태가 아니라며 우리 가족에게 정신적 면죄부를 준 장본인기도 하였다. 그렇게 고관절이 뭉개지고 치매까지 겹쳤는데 지금까지 살아 계신 게 기적이라는 위안까지 주었다. 그리고 틈만 나면 모든 공을 엄마에게 돌렸다.

"우리 엄마도 아흔다섯인데 오랜 집성촌이다 보니 동네 노인들끼리 서로 돌보며 살고 있어. 하루 두 끼를 모여서 같이 드시더라. 자식들도 다 자기 일이 있다 보니 별도리가 없지. 그래서 우리 시골은 어떤 집 자식이 내려가게 되면 동네 노인 모두를 챙겨보고 올라오게 돼, 일종의 돌봄 품앗이인 셈이지."

"그래 우리 집은 정말 특별한 케이스지. 행복과 불행, 안정과 불안이 그렇게 가까이 붙어있는지 몰랐어. 하루에 열두 번도 더 오락가락해. 롤러코스터가 따로 없지. 엄마가 걱정이야."

빗살무늬를 따라 가오리를 잘게 찢어 놓으며 내가 대꾸했다.

Y의 선친도 치매와 알츠하이머를 애매하게 겹쳐 앓다가 돌아가셨다. 거의 3년을 병상에 누워계셨는데 Y는 그때의 고통이 떠올랐는지 목 넘기는 소리도 내지 않고 빨아들이듯 술을 마셨다.

상속문제로 형제간에 옥신각신하다가 아버지 병간호 조건으로 알짜배기 전답을 형이 물려받은 사연, 아버지의 입원이 길어지면서 결국은 버티다 못해 그것을 팔아버린 일, 금가던 우애가 그나마 살아계신 어머니 덕분에 다시 봉합된 이야기를 줄줄 풀어 놓았다. 거기까지 몇 년이 걸렸으며, 옛날처럼 아주 편한 마음으로 회복되는 것까지는 거의 기대하지 않고 있다고 했다.

"이제 다들 늙어서 각자 제 자식 챙기기도 바쁘지 뭐. 근데 너는 치매 환자 돌보는 것이 어떤 건지나 아냐?"

내내 부러워하기도 하고 나더러 잘하고 있다고 칭찬하던 녀석이 갑작스레 뾰족한 질문을 한다.

"어디까지가 환자의 진짜 모습이고, 어디부터가 가짜인지 구분할 수가 없어. 그리고 그 증상이 여러 가지라서 운이 좋아야 그나마 가족이 돌볼 수 있는 거야. 아버지가 옛날에 나의 선생님이었을 때 그렇게 무서울 수가 없었는데⋯⋯ 참 다행히도 치매가 순하게 오셨네. 아직은 그렇다는 얘기야."

Y는 이 모든 상황, 그리고 아들과 사위 둘이서 여유 부리며 술 한잔할 수 있는 것도 엄마 덕분이라는 전제를 계속 깔고 있었다.

너는 엄마 잘 만난 줄 알라는 말을 나에게 40년 넘게 했으니 당연히 그럴 것이었다.

"가족은 가족을 나무토막처럼 다룰 수가 없잖아. 그래서 속이 더 터지지. 차라리 보지 않는 게 나을 수 있어. 간병인들도 정말 힘들 거야. 얘들 어렸을 때 웅변학원에서 앞에 있는 군중들을 바윗돌로 생각하라고 한 기억나지?"

그러면서 선친이 고통스럽게 돌아가시기 직전까지 이러지도 저러지도 못했던 모습을 아주 후회스럽게 묘사했다. 마지막에 폐렴까지 겹친 아버지의 몸에서 인공호흡기를 붙이고 떼는 것을 놓고 갈등했던 시나리오들, 그리고 앞으로는 점점 더 연명치료에 대한 문제가 불거질 것이라는 말을 보탰다.

얼마나 많은 노인이 스스로 미리 연명치료 포기각서 같은 것을 써 놓는단 말인가? 말도 안 된다는 가벼운 흥분이 일었다.

"차라리 처음부터 냉정하고 차분하게 죽음의 길로 인도하는 것이 맞을지도 몰라. 죽음에 대한 적응이지. 한국 사람들은 유교적인 가족 정서에다가 잔정까지 많아서 잘 버티다가 마지막에 가서는 환자에게 갑작스러운 변화를 주게 되지. 절벽에서 쥐고 있던 손을 예고도 없이 무참히 놓아 버리는 것과 같아. 그렇게 버티다가 감당할 수 없을 때 시설로 보내게 되면 노인네들이 보통 몇 달을 넘기지 못하더라고."

"반대로 상당히 정상적인 사람을 너무 일찍 보내는 경우도 많아. 이 꼴 저 꼴 안 보려고 자기가 알아서 찾아가는 경우도 있고. 그 또한 적응하기 어려운 일이지. 암 환자의 경우처럼 치매 환자에게도 일종의 참조 모델 같은 것이 필요할지도 모르겠어. 치매는 당사자의 의사결정이 아니라 가족 구성원의 의사결정이니까 그런 가이드라인이 더 필요할 수도 있지. 근데 증상이 워낙 다양하고 합병증이나 2차 사고도 생겨서 쉽지 않을 거야. 다행히 우리나라도 적극적으로 치매를 관리하고 있고, 지원도 꽤 많이 하지. 그래도 치매는 인지능력에 관한 것이라서 참 어려운 부분이 있어. 사람이라는 존재를 다시 생각하게 한다니까? 환자의 증세가 폭력적으로 진행되는 경우는 더 끔찍하지."

Y의 얘기를 들으며 산소통을 차에 싣고 다니며 혼자서 병원에

다닌다던 미국 노인들이 떠올랐다. 멀리 사는 자식들이 오려면 비행기를 타도 몇 시간씩 걸리기 때문에 시골 노인들은 아예 독립적으로 사는 것을 당연하게 여기고 그들만의 삶을 꾸려나간다 했다. 혼자서 아무것도 할 수 없을 때가 되면 요양원이나 호스피스 병원 같은 시설로 들어가는 경우도 많다고 한다. 그런 시설들은 어디나 그렇듯 질병의 종류나 상태에 따라 잘 분류되어 있으며, 모든 것들이 철저하게 '돈'이라는 기준으로 등급화되어 있다.

그때는 그 사람들이 무척 불쌍하게 보였다. 아마도 내 눈의 불행과 행복의 기준이 외로움 또는 인간다움이었던 탓일까. 나는 그런 이야기의 끝을 '이제 이 나라도 그런 냉혹한 길목으로 들어서고 있다'고 갈무리했다.

우리는 가오리와 고추장의 짠맛에 한 되짜리 담금주 한 병을 금세 비우고 입가심으로 맥주를 마셨다. 맥주는 언제나 냉장고에 두 병만 넣어 둔다. 평계지만 시골집 주방에서 잠이 오지 않을 때 딱 한잔하는 용도다.

하는 일 없이 늘 상시 대기조처럼 티만 내다가 갑자기 긴장이 풀어졌다. 염치없게도 내가 하는 역할의 몇 배나 되는 우울한 감정이 크고 묵직하게 솟아오르는 것을 느꼈다. 알코올 중독은 아닐 텐데, 시골에 내려가서 술을 마시면 그랬다.

엄마의 마른기침 소리가 들려왔다. 아버지가 뭔가 신음을 낸 것에 대한 습관적인 반응일 것이다. 토닥거리듯 안심시키는 소리이다.

"이렇게 우리도 나이를 먹고 있는데…… 너는 무엇이 효도라고 생각해?" 한참 어린 동생을 내려다보는 눈빛으로 Y가 물었다. 그리고 어이없다는 표정을 짓고 있는 나와 눈을 맞추며 스스로 답했다.

"그냥 지금 너처럼 하면 돼. 할 수 있는 것이나 도움 되는 것이 별로 없어도 부모가 너를 부르면 달려갈 만한 거리에 있으면 돼. 너처럼 늘 부모를 생각하고 있으면 돼."

나는 매우 멋쩍어졌다. 속으로는 '너도 술이 약해졌구나.' 했다.

우두둑, 무릎 관절에서 소리를 내며 Y가 몸을 일으켰다. 아코디언 주름처럼 심하게 쭈글쭈글해진 바짓가랑이에서 불에 탄 가오리 껍질 부스러기가 우수수 떨어졌다.

"네가 치우고 자라. 하여튼 솜씨 좋은 엄마가 자식도 잘 키우셨어. 근데 아직 멀었다 야."

아버지가 오래 살 것이기 때문에 엄마의 고생이 더 길어질 것 같다는 얘긴지, 내가 철이 더 들어야 한다는 얘긴지 모를 말을 내뱉었다.

Y는 혼자만의 넋두리 같은 그 말을 뒤로하고 밖으로 나갔다. 차가운 공기를 거푸 들이마시는 소리가 들렸다.

새로운 목표, 그 애잔함

텃밭 사철나무 울타리에 걸린 호박 덩굴이 찬 서리에 시들해졌다. 고추는 휑하게 고스러진 가지에 이제 작은 것 몇 개가 달랑거리고, 방울토마토도 청포도 알맹이처럼 변색을 멈췄다. 지푸라기로 묶어 놓은 배추는 옷깃을 여미듯 동그랗게 이파리를 안쪽으로 말고 있다. 생강과 무, 당근을 뽑은 자리는 두더지가 지나간 듯 검은 흙이 올라와 있다.

배추를 뽑아서 열심히 마당으로 날랐다. 엄마는 숫자 세는 것을 좋아한다. 지난여름에 수확한 마늘이 몇 접 하고도 몇 봉인지, 매운 고추, 덜 매운 고추가 몇 근씩인지도 정확히 기억하고 있다. 오늘은 가을배추 100포기를 뽑았다. 시골집에서 두 차례에 걸쳐 나눠 담그는 김장은 총 250포기, 한 포기를 4쪽으로 나누면 1,000쪽이 된다.

막내가 결혼한 해부터 그 정도로 정해진 숫자이니 한 25년은 그래왔던 것 같다. 오늘 하루 소금 간을 하고 내일 1차 김장을 한다. 밭에 남은 배추를 세어보고 모자라는 배추는 이웃집에서 조달받아 다음 주말에 2차 김장을 하게 된다.

"아흔둘, 아흔셋, 아흔넷, 아흔다섯." 켜켜이 쌓아 놓은 배추뿌리 쪽으로 포기 수를 세던 엄마가 툭 한마디를 했다. 나는 그것을 건성으로 들었다.

"근데 나 숙제 생겼다! 정신 더 바짝 차려야겠어."

쪼갠 배추를 큰 함지박에 내가 한 층씩 올리면 엄마는 배추에 소금을 뿌렸다. 근심인지 결연한 다짐인지 모를 표정으로 흩뿌리는 소금으로 박자를 맞추듯 엄마는 여자의 일생이라는 노래를 작게 불렀다. 뒷마디 가사를 대충 얼버무리고는 동백 아가씨라는 노래로 넘어갔다. "빨갛게 멍이 들었네."라는 가사가 내 귓속으로 더 크고 깊이 파고들어 왔다.

"네 아버지가 아흔다섯 살까지는 살겠다고 정했어. 죽기 살기로 산대."

하얀 서리가 세게 내려앉은 엊그제 아침에 그랬다는 것이다. 그 때까지 열심히 돈을 모아서 손자에게 논을 한 필지 사주고 가겠노라고 다짐했단다. 물론 논 값을 아버지가 알 리가 없다. 어쨌든 아버지는 정신이 들었던 그 시간에 새로운 목표를 세운 것이다.

답은 없다. 아버지가 오래 살아야 좋은 것인지, 엄마가 그것을 원하는지, 아버지가 엄마보다 일찍 돌아가실지 알 수는 없다. 아무것도 모른다. 그 어떤 시나리오에 대한 바람도 함부로 말할 수 없다. 그래서 깊이 생각하면 안 된다.

"버텨 봐야지. 지금만 같아도 참을 만은 한데…"

엄마의 말에는 아무도 돌볼 수 없는 저런 양반을 두고 먼저 간다는 것은 상상조차 할 수 없다는 다짐이 보였다. 힘이 나게 하는 자양강장제인 양 그런 다짐을 하루에 몇 번씩 하고 있다.
 나는 아무 말 없이 굵은 소금이 사이사이에 낀 노란 배추포기 가슴팍을 손바닥으로 꽉꽉 눌렀다. 그리고 그 위에 또 부챗살 모양으로 배추를 올렸다. 그러면서 내가 마음속으로 되뇐 것은 단 1년이라도 엄마가 편히 살면 좋겠다는 것이었다. 그렇게 아버지에 대한 생각과 엄마에 대한 내 생각은 모순될 수밖에 없었다.

 김장은 배추를 쪼개서 간을 하고 다음 날 씻어서 물기를 빼는 일, 양념을 만드는 일, 그 양념을 배추에 바르고 속을 넣는 일, 마지막으로 정해진 통에 담는 일로 나뉜다. 어느 집이나 똑같다. 엄마가 다르게 하는 것은 양념을 여러 배합으로 구분하여 만들고, 버무리는 손과 그 김치가 들어갈 통을 정확히 지정한다는 것이다.
 자식들의 입맛, 심지어 사돈들의 입맛에 맞게 속을 나누어 만든다. 그리고 양념의 양은 그것을 가져갈 사람의 취향과 버무리는 손에 맞게 조절해 준다.
 '셋째네는 황석어젓 들어간 것을 좋아하고, 넷째네는 젓갈을 싫어하니 새우젓을 조금만 넣고, 나머지는 멸치액젓과 까나리 액젓 반반으로 하자.' '여기는 청각을 넣지 말고, 저기는 파란 갓 말고 빨간 갓을 더 넣어.' 함지박마다 양념이 다르게 만들어진다.
 그게 전부가 아니다.
 "많이 익혀 먹을 김치는 익을수록 젓갈 냄새가 너무 많이 나게 되니 소금으로 간을 맞춰."

 그리고 짜고 매운 것에 대한 선호를 기억하여 양념 양을 조절한다. 엄마는 초인적인 힘을 낸다. 그렇게 복잡하게 담근 배추김치들은 그에 맞는 주인들의 김치 통에 정확히 안착하게 된다. 누군가에게 무엇인가를 준다는 것이 엄마에게는 정말 신명이 나는 일임을 알기에 우리 같은 하루짜리 일꾼들도 미친 듯이 일을 한다. 사실은 각자 자기가 가져갈 것을 만든다.

 남은 양념은 각각 청색 갓이나 파와 어울리게 버무리고, 또 남은 모든 양념은 한데 모아서 설렁설렁 총각김치를 담근다. 총각김치는 뒤뜰 항아리로 들어갈 것이라서 내년 여름에 짠지처럼 되어도 맛있게 먹을 수 있다. 다음 주에 있을 두 번째 김장때는 백김치와 동치미를 담그게 된다. 버무리는 사람이 고춧가루를 얼마나 많이 쓰느냐에 따라 말갛게 담그는 김치의 양이 달라지므로 맨 나중으로 미뤄진다.

 오후가 되니 어김없이 안방에서는 아버지가 악동들에게 호통치는 소리와 그들을 효자손으로 때리는 소리가 또 요란해진다.

 인기척이 나면 잠시 멈추다가도 어떤 때는 부끄러운 기색 없이 애절하게 "저놈들 좀 내쫓아주라."고 사정을 한다.

 전에는 주변 사람들의 눈치를 보기도 했는데… 그래도 위험한 것은 알고 있으니 얼마나 다행인가. 몸을 잘 움직이지 못하는 것을 되레 다행으로 여길 수밖에 없다. 이렇게 전혀 다행이지 않은 것을 다행스럽다고 얘기를 하며 모두가 김장에 몰두했다.

마당 한 귀퉁이에 덩그러니 걸려있는 솥단지에 돼지 앞다리 살을 삶았다. 돼지고기는 큰 솥에 삶아야 맛있다. 양파, 생강, 마늘 같은 채소나 물도 넉넉히 넣을 수 있고, 김이 한껏 발산되어 돼지고기가 더 연하고 누린내도 적다.

바깥 간이 조리대 가스레인지에는 김치 버무린 함지박에 붙은 양념을 긁어모아 넣고 가자미 매운탕을 끓였다. 김치 버무리다 남은 양념이 조금 들어간 매운탕은 시원한 맛이 일품이다.

바다 가까이 살았어도 그전에는 날로 먹는 생선이 많지 않았다. 광어나 우럭도 거의 다 매운탕을 끓이거나 말려서 먹었었다. 가자미는 눈이 오른쪽으로 몰려있으며 흔히 도다리라고 하는 생선으로 비린내가 적고 담백한 맛이 좋다.

아버지 밥상에는 만두피만큼 얇게 저민 돼지고기와 가자미 살만 발라서 올렸다. 엄마는 또 아주 정확하게 돼지고기 먹을 만큼의 새우젓 몇 마리만을 옆에 놓는다. 그러면 아버지는 젓가락 잡은 떨리는 손목을 다른 한 손으로 부여잡고 눈썹만큼 작은 새우 한 마리를 집어서 돼지고기 위에 올린다. 한 마리의 기준은 새우의 작고 까만 눈으로 가늠한다. 마치 피아니스트가 손가락 재활훈련하듯이 정교한 집요함이 있다.

떨어지면 또다시 올리기를 반복하여 누구의 도움도 받지 않고 기어이 맛있게 드신다.

엄마의 우주

여러 가지 김치를 많은 사람의 입맛에 맞추는 것은 여간 힘든 게 아니다. 특히 각자의 취향과 주장대로 다 담가 놓고 나서야 재료가 빠졌다거나, 바뀌었다든가 옥신각신하다가 급기야는 상대방 것이 더 맛있다며 김치 통째로 바꿔가기도 한다.

재료 배합과 그 양념을 누가 버무렸는지, 또 김치 통에는 누가 옮겨 담았는지 엄마가 말해 주어도 다들 제 잘난 탓에 엄마의 말은 무시되기 일쑤다.

한 달, 두 달 지나 김치 맛이 들게 되면 그제야
"엄마 말이 맞았어. 우리는 왜 그 맛을 구별 못 하지?"

그렇게 각자의 혀를 탓하는 것은 그나마 솔직하다. 나이를 그렇게 먹었어도 번번이 경험 탓이라고 은근슬쩍 넘어간다.

한 주일이 지나고 두 번째 김장이 시작되었다. 이 두 번째 김장 때는 모든 재료를 효과적으로 소진해야 한다. 물론 지난주에 빠진 것도 꼼꼼히 다시 챙기게 되어서 양념이 더 화려해지고, 고들빼기나 갓 등 별미 김치도 추가로 담그게 된다. 한 번의 시행착오가 있었으니 으레 두 번째 김장 김치가 더 맛있을 거라는 기대와 자신감에 차 있다.

당연히 첫 번째 김장보다 엄마에 대한 의존도가 떨어지고 각자의 고집대로 양념에 변화를 주고 있다. 엄마는 그냥 물끄러미 바라본다.

"왜 이렇게 깔끔한 맛이 안 나지?"

"단맛이 너무 강해."

"생강을 많이 넣었나 봐. 너무 써. 아니 짠가?"

역시나 또 시작이다. 각자가 담근 김치에 대한 불만이 터진다.

오래 두고 먹을 김치는 어쩔 수 없다고 친다. 그냥 익혀서 나중에 김치찌개에 쓴다고 포기하면 된다. 그래도 한두 달 내에 먹어야 할 김치는 맛있어야 한다. 김치를 너른 함지박에 쏟고 엄마의 지시를 기다린다. 누이들은 이 과정을 '김치를 고친다.'라고 말해 왔다.

각자가 우겨서 결국 버려놓은 김치 맛을 엄마의 지시에 따라 나아지게 하려고 너나 할 것 없이 엄마를 부른다.

마늘을 더 넣거나, 깨죽을 넣거나, 소금을 추가하거나, 다른 속재료만 더 넣거나 하는 식으로 김치 고치는 작업이 진행된다. 이런 교정 작업이 매우 빠르고 수월하게 이루어지는 것에 대해서는 아무도 진지하게 생각하지 않는다. 그냥 엄마이기 때문에 당연하다고 여긴다. 엄마의 혀와 손과 경험으로 가능하다고 여긴다.

"엄마 죽으면 우리 어떻게 해."

그런 말이 엄마에게 위안이 될 것이라 여기며 아양을 떤다.

사실 엄마는 딸들과 며느리가 각자의 양념을 어떻게 배합하는지 지켜보면서 그 비율을 가늠하고 있었다. 그녀들의 손놀림을 기억해 두었다. 물론 그네들의 평소 입맛과 김치 스타일도 익히 알고 있는 터다. 속으로는 혀를 차면서도 말없이 꾹 참고 있었을 것이다.

아무 고민도 없는 집처럼 그렇게 한바탕 소동이 지나가고, 우리는 둥근 밥상에 둘러 앉아 갓 버무린 김치와 생두부, 그리고 생굴과 함께 막걸리를 마셨다. 아버지는 따뜻한 새우젓 두붓국에 노각 장아찌로 식사를 했다. 자식들 목소리가 듣기 좋았는지 순하기만 했다. 아버지가 잠을 깊이 자는 토요일 밤은 그렇게 또 우리에게 여유를 주고 있었다.

"내가 엄마한테 노래 한 곡 해줄게."

늘 전쟁터 같은 긴장감 넘치는 집에서 노래라니. 그게 가능했다. 막냇동생이 섬마을 선생님이라는 노래를 불렀다. 엄마도 따라 불렀다. 사위들은 막걸리병에 기다란 튀김용 나무젓가락을 꽂아 조용히 장단을 맞췄다. 만약 아버지가 예정된 길을 가야 하는, 암처럼 다 아는 그런 병이라면 감히 그러지 못했을 수도 있다.

아버지의 치매와 그 비슷한 증세와 합병증, 엄마의 몸과 마음 상태, 그 모든 것들의 변화무쌍한 진행 방향과 종점을 우리는 알지 못한다.

역설적이지만 그래서 무엇이든 가능하다.

울 수도, 웃을 수도 있다.

힘들어도 슬프지만은 않다. 즐거울 수도 있다.

엄마가 그 옛날에 여상을 중퇴했다는 것을 자식들은 알고 있었다. 어렸을 때부터 학생기록부에 기재해야 했기 때문이다. 우리는 그 시대의 '여상 중퇴'를 매우 자랑스럽게 생각했다.

엄마는 심한 눈병으로 학교를 그만뒀다고 했다.

"새벽마다 외할아버지와 함께 산에 올라가서 옹달샘 물로 눈을 씻으면서 빌었지. 제발 눈만 잘 보이게 해달라고 했어. 학교 갔다 오면 소금물로 또 소독했어. 잘한 건지 모르지만 그때는 그것밖에 할 줄 몰랐어."

지금도 한쪽 눈은 거의 보이지 않고, 그나마 보이는 눈도 녹내장이 도사리고 있다. 언제든 가슴 철렁한 상황이 닥칠 수 있다. 안과에서도 어쩔 도리가 없고 운에 맡겨야 한다고만 말한다.

"눈 때문에 꿈을 접었어. 내가 여상 1학년 때 선수였던 것 몰랐지?"

갑자기 어색한 표정에 약간의 콧소리를 섞어 엄마가 말했다.

"무슨 선수?"

우리는 그냥 장난으로 알아들었다.

셈을 해보니 1944년도였을 텐데 촌뜨기 여학생이 선수라니.

"여상에 들어가자마자 주산을 배웠는데 암산을 제일 잘해서 학교 대표로 뽑혔었어. 도 대회까지 나갔지. 결국, 눈이 나빠서 하다 말 수밖에 없었지."

주산에 대해서는 누이도 잘 알고 있는 듯했다.

"또 언제 적 얘기를 하는 거야. 하긴 어렸을 때 엄마한테 주산을 배우긴 했지." 반은 무시에, 반은 핀잔 수준이다.

옛날에는 이자를 내고 사채를 쓰는 집이 많았고, 계라는 것이 유행해서 집에서도 주판 쓸 일이 꽤 있었다. 나는 엄마가 기다란 전표 같은 것을 계산해 주는 것을 자주 봤었다. 사람들은 우리 집에 올 때 몇 가지 푸성귀를 들고 와서 엄마에게 그런 부탁을 하고, 결국은 우리 집에서 밥까지 먹고 갔었다.

"손가락으로 하는 주산이 아니라 머리로 하는 암산을 훨씬 잘했었지. 손보다 머리가 빨랐었어. 먼저 머리에서 계산한 것을 재빠르게 주판알로 옮기는 식이었지."

엄마가 덧붙였다. 늠름하게 보이기까지 했다.

"여상 때, 암산으로 칭찬을 받는 날이면 뭐라도 될 것 같은 기분이었다. 그 기분은 모를 거다. 똑같은 것을 똑같은 자리에서, 똑같은 시간에 배웠는데 남보다 월등히 잘하는 것을 알게 된다는 것, 그 기분. 더구나 머리로 하는 그런 것은 타고나야 하겠지. 그런데 아무 데도 못 써먹고 세월이 가버렸네."

학교를 중퇴하고 그 어떤 허황한 꿈조차 꿀 상황은 다시 오지 않았다. 엄마의 그런 능력은 더 키워지지 못했고 재능을 발휘할 기회도 없었다.

그나마 살아가면서 자신의 고통을 희망과 기쁨으로 바꾸는 용도로 쓴 것이 다행이라는 생각이 들었다. 그 생각은 지금 우리가 이렇게 사는 것도 엄마의 능력과 관계가 있다는 발견으로 이어지고 있었다. 체념하고 받아들일 수밖에 없는 어려운 상황에서도 한 번쯤 꼭 좋은 상상을 해보고, 턱없이 부족한 현실을 그 목표와 연결하는데 암기력과 공간 감각적 능력을 쓴 것이 아닐까? 엄마 스스로도 자신의 활약상을 비추어 보면서 아쉬운 심정을 다독이고 있지 않을까? 굳이 엄마가 옛날얘기를 꺼내는 이유일 거라고 그렇게 건너짚었다.

그러면서 내가 매달렸던 엄마의 밥상에서 조금 떨어져서 이것저것을 떠올려 보았다.

확실히 엄마의 머릿속에서는 사람이나 물건 모두에 생기가 불어넣어졌었다. 구석에서 잠자고 있는 것이 없었다.
그리고 엄마의 마음과 사람들의 마음 씀씀이가 그 공간 안에서 함께 어우러지는 것을 보아 왔다.
엄마 자신도 모르게 그런 능력이 발휘된 것이다.

그 생각에는 복잡한 시간의 흐름까지 들어 있어서 자식들이 쉽게 눈치를 채지 못했을 뿐이었다. 사람을 생각하다가 너무 많은 것을 고민하고 양보하는 것을 보는 자식들의 핀잔만 있었다. 그리고 그 핀잔이 엄마의 능력을 죽였다. 결국, 엄마의 세계는 오직 우리 주변으로 국한될 수밖에 없었다.

그 작은 세계에서 입체적이고도 감각적인 조합은 때로 어색한 상황도 만들었다. 기억되는 것을 그냥 넘길 수도 있는데, 인간으로서 어떤 도리까지 고민하거나 덤으로 힌트를 주는 것들이 때로는 지나친 간섭으로 여겨질 때가 있었다.
"내일 작은 매제 생일이니 전화라도 해줘. 들를 수 있으면 김치 좀 갖다 주든지. 가게 되면 내 생일에 왔을 때 가져갔던 김치 통 달라고 해서 가져와라. 참, 너희 집에 납작한 빨간 반찬 통 세 개가 있을 거다. 그것도 가져와."
모든 것이 다 정확히 입력되고 기억된 정보 같았다.
"지금 그런 것까지 걱정할 상황이 아니잖아."
나는 용수철처럼 또 반사적으로 통명스럽게 대꾸하고 만다.
그러고 보니 엄마는 눈이 나빠서 수첩이나 달력을 보지도 않았고 생일 같은 것을 메모해 두지도 않았었다. 그저 엄마 머릿속에서 정물화 속의 과일처럼 또렷이 자리 잡고 있던 것이 각종 기념일이고, 또 가져간 사람과 반찬, 그리고 통을 연결하여 생각하는 습관이 있었기 때문에 줄줄이 엮어서 그렇게 말할 수 있었다.
엄마를 절대 치매에 빠뜨리지 않겠다는 평계로 엄마와 늘 옥신각신하며 사는 진숙이가 짓궂은 퀴즈를 냈다.
"누구누구 언제 태어났어? 어디였어? 생일, 생시는?"
엄마는 열셋이나 되는 손주들의 음력 생일과 태어난 시간, 몸무게까지 모두 정확히 기억해 냈다. 손주들이 막 태어났을 때 간호사가 아이를 보여주며 건넨 첫마디도 대부분 기억했다.
"세 시에 태어나서 아주 훌륭한 아이가 될 거예요. 3이란 숫자가 정말 좋거든요."
"진통이 좀 길었는데 아기가 잘 버텼어요. 근데 황달이 심해요."

친가나 외가 쪽에 돌아가신 분들의 기일도 정확했고 양가에 오십 명이 넘는 조카들이 있는데 질문이 나오는 족족 그들의 생월까지 다 맞혔다. 웬만한 조카들의 결혼 날짜와 자식을 몇 낳았으며, 조카 손주들이 대학을 어디 들어갔는지도 알고 있었다. 게다가 사돈들의 기일이나 생일도 음력으로 다 기억해 냈다. 이쯤 되자 새삼스레 다들 놀랄 수밖에 없었다. 그냥 믿음이 갔다. 그것이 맞는지 틀리는지 확인하자고 까불 수가 없었다.

엄마는 그런 날짜들을 그 사람에 대한 추억과 함께 입체적으로 기억하고 있었다. 사람을 통해서 숫자를 기억했다. 그래서 대개는 답이 길었다.

"아녀, 걔는 결혼식을 오후에 했지. 음력 사월 초이튿날. 그때 옆자리에 너희 막내 이모네 식구가 앉았는데, 셋째아들네 애가 젤 예쁘더라고. 결혼하고 한 4년 있다가 낳았을 걸! 근데 그놈이 벌써 커서 작년 6월에 미국으로 공부하러 갔다더라."

그렇게 동영상처럼 시간의 흐름 속에서 사람을 기억하고 그 주변을 추억해냈다.

자식들은 엄마가 그런 능력이 있는 것에 매우 놀라는 척해주는 것으로, 또 그렇게 많은 귀찮은 것들을 외우고 있어서 자신들에게도 도움이 되었다는 식으로 대수롭지 않게 넘겨 왔다. 그저 의욕이 넘치는 엄마들은 다 그렇다는 정도로만 넘겨버렸다.

오늘 좀 더 집중한 결과는 달랐다. 그런 능력을 키우지 못해 매우 아깝다는 생각이 들 정도로 의외로 특별함이 느껴졌다.

엄마가 1년 단위로 1 다음에 2, 2 다음에 3처럼 자연스럽게 어떤 기억들이 연결되도록 끊임없이 사람들을 추억하고 있다는 것을 우리는 알았어야 했다. 일종의 연상기억법 같은 것이지만 사람들의 반응이 더해져서 그 효과가 엄청났다. 그것은 엄마 별이 비추는 만큼 새끼 별들이 빛을 반사하는 우주의 섭리를 닮아 있었다. 그 별의 개수와 흡인력은 적당한 균형을 이루었다. 그래서 어디에 무엇을 적어 놓고 자식들의 생일이나 사돈댁의 대소사까지 기억해주는 것이 아니라는 것을 한 번쯤 떠올렸어야 했다.

외할아버지 제사가 가까워지면 막내 외삼촌이 고기 사 들고 우리 집에도 잠깐 들르는 것을 기억하고 청국장을 날짜에 맞춰 띄워서 가져가기 좋게 얼려 놓는다.
셋째 사돈의 기일이 가까워지면 매제 Y가 지나는 길에 우리 집에도 들를 수 있다는 것을 예상하여 그가 좋아하는 파김치를 담가 둔다.
기다려지는 사람이 처했을 사정과 그 사람을 그리워하는 마음을 덧붙여서 그 날짜들을 기억한다. 엄마의 기억은 이제 그리움이 그려놓은 것일지도 모른다.

엄마는 그런 것들을 표 내지 않았다. 굳이 오라고, 들르라고 전화를 하지는 않는다. 그래도 엄마의 마음을 아는 그 사람 또한 오고 싶어 했다. 못 들르더라도 전화 한 통 정도는 이루어진다.

"다음엔 찾아뵐게요."
 자진신고는 그렇게 또 다른 약속을 낳는다.
 그러면 그 사람이 다녀간 것처럼 엄마의 마음은 날아갈 듯이 가벼워지고 그 마음에 또 하나의 추억이 내려앉는다.
 엄마의 비법을 살짝 알기는 했어도 누구도 흉내 낼 수는 없었다. 무조건 사람을 좋아해야만 하고 한없이 베푸는 마음 없이는 불가능한 일이다. 오늘 나는 여동생들을 이렇게 세뇌시켰다.

 엄마의 음식이 빠르고도 맛있는 것은 추억이 있는 음식 맛과 그 맛을 내는 조합에 대한 정확한 기억, 그때그때의 직관적 감각을 갖고 있기 때문이다.
 이 기억과 감각에 먹을 사람에 대한 생각으로 가득 찬 정성이 보태지기 때문이다!

 이것은 엄마를 알았던 사람들이 오래전부터 느꼈던 아주 특별한 엄마의 실체였다. 그게 어느 날 갑자기 엄마가 생각나서 찾아오는 이유였을 것이다. 음식이든 세상살이든 쉽게만 보였는데, 잘 안 되다 보니 엄마가 생각났을 수도 있다. 엄마의 솜씨가 최고가 아니더라도 고급스러운 삶의 메뉴로도 채울 수 없는 허전함을 위로받고 싶어서일 수도 있다.
 "엄마가 해주던 맛이 안 나. 시간도 오래 걸리고 답답해 죽겠어."
 "음식 하나 하는 게 뭐 그리 복잡한지 모르겠어."

네 딸이 결혼을 하고 하나같이 그런 불만을 토로했었다. 자신들도 그렇게 못하면서 시댁의 상황을 그렇게 비꼬아 말하곤 했다. 지금 이 순간에도 궁둥이 붙이고 앉아 엄마가 해주는 음식을 먹으면서도 그러고 있다. 아마 세상의 딸들은 친정에 가면 대개는 그렇게 말할 것이고 늙은 엄마들은 속아 주는 척할 것이다.

다들 엄마 같은 사람은 없다고 하더라.

엄마의 음식에 어떤 위엄이 있는 것은 아니다. 봉숭아처럼 만지면 터질 것 같은, 먹기 아까운 미적 감각이 있는 것도 아니다. 오히려 단순 투박하다. 어느 것도 까다롭지 않다. 그래서인지 우리는 엄마에게 미안하다거나 고맙다는 말을 쉽게 하지 못했다. 존댓말조차 쓰지 않았다.

무엇이든 쉽게 해주는 엄마의 모습에 "제발. 응?"이라는 눈빛은 필요 없었다. 대신 "엄마, 빨리!"라는 버릇없는 다그침만 있었다.

엄마 생일날 "생일 축하합니다. 생일 축하합니다."라는 가사의 노래는 우리가 엄마에게 쓴 존댓말의 전부였을 것이다. 손주들도 할머니에게 존댓말을 쓰지 않는다. 그래서 엄마가 안쓰러워 보일 때도 있다. 나 자신은 그러지 않으면서 괜히 얘들만 버릇없다고 나무랄 때가 있다. 그러면 아이들이 그랬다.

"할머니를 무시해서 그런 건 아니니까 걱정하지 마."

자식들이 하는 말과 비슷하지만, 정말로 손주들은 할머니를 무시하지 않았다.

 손주들 모두가 중학교 들어가기 전에는 적어도 몇 년씩 할머니 손에서 자랐다. 그 기억 속에서 할머니가 얼마나 따뜻한지는 물론이고, 아무런 거리낌 없이 대할 수 있는 사람이라는 것으로 본능적으로 알고 있었다. 친손주는 친할머니를 좋아했고, 외손주는 외할머니를 좋아했다. 그 사람이 우리 엄마였다.

 상처 하나 없이 키웠을 뿐만 아니라, 꾸지람 들은 기억도 없을 것이다. 다섯 살, 열 살, 열다섯 살, 때가 되면 민간요법에 따라 엄마가 알고 있는 대로 보양식이나 한약재도 먹였다.

 "너 다섯 살 때였던가? 흔치 않은 한 자짜리 붕어가 동네 저수지에서 잡혔다는 말을 듣고 얼른 샀지. 내장을 발라낸 그 안에 아주 깨끗한 지렁이를 넣고 실로 묶어서 즙을 내 먹였었다."

 나에 관한 이야기다.

 "그 지렁이는 어디서 났는데?"

 "어디서 나긴. 내가 잡았지. 질퍽하면서도 깨끗한 땅은 많지 않아. 미나리꽝 옆을 반나절이나 파서 겨우 몇 마리 잡은 거지."

 미꾸라지나, 십진대보탕, 녹용 등 이런저런 것들을 손주들에 대한 직관과 발육 상태로 미루어 적당히 먹였다. 자식들이 드리는 용돈은 그런 곳으로 다 쓰였다.

 "침 흘리니까, 좀 더 데리고 있다가 미꾸라지 먹여서 보낼게."

 "두어 달 있으면 딱 5살이니까 십전대보탕이라도 하나 먹이자."

 그런 식으로 아이들을 더 데리고 있으려고 했다.

이런 연속된 끈과 교감 속에서 옛날에 우리가 그랬던 것처럼 비슷한 또래의 사촌들끼리 친형제자매 같이 컸다. 그래서인지 한 녀석도 별다른 문제없이 세상에 잘 적응하고 있다.

사람들이 초식동물처럼 어울려 사는 것을 어려서부터 봐서 그런가.

엄마를 건너뛰고 할머니와 대화할 줄도 알고 할머니와 비밀을 나누기도 한다.

아이들은 할머니가 전화기를 옆에 두었을지 멀리 있을지를 가늠하면서 안부전화를 건다. 기계적으로 시간을 정해놓고 전화하는 것과는 차원이 다르다. 할머니를 기다리게 하거나 신경 쓰이게 해서는 안 된다는 것을 안다. 존댓말보다 훨씬 우러러 보이는 마음씨다.

아버지가 쓰러지고, 엄마의 건강 또한 장담할 수 없게 된 지금 엄마는 평생 동안 군데군데 가끔씩 썼던 그런 능력을 최대한으로 모아서 한꺼번에 쓰고 있는 듯하다.

"어머니 얼굴이 팽팽해졌어. 젊어 보여." 그렇게 말하고 가는 사람이 종종 있었다. 내 눈에도 그렇게 보일 때가 있다.

원양어선으로 열대어 나를 때 있잖아, 수족관에 상어를 한 마리 넣어두면 열대어가 운동을 많이 하게 돼서 오히려 건강하게 살아남는 비율이 높아진대.

기분이 좋아야 할지 나빠야 할지 분간이 되지 않는 이런 위로도 있었다. 아버지가 상어일 수 있고, 엄마가 열대어일 수 있겠다고 굳이 상상할 필요가 없었다. 자꾸 이상해진다. 아직은 두 분 모두 잘 버티고 있고, 가까이서 그 모습을 지켜볼 수 있어서 천만다행이다. 나 자신이 무심하게 수족관을 지켜보는 사람이 아니라 열대어 중 한 마리일 것이라고 여기려 애를 써본다.

상어 이야기를 떠올리면 엄마가 그중에서도 제일 건강해진 열대어처럼 보인다. 엄마는 두 개의 밥상을 차리는 것처럼 정상과 치매, 두 곳의 세계를 살고 있다는 생각도 들었다. 그리고 그 두 개의 밥상과 두 곳의 세상이 연결되는 제3 영역도 있다. 그 제3 영역이 제일 힘들 수도 있다. 자식들과 주변 사람들이 속삭여서 엄마를 흔드는 그런 영역이 아주 괴로운 제3 영역일 수 있다.

항상 세탁기 통처럼 하나로 움직였던, 엄마의 물질과 사람에 대한 공간 감각이 이제 엄마 일생에서 가장 복잡하게 얽혀 있다. 톱니 비율이 맞지 않는 초침, 분침, 시침처럼 작동되고 있다.

이 혼돈 속에서 엄마는 지금 아버지를 위해 자신이 가진 모든 감각과 정신을 쏟아붓고 있다. 무엇이 어디에 있고, 음식은 어떻게 만들 것이며, 먹으면서 누구를 떠올릴 것이며, 누구와 어떤 상황을 만들어야 하고… 그런 모든 것을 아버지와 어떻게 연결할 것인지만 생각하고 있다.

4

자, 선물이야

여기가 학교 앞 빵집 자리 맞는데?
오늘은 모처럼 달콤한 불고기 백반을 함께 먹어야겠다.
브로치는 맘에 들려나……
왜 여태 안 오는 거야.
이 촌사람이 또 어디서 헤매고 있는 것은 아닐지.

두 개의 전화벨과 팥죽

"여보세요, 아, 아버님이세요?"

아내가 거실에서 전화 받는 소리에 깜짝 놀랐다. 아무리 아침이라도 아버지의 전화라니.

"지금 아버님이 계신 곳이 집이고요, 그래서 집에 전화가 안 되는 거예요. 여긴 대전이고요." 한참을 쩔쩔매고 있다.

아버지는 당신이 다녔던 고등학교 앞 사거리에 혼자 남겨져 있으니 빨리 데리러 와달라고, 제발 엄마를 찾아달라고 애원을 하고 있었다.

그래도 늘 희망을 주었던 아침 시간인데 이제 그마저도 무너지고 있는 것인가. 가슴이 내려앉았다. 자기 집 전화로 자기 집 번호를 계속 눌렀으니 전화가 걸릴 리가 없었다. 삐-삐-삐 소리만 들었을 것이다. 그러다가 아들 집에 전화를 한 것이었다.

"지금 아버지가 너희 집에 전화했지? 이 양반이 도대체 번호를 어떻게 안 거야. 또 어떻게 누른 거야."

아내가 10분 넘게 아버지의 전화를 받는 사이, 아니 애원을 듣고 설득하는 사이에 엄마는 내 휴대폰으로 전화를 했다.

안방 유리창 틈 사이로 동태만 살피던 엄마는 안방에 들어가지 않고 내게 전화를 한 것이다. 아버지의 통화를 방해하지도 않았고, 전화기를 빼앗지도 않았다. 게다가 엄마는 아버지가 전화번호를 두 개씩이나 기억해 냈다는 사실을 대견해 하는 것 같았다. 아버지를 관찰하면서 나에게 전화하는 엄마의 모습이 애절하게만 그려졌다.

안방에 있는 유선전화는 아버지의 관심에서 멀어진 지 오래였다. 아주 가끔 도둑의 환영을 볼 때 119로 전화하자는 경우가 있었다. 하지만 엄마는 일부러 전화기를 치우지 않았다. 아주 정신이 맑을 때, 보고 싶은 자손의 목소리를 가끔 들려주고 말을 시켜 보는 용도로 놓아두었다. 그럴 때마다 아버지는 당당한 한 사람으로서, 어른으로서 태도를 보이려고 애를 썼다. 가슴이 터질 것 같아도 엄마는 그런 모습을 보고 싶어 했다.

별의별 상상이 다 되었다. 전화기를 치운다고 될 일이 아닌 듯했다. 막연한 두려움이 무거운 물기를 품은 회색 뭉게구름처럼 무섭게 일었다.

또 다른 치매 증세의 전조인가?
도대체 엄마는 어떻게 하루하루를 버티는 것일까?

눈이 올 것 같은 날씨였다. 서둘러 시골집으로 향했다. 시간은 저녁 여섯시 반을 가리키고 있는데 벌써 아스팔트가 시커멓다. 옆으로 튀어나온 자동차 뒷거울이 바람 소리를 훨씬 크게 내었다. 겨울이라서 그렇겠지. 라디오 볼륨을 높이지는 않았다. 아니 듣지 않고 멍하니 앞만 보고 운전을 했다. 아버지는 또 어디로 향

하려는 것일까?

 아침에 엄마와의 통화 끄트머리에 '잠깐 들여다보든지'라는 말이 집으로 가는 내내 귓전을 맴돌았다. 100킬로쯤 되는 길이 이제는 옆 동네 가는 것처럼 아무렇지도 않다.

 집 어귀에 도착하여 후진기어를 넣을 때부터 벌써 시끌시끌하다. 바보 같은 개들은 여전히 주인을 보고 더 크게 짖으며 난리를 친다. 개들이 자동차 번호를 외우는 것도 아닐 테고, 기름 냄새나 엔진 소리, 아님 운전 솜씨로 내 차를 알고 있는 듯하다. 시골집 담벼락 앞에 주차하려면 'T' 코스에 능숙해야 한다. 오늘은 밭두렁에 바퀴가 빠질 정도로 정신이 없지는 않았다. 그렇게 개들이 짖고, 꼬리를 흔들어 플라스틱 개집 지붕을 두드리는 소리가 나면, 마당 안쪽에서 '삐-익' 새시 문이 열리는 소리가 난다.

 "잠깐 기다려라. 아이고."

 대문을 열어주려고 엄마가 토방에 발을 내려놓을 때 내는 소리다. "아이고 아이고" 신음이 계속 이어가기는 해도 가까이 올수록 목소리가 점점 올라가고 약간의 리듬이 실린다.

 그렇게 동화 속에 나오는 산중의 통나무 구멍 속으로 빨려 들어가듯, 걸리버가 한순간에 대인 국으로 떨어져 버리듯 나는 또 긴장의 대문 안으로 미끄러져 들어간다.

 "내일이 동지잖아. 그래서 팥죽 좀 가져가라고."

 엄마는 벌써 아침에 있었던 일을 잊은 듯하다. 팥죽은 송편과 같은 계절의 표식이다. 아내도 좋아하는 음식이라서 주 중에 왔

215

다 갈 이유로 충분하다. 여름에는 상추와 깻잎을 가지러 온 적도 있었다. 그 기름값이면 삼겹살까지 먹을 수 있다는 셈을 하지는 않았다. 이런저런 구실을 찾다 보면 돈이 아닌 사람이 할 만한 일이 별로 없다.

웬만해서 엄마는 왔다 가라는 직설화법을 쓰지 않았다. 자식들이 놀랄까 봐서 먼저 전화하는 것을 참는다. 그런데 오늘은 아침에 그런 사단이 있었으니 자연스레 오라는 말이 나온 것이었다.

나와 엄마는 이렇게 약조되어 있었다.

"중요한 일은 먼저 집 전화로 걸고, 안 받으면 휴대폰으로 할게! 휴대폰으로만 전화할 때는 편하게 받아라."

항상 지켜질 수 있는 건 아니지만 먼저 집 전화벨이 울리고 휴대폰에 시골집 번호가 찍히면 무슨 변고가 있으니 마음 단단히 먹고 받으라는 뜻이었다.

여느 때와 마찬가지로 시골은 평화로웠다. 보일러 켜지는 소리가 천둥소리처럼 들렸다. 틈이 벌어진 흙집이라 방음이 형편없어 쿵쿵 울린다. 넷째가 엄마에게 선물한 비싼 흙침대는 뒷방에서 잠자고 있다. 한 달에 사 오십만 원이 들 정도로 기름을 때야 한다. 늘 조심스럽고 걱정스럽다 해도 여기저기 전원 차단이 가능한 콘센트만 너저분하게 매달아 놓은 것이 내가 한 일이었다.

"이리 와서 팥 한 숟가락 먹어봐."

엄마는 삶아 놓은 팥을 내밀었다.

엄마는 낮에 아버지 옆에 앉아서 팥을 골라 놓았었다. 이따금

싸르륵싸르륵 팥을 쓸어 넘기는 소리를 엄마는 자장가처럼 들려주었을 것이다. 요즘 곡식에는 돌이나 잡티가 적은데도 잘 보이지도 않는 눈으로 늘 그렇게 한다. 청국장 콩을 고를 때도 그렇게 한다. 무언가 생각하는 시간이기도 하고, 그것에 몰두함으로써 스스로를 평화롭게 하는 시간이기도 한 것이다. 엄마는 일부러 그런 시간을 만들고 있다.

 그 팥을 물에 불려서, 한 번 삶은 물을 버리고 다시 푹 삶아 놓은 것을 내게 권한 것이다. 양아들 삼은 방앗간 주인은 두 되도 안 되는 불린 쌀을 집에까지 와서 가져다가 쌀가루를 내어 조용히 평상 위에 올려놓고 갔다. 마음 없이는 해 줄 수 없는 일이다. 그 쌀가루가 오늘 내가 온 사실상의 이유인 듯했다.

 "우리 새알심 만들자."

 나는 어린아이였다. 그게 엄마가 나를 부른 이유라고 착각했다.

 잠깐 들여다보니 아버지는 아침에 무슨 일이 있었냐는 듯 옆구리로 쓰러져 잠을 청하고 있다. 내가 아버지를 위해 하는 일이란 그런 거였다. 새알심 때문에 왔다고 쳐도 이상할 것은 없었다.

 쌀가루 반죽을 치대서 둥그런 덩어리를 만들고, 다시 팔뚝만 하게 나누었다. 그것을 반복하여 가래떡같이 길게 늘였다. 그런 다음 뚝뚝 떼어서 처음엔 한 개, 나중에 두 개를 동시에 두 손바닥 사이에 놓고 굴렸다. 어렸을 때는 새알심에 잔금이 안 보이게 하려고 참 많이도 굴렸던 기억이 난다.

 엄마와 나는 두 가지 새알심을 만들었다. 원래 먹던 크기대로 참새 알만하게 만들고, 또 밥알 몇 알쯤의 크기로 작은 새알심도 만들었다. 작은 새알심은 아버지를 위한 것이다.

겨우 사흘 만에 다시 왔는데 엄마는 또 몇 가지 사건을 얘기했다. 그럴 때마다 시작 부분에서는 가슴이 답답해지기도 하고, 그냥 건성으로 버텨내면 되는 일상의 하소연처럼 들린다.

그런데 그 구간을 잘 넘겨야 한다.

결국은 또 새로운 기대와 다짐으로 마무리될 엄마의 순서이기 때문에 절대 그 흐름을 막아서는 안 된다.

"참 이상하다. 팥 삶을 때는 오늘 밤도 한바탕 소동이 일겠다 싶었는데 어째 아무 소리가 안 난다. 네가 온 것을 어떻게 알았나 보다. 하여튼 귀신같은 양반이여."

"아침에 우리 집에 전화 한 것은 기억해?"

내가 물었다.

"그건 종일 한 번도 얘기 안 했어. 기억에 없는 거지."

그런데 엄마도 기억에 없는 것은 마찬가지였다. 엄마는 그것을 일부러 담아두지 않은 듯했다. 그런 것쯤은 늘 있는 일이고, 잊어버리는 것이 당연하다는 듯한 가벼운 표정이었다.

엄마의 목소리에는 나를 부른 미안함과 당신의 판단에 대한 칭찬도 섞여 있었다. 아버지의 편안한 잠, 그게 엄마가 나를 부른 진짜 이유였다.

대청마루가 삐걱 소리 나지 않게 발을 내디디고 문틈으로 한참을 보니 이불을 무릅쓴 아버지의 어깨가 아주 조금씩 움직이고 있다. 그래도 안심이구나. 반듯하게 누울 수 없는 고관절 조각을 달래서 힘든 잠을 청하고 있었다.

아버지는 한 달 전부터 잠을 못 자고 더 심해진 환영과 환청에 많이 시달렸었다. 그나마 주말에 괜찮아서 버텼는데 요즈음에는 주 중에 한 번쯤 수면제 반 알을 건넨다고 한다. 병원에서 처방받았던 것이지만 엄마는 의사의 권고대로 수면제의 착시 효과를 견제했다. 무척 조심스러워했다. 엄마도 수면제가 몸에서 배출되는 것을 알고 있었지만 될 수 있는 대로 그런 인위적인 힘을 빌리고 싶지 않았던 모양이다.

엄마는 팥죽을 핑계 삼아 나를 한 번 불러 본 것이다.
여전히 내가 아버지의 수면제 역할을 할 수 있는지 확인해보고 싶었던 것이다.

아들이 와도 별 변화가 없다면 어쩔 수 없이 수면제를 반 알 줘야겠다고 정했다는데, 아버지는 오늘 또 숙면을 하고 계신다.
진통제가 아버지에게 얼마나 큰 충격을 일으켰는지 생생히 기억한다. 통증을 잊게 해준 그 몽환적 상태가 정신적으로는 큰 변화를 일으킨 것이다. 약물의 역효과일 수도 있고 스스로 느낀 정신적 충격일 수도 있다. 우리는 그렇게 생각했다. 그래서 아버지가 죽을 것 같은 두려움이나 통증 때문에 잠 못 이룰 때도 여간해서는 수면제를 드리지 않았다. 그렇게 버텼다.

엄마가 수면제를 잘 주지 않은 이유는 또 있었다. 움직이지도 못하는데 몽롱한 상태에서 식사량이 많아져도 문제가 될 수 있고, 잠을 많이 자는 것과 죽음에 대한 두려움이 맞닿아 있었다. 그래서 병원에서 경계선으로 정한 양만큼도 쓰지 못했다.

무슨 짓을 해서라도 아버지에게 요람처럼 편한 안정감을 주는 것이 엄마의 또 다른 목표였는데, 오늘 또 자식의 효과를 확인한 셈이다. 그것이 엄마의 심리적인 안정감뿐이라 해도 전혀 문제 될 것은 없었다. 아버지에게도 나쁠 것이 없었다. 이제 주말만이 아니라 주중에도 가끔은 내가 내려가야 할 이유가 확실해졌다. 5미터 원격 수면제가 효과가 있어서이다.

팥죽의 마지막 작업은 뜨거운 팥물이 튀는 것과 새알심이 눌어붙는 것만 조심하면 된다. 우리는 큰 새알심과 작은 새알심을 섞어서 끓였다. 그렇게 섞어서 드려야 아버지의 투정을 면할 수 있다. 대접에서 작은 것만 스스로 가려내어 먹게 하는 것도 엄마의 전략이다. 큰 새알심이 목을 가로막을 수도 있지만 아직은 그런 일이 절대 일어나지 않을 만큼 아버지가 독하다는 것을 엄마는 알고 있다. 옆에서 지켜보다가 안 되겠다 싶으면 큰 새알심을 살짝 집어낼 것이다.

이렇게 팥죽을 만들어 놓고 밖을 내다보니 한겨울에 지나다니던 찹쌀떡과 맹감 떡 장수의 목소리가 들리는 듯했다. 동그란 찹쌀떡 겉을 팥 앙금으로 또 동그랗게 싼 경단, 그리고 군만두처럼 빚은 하얀 떡 속에 팥 앙금을 넣어 맹감 이파리로 싼 떡이 눈앞에 어른거렸다. 한밤중에 허공을 갈랐던 그 소리를 떠올리면서 나도 모르게 고개를 빼서 하늘을 본다.

팬스레 크게 한 번 심호흡을 해 보았다. 차가운 공기가 가져온 가벼운 긴장이 갈비뼈 안에 계속 서늘한 공간을 만들었다. 데워진 그 공기를 몰아내고 다시 차가운 것을 들이려 입술을 내밀어 연거푸 크게 숨을 쉬어 본다.

뚜껑을 열어둔 냄비 속으로 눈발이 떨어졌다. 팥죽에 닿기 전에 흔적 없이 녹아 없어지는 모습은 블랙홀에 빨려가는 별처럼 느껴졌다. 불빛이 반사되는 그 작은 냄비도 한참을 바라보니 현기증이 났다. 지금 처마 밑 평상에 올려놓고 아주 차갑게 식히는 팥죽은 내가 가져갈 것이다. 속이 시원해지고 정신이 번쩍 날 팥죽을 싣고 내일 새벽에 출발해야 한다. 그래야 아내도 먹을 수 있다.

담배를 하나 꺼내 물었다. 12년 전쯤 단종된 것이니 그 이상 오래된 것이다. 몸통이 누렇게 변색되고 다 말라비틀어진 담배였다. 벽장 속에서 긴 시간을 말라가며 아버지의 기억에서 오래전에 사라진 아버지의 담배였다.

"너 술 담배 끊어라"

작년 겨울, 죽음의 순간이 처음 찾아왔을 때, 일주일 만에 입을 여신 아버지가 나를 보며 갑자기 하신 말씀이었다. 언제 들었는지 기억이 가물가물한 다정다감한 말투였다. 그 말이 내 폐부에 꽉 박혔었다. 정신이 혼미해지고 속이 메스꺼워져서인지 요사이 아버지는 담배 한 개비만 달라고 애원하신다.
 결정적인 순간이 오면 드려야지 하면서 주머니 속의 담뱃갑을 만지작거렸다.
 "맛있게 되었는지 한 번 먹어보자."
 엄마와 나는 아직 온기가 있는 팥죽을 한 숟가락씩 떴다. 추운 데 있다가 들어와서인지 따뜻한 팥죽 맛도 괜찮았다. 엄마와 그렇게 겨울밤에 마주하니 김소월 시인의 '부모'라는 시가 생각났다. 노래로 읊어졌다.

  낙엽이 우수수 떨어질 때
  겨울의 기나긴 밤
  어머님하고 둘이 앉아
  옛이야기 들어라
  나는 어쩌면 생겨 나와
  이 이야기 듣는가.
  묻지도 말아라, 내일 날에
  내가 부모 되어서 알아보랴.

 나는 팥죽 냄비 뚜껑을 덮으러 밖으로 나갔다. 입술이 떨리고 이가 부딪힐 때까지 한참을 그렇게 처마 밑에 서 있었다.
 주방으로 들어와 보니 식탁 위에 큼지막한 면기 하나가 나와 있다. 엄마는 아침에 일어나 뒤꼍 항아리에서 동치미 한 그릇을 떠 오려고 그 표시로 남겨 놓은 것이다. 따뜻하게 데운 팥죽의 짝을 미리 점찍어 둔 것이다.

12월 31일

12월 30일, 딱 1년 전에 아버지가 응급실로 실려 갔던 날이다.
아버지의 고함과 부서져 내린 뼛조각 소리에 119대원들도 쩔쩔맸었다. 그날 이후 극심한 통증과 치매, 환영은 그렇게 서로 끌어당기는 야속한 관계가 되었다. 엄마는 그것들이 서로 달라붙지 못하도록 안간힘을 썼다.
음식과 사람, 동물, 물건, 아버지가 만나는 모든 것들을 조율했다. 그렇게 하지 않았다면 아버지는 벌써 돌아가셨을 것이다. 엄마는 작년 12월 31일을 기점으로 그 이전의 고통스러운 기억을 모두 지웠다. 좋았던 기억만을 남겼다.

어쩌면 오늘 새롭게 접하는 고통이
어제까지의 기억을 행복으로 바꾼 것일 수도 있었다.

엄마의 표정과 행동에 그런 절절한 고통이 하얀 선인장 가시처럼 숨어있다는 생각은 들지 않는다. 엄마는 일 년을 넘긴 오늘도 그저 새로운 희망을 볼 뿐이고, 그 시간 시간마다 사람의 흔적과 추억을 남기려 애쓰고 있다.
아버지를 나무토막처럼 다루지 않으려고 한다. 아버지의 머릿속에 남아 있는 그 어떤 추억과 기억, 피부의 감각 어느 하나라도 끝까지 살리려고 한다.

더 많이 붙들어 놓으려고 한다. 그리고 여전히 누구를 위한 맛있는 생각과 정성이 환각제처럼 자신에게 되돌아와 그 모든 순간을 송두리째 지배해주길 바라고 있다.

"어머니도 한 번 모시고 와야 해요. 무슨 일 나면 어쩌려고."

"아버지는 아직 그대로세요?"

양쪽 병원에서 약 탈 때마다 듣는 말들이다. 한쪽은 엄마가 걱정스러운 의사 선생의 말투이고, 한쪽은 고관절 모손과 치매가 겹친 환자가 예상보다 잘 버틴다는 의사 선생의 놀라움으로 들린다.

결국은 두 가지 다 엄마에 대한 질문인 셈이다.

엄마 하나 쓰러지면 나머지는 필요 없게 되는 물음이다.

종무식이 끝나고 병원에 들러 시골로 향했다. 새해 첫 태양을 시골집에서 맞이하는 것은 한 20년쯤 된 내 다섯 식구의 암묵적인 규칙이다. 아파트 건물 한 채가 저 논바닥에 덜렁 솟아 시야를 가리게 되었어도, 나지막한 언덕 위에서 동쪽을 보고 있는 시골집의 일출은 꽤 괜찮다. 1월 1일은 초점 없이 시끌벅적한 설날보다 더 의미가 있다.

아이들은 기차를 타고 서울에서 내려왔다. 서울에서 세 시간이나 걸린다. 역으로 두 번 마중을 나갔다. 한 번은 우리 아이 혼자서, 다른 한 번은 우리 아이 둘과 다른 손님 한 명만이 내렸다. 이 작은 역에 고맙게도 무궁화호 열차가 하루에 세 번 선다. 내리는 사람이나 마중 나간 사람이나 향수에 젖지 않을 수 없는 고즈넉

한 광경이다.

엄마는 미리 사골국물을 우려 놓았다. 우리가 할 일은 차갑게 식은 솥단지에서 굳은 기름을 걷어내고, 동네 슈퍼에서 물만두 한두 봉지 사 오는 게 전부였다.

그리고 밤 10시에 시장 통닭 한 마리를 배달시켜놓고 제야의 종소리를 듣는다. 우리가 온다는 얘기를 엄마가 미리 해 두어서인지 아버지는 또 편하게 주무시는 것 같다. 한 번에 알아듣지도 못하고 또 잊어버리는데 어떻게 그게 가능한지 불가사의하다.

방이 다섯 개나 되건만 우리 식구는 주방에서 함께 잤다. 간이역, 시골길, 그리고 문틈으로 숭숭 들어오는 찬바람이 그런 불편함을 아무렇지도 않게 만들었다. 동물 가족처럼 포근했다. 그것은 12월 31일의 약속이었다. 그 모습을 보는 엄마에겐 그 이전의 고통을 모조리 지우고 한 해를 따뜻하게 마무리 짓는 그런 날이었다.

길게 누워서 올라오는 겨울 햇살이 형광등보다 밝아 보였다. 스위치를 껐다.

"야, 왜 꺼!"

꽤 무서워진 아버지의 고함이다.

엄마는 아버지의 헤성헤성한 백발을 가위로 자르고 있었다. 그렇게 두 달에 한 번 이발을 한다. 아버지는 어린아이처럼 가만히 있다. 그런데 불을 껐으니 혼나야 마땅했다.

엄마는 목덜미 잔털을 정리해 주지 않는다. 그러면 아버지는 며칠에 걸쳐서 손톱이나 족집게로 안간힘을 써서 그것들을 하나씩 뽑는다. 헛손질이 많지만, 그것도 아침에만 가능한 행동이다. 그게 엄마가 아버지에게 주는 큰 소일거리 중 하나다.

면도기는 거의 칼날이 닳아 없어지다시피 한 것을 두었으니 수염 또한 손톱으로 뜯게 된다. 가위는 날 끝이 둥그렇게 생긴, 코털이나 눈썹 정리하는 작은 것을 두었는데 금빛으로 반짝거려서 아버지가 매우 소중하게 다룬다. 이런 도구들은 이른 아침이면 무의식적으로도 자주 찾는 것들이다.

그 모든 것을 주기는 하되, 관리하거나 쓰는 것은 도와주지 않는다. 분명히 옛날에 아침 출근 준비하던 습관이 남아 있을 거로 생각한 것이다. 엄마는 '상큼한 출발'이라는 아침 기분을 기대한다. 너무 기분이 좋아져서 일으켜 세워달라고 하면 큰일인데도 그렇게 한다.

"깨끗이 준비만 하고 일하러는 안 가니 얼마나 좋아?"

그렇게 엄마가 놀리기라도 하면,

"어제 시내 나갔다 왔잖아. 동창 놈들 한 두엇 밖에 못 만났어. 그새 싹 죽었더라고. 참나."

역정을 낼 정도로, 그들을 진짜 만나기라도 한 것처럼 자랑스럽게 말한다. 그게 사실이라 하더라도 한 십여 년 전쯤 만난 친구들이었을 것이다.

하루에 몇 번 그렇게 유머 있고 활기 있는 대화가 아직 살아 있다. 그게 엄마가 아버지를 포기하지 못하는 마지막 단서일지도 모른다.
가족과 함께 살 수 있는 절대적인 증거로 여기는 듯하다.

아버지의 말투가 자신에 넘칠수록 조용히 들어주기만 해야 한다. 대꾸를 잘 못 했다가는 또 만나러 외출해야 한다고 몸을 들썩들썩한다. 그때마다 바각바각 상한 뼈 소리가 나서 옆에 있는 사람이 미칠 지경이 된다. 누구도 감당하지 못할 큰일이 날 수도 있다.
오늘은 방바닥을 내려다보며 드문드문 떨어지는 하얀 머리칼만 바라보신다. 머리가 깎일 때마다 속눈썹 위로 짧은 머리카락이 떨어지면 눈을 깜빡일까 말까 고민하는 것처럼 보였다. 평온한 모습이었다.
아버지의 탁상달력이 또 눈에 들어왔다. 오늘 아침에 이발을 하지 않는다면 아마도 그 달력하고 씨름할 시간이었을 것이다.
12월 둘째 주, 토요일 칸에 「二十五(이십오), 犬(견)」이라는 글씨가 선명했다. 대부분의 글씨는 작기도 하고, 무슨 암호처럼 알아보기 어려운데 숫자 메모는 그런대로 보이는 편이다. 달력을 일부러 집어서 가까이 보지는 않았다. 그것은 아버지의 영역이고, 비밀이고 자존심일 수 있다. 항상 그랬듯이 그냥 눈으로만, 보이는 것만 보았다.
이십오, 그것은 아버지가 스물다섯 번째로 다녀갔다고 판단하고 적은 병문안객 고유번호다. 아침이면 어제 누가 다녀갔다고 물어서, 아니면 어떤 때는 기억나는 사람들을 적은 것일 수도 있다. 그 숫자 밑에는 알아볼 수 없는 글씨로 이름이 적혀 있을 수도 있다.

"밥상 차릴게요."

1월 1일의 아침상은 평소보다 늦게 차려졌다. 아무리 아침에 정신이 맑다고 해도 아버지의 시간 개념이 좋지는 않다. 더구나 오늘은 자식 식솔들이 다 오고 이발까지 했는데 무엇이 아쉬우랴.

큰 교자상을 안방으로 들여 상다리를 펴는 소리가 나자 아버지는 들떠서 아무렇지도 않게 아프고 짓무른 엉덩이를 움직였다. 다리를 손으로 잡아 끌어 상을 내려놓을 자리를 만든다.

많은 식구가 같은 상에서 같은 메뉴로 겸상을 하는 것도 흔치 않다. 이렇게 큰 상에서 겸상이 가능한 시기는 지난 1년간 네 차례밖에 없었다. 두 번의 생일과 설날, 추석, 그게 전부였다.

그것은 모두 아버지의 상황을 최우선으로 고려한 불문율이었으며 그 규칙은 엄마가 만들었다. 그림의 떡 같은 산해진미는 현실과의 괴리감만 더 키울 수도 있다. 아무리 자식들이라 해도 아픈 환자 앞에서 우걱우걱 먹는 것도 예의가 아니다. 엄마는 그런 생각에서 그랬을 것이다.

오늘은 아내가 떡국을 끓였다. 만드는 방법은 아주 간단하다. 엄마가 우려 놓은 사골국물에 썰어 놓은 떡국 떡을 넣고, 어제 사온 메추리알 크기의 물만두를 넣으면 된다. 그리고 마지막으로

파와 계란지단을 조금 올리면 끝이다. 물만두는 그 크기가 아주 맘에 든다. 온 식구가 같은 크기를 함께 먹을 수 있는, 아버지와 차별 없는 메뉴다.

떡국을 먹는 동안에도 엄마는 두세 번을 왔다 갔다 했다. 빨간 배추김치밖에 없던 밥상에 하얀 백김치와 잘 익은 동치미를 보탰다. 그리고 어제 통닭과 함께 배달되었던 무도 가져왔다.

식초에 절인 무는 아버지의 감각을 일깨우려는 엄마의 새로운 아이디어였다. 그것을 먹을 때 아버지의 입에서 더 쩝쩝거리는 소리가 났다. 분명 신맛 때문일 것이다. 입술의 힘이 느껴지는 그 소리가 좋아서인지 엄마는 아버지가 좋아하는 새로운 반찬으로 그 희멀끔한 무를 인정해주고 있었다.

밥상을 물리고 손주들이 안방에 그대로 눌러앉았다. 점점 고민이 되는 대목이다. 처음에는 아버지의 말동무를 해 주는 것이 무조건 좋다고 여겼었다. 그러다가 왔다 간 사람들을 기억하지 못하거나, 환상을 보는 일이 점점 많아지면서 우리는 고민에 빠졌다. 아버지가 정신을 차리려고 지나치게 애쓰는 것이 안타깝기도 하고 해가 될 수 있어서다.

이를테면 면회를 어느 시간에 얼마나 길게 하는 것이 가장 효과적인가 하는 문제였다. 그런데 엄마는 늘 용감하다. 손님이 오면 중계도 하고 해설도 하면서 아버지가 관심을 두게 한다.

대신에 오늘처럼 자손들이 오면,

"졸지 말고 쳐다보셔. 그렇게 보고 싶다고 하더니. 이게 누구여?" 손주들을 가리키며 반복해서 물어본다.

그러면 아버지는 가만히 있거나, 아니면 거꾸로 아이들에게 질문도 하다가 갑자기 몇십 년 전 얘기를 하기도 한다. 그렇게만 되면 성공이다. 엄마는 이런 적극적인 반응을 기대하는 것이다.

아직은 한 번도 사람을 물리치거나 관심을 보이지 않은 적은 없다. 만약 사람을 거부하는 일이 한 번이라도 일어나면 엄마는 생각을 바꿀 것이다.

"얘들아 이거 봐라. 귀엽지?"

견犬이라고 아버지가 써 놓았던 바로 그것이었다. 길동이를 엄마가 방바닥에 내려놓았다. 아버지의 셈으로 스물다섯 번째 병문안객이 선물로 놓고 간 시추 종인데 이름이 길동이다. 복을 가져오고 재롱도 많이 부리라는 뜻에서 그렇게 이름을 지었다.

병문안 선물로 강아지를 주다니, 참으로 기발하고 고마운 일이었다. 3주 전에 온 길동이는 오늘이 두 번째 안방 출입이다. 평소에는 평상 밑에 묶어두다가 이렇게 가끔 목욕을 시켜 안방에 들여 놓는다. 그래서 엄마의 일이 하나 더 늘었다.

배를 내놓고 벌렁 드러누워 쓰다듬어 달라고 하는 길동이에게

"네가 시방 뭘 믿고 그러냐?"

그런 유머 감각이 살아있는 아버지의 반응에서 엄마는 가장 강력한 희망을 본다. 하루에 한 번이라도 그런 모습을 보면 된다. 모든 고통이 사라진다.

벌써 1년, 이제 그 희망은 새로운 태양처럼 솟는 것이 아니라

아름답게 사라져가는 석양 같은 모습을 닮아서 애잔하다. 석양은 아침 햇살보다 여운이 더 길다. 더 천천히 사라진다. 오늘은 까불기 좋아하는 길동이가 할아버지와 손주들 사이에서 얌전히 참아내는 재주를 부렸다.

콩나물의 짝, 동태

 설날을 앞둔 1월 하순의 식탁은 단조로워진다. 김치찌개, 청국장찌개, 곰국, 동탯국 정도가 번갈아 올라오고, 반찬은 김치 종류가 판을 친다. 반찬이 단조롭다. 겨울 미나리는 연하고 향기가 좋아 그나마 낫지만, 제철이 아닌 냉이나 다른 채소를 사 먹는 것은 익숙하지 않았다.
 그래서인지 1년에 한 번, 이맘때 엄마는 콩나물을 기른다. 너른 함지박 위에 Y자 모양의 나무를 놓고, 그 위에 구멍 하나가 뚫린 길쭉한 단지처럼 생긴 시루를 올린 다음, 불린 노란 콩을 넣는다. 그리고 검은 보자기로 덮고 하루에 몇 번 물을 주면 족하다.
 며칠 있다가 무스 바른 머리를 살짝 끌어올리듯 키 작은 콩나물을 잡아당겨 국을 끓여 먹는다. 약간 비릿하고 고소한 맛이 강한 몽당콩나물을 잘 익은 파김치와 먹게 되면 젓국과 어우러진 쪽파의 향과 달콤함, 콩의 고소함이 입안에서 톡톡 터진다. 잘 익은 배추김치를 콩나물국에 넣어가며 입이 터지게 한 숟갈씩 먹어도 맛있다. 콩나물이 짧아서 목 넘김도 수월하다.
 그리고 하루 이틀 더 지나면 콩나물이 말 그대로 콩나물처럼 쑥쑥 자라서 그 부피가 절정에 이른다. 콩나물시루가 된다. 지하철이 콩나물시루처럼 붐빈다고 말하려면 사람이 사람 사이에서 밀려 올라가 공중에 뜰 정도가 되어야 한다. 그 모습이 상상이 돼서 웃음이 나왔다. 이렇게 콩나물들의 공중 부양이 절정에 달하여 검은 보자기를 번쩍 추어올릴 때가 바로 콩나물을 나눠 먹어야 할 때이다.

콩나물을 기르기 위해 노란 콩을 물에 담가놓는 날은 내가 시장에 가서 동태나 아귀를 사와야 할 시점이다. 미리 사서 꼬들꼬들하게 물을 빼놓아야 한다. 겨울철에 동태나 아귀는 대개 궤짝으로 산다. 궤짝이라고 해봐야 그 높이가 낮아서 씨알이 작더라도 열댓 마리밖에 되지 않는다. 오늘은 오일장이 서는 날이라서 편하다.

대야大野 오일장은 말 그대로 5일마다 열리는 장이다. 상설 재래시장이 있는 자리에 다른 상인들이 와서 장이 더 커지고 더 북적거리는 식의 도시 오일장과는 다르다. 평소에는 고깃간 몇 집 있는 공터나 다름없는 곳에 엄청난 상인들이 몰리고, 외지 사람들까지 구경하러 온다.

지붕이 없기 때문에 먼발치서 떨어져서 보면 신기루처럼 생겼다가 사라질 영화 촬영장처럼 보인다. 튀김, 도넛 같은 즉석 먹거리가 있고, 옷과 잡화도 있고, 육해공군 식재료가 총출동한다. 도시의 몇 층짜리 큰 마트를 펼쳐 놓은 듯 없는 것이 없다.

"이거 국산이에요?" 산지가 쓰여 있어도 다시 묻는다.

옛날에는 "이거 얼마에요?"라는 첫 질문이 그렇게 바뀌었다. 요새는 할머니들도 골판지에 매직으로 가격을 써놓고 판다. 가격을 깎아 주는 대신에 한주먹 덤을 얹어 준다.

아귀와 동태 사이를 방황하다가 동태로 결정했다. 아귀가 더 맛있고, 더 비싸고, 콩나물과 더 잘 어울린다 해도 널어놓고 말려가며 먹어야 하므로 준수한 외모를 더 쳐줬다.

동태는 먼저 내장을 뒤져 알을 한군데로 모으고, 살짝 씻어서 2마리씩 코를 꿰어 빨랫줄에 걸쳐놨다.

대단한 생선은 아니지만, 빨랫줄에 걸쳐놓은 동태는 여러 가지 음식의 재료가 된다. 시원한 동태뭇국이나 반건조 명태 김치찌개, 명태찜이 되기도 하고, 시간이 더 지나 아주 완벽히 말라버린 것은 홍두깨로 두들겨 구워 먹는다. 겨울철에 빨랫줄에 걸린 동태는 몇 날 며칠 동안 한 폭의 그림으로도 멋있다.

어린아이들도 쉽게 그리는 친근한 생선 모양으로 입을 위로 벌린 채 앙상한 나무들, 바지랑대와 빨랫줄과 조화를 이루고, 그것을 흔드는 찬바람과 파란 하늘에 비행기 자국이라도 더해지면 더할 나위 없는 겨울 풍경이 된다.

이번 겨울의 동태는 그다지 환영받지 못했다.

아버지는 길동이에게 눈길을 줄 기력을 잃고 있었다. 날이 너무 추워져 방안으로 들여놓은 길동이는 적막함만 조금 달래줄 뿐, 그답지 않게 얌전하기만 하다. 예쁜 척을 하며 귀가 팔랑거리게 좌우로 고개를 돌려대지 않는다. 심상치 않다.

아버지는 이따금 맑은 물에 담가 놓은 구슬 같은, 촉촉하고 투명한 길동이의 눈동자를 뚫어지게 쳐다만 본다.

엄마는 내가 사 온 동태로 별다른 음식을 하지 않았다. 상태가 다시 악화된 아버지의 비위가 상할까 봐서 고춧가루나 파, 마늘을 일절 만지지 않았다. 센 향이 나거나 자극적인 음식은 아예 만들지 않았다.

누이가 밖에 있는 조리대에서 찌개를 한 냄비를 만들었다. 무와 대파, 집 간장만 넣은 동태찌개를 하얗게 푹 끓였다. 냄새가 하늘로 다 날아가도록 푹푹 끓였다. 그리고 간장으로 간을 맞춰서 동태 알을 심심하게 쪘다.

아버지는 일절 손을 대지 않았다. 엄마가 아니라 진숙이가 만든 것을 아신 것 같았다. 그냥 흰 죽에 단무지로 식사를 하셨다.

군내가 나긴 했어도 엄마가 기다란 무를 조금 말려 감미료와 소금 섞은 쌀겨에 박은 옛날식 단무지였다. 아버지 입속에 들어간 단무지는 굳은 젤리처럼 헛돌았다.

아버지는 지난 1년 한 바퀴를 돌아 또다시 그 시작점으로 되돌아가려는 듯 까라지고 있었다.

아버지와 아들

"건너와서 콩나물 좀 가져갈래?"

퇴직하고 낙향한 친구 K에게 전화를 걸었다.

포탄이 쏟아지는 전쟁터에서 마지막 술을 나눠 마시는 절박함이 있는 것처럼 K와 나는 죄짓는 기분으로 숨어서 소주를 마시곤 했다. 그것은 아버지가 숙면하는 토요일에만 한두 시간 가능했다. 나 자신이 수면제 역할을 하면서 잠든 틈에 그 몸속에서 다시 빠져나온 듯한 죄책감을 느끼면서 가끔 그랬다.

"오케이. 막걸리 두 병 사 가도 되지? 막걸리."

땅거미가 질 무렵 K가 막걸리 두 병과 비닐로 여러 병이 한데 묶인 요구르트를 사 왔다.

"잘 왔네. 오늘은 그냥 놀다가 가. 갈 때 콩나물 가지고 가. 응?"

아버지가 의식이 없을 때를 빼고는 문병객을 거기서 멈추게 한 것은 처음이었다.

"아버님이 많이 안 좋으신가 보네요. 그럼 인사는 다음에 또 와서 드릴게요."

나와 K는 대문 옆쪽으로 달아낸 아랫방으로 건너갔다.

"야! 너희 집은 얼마나 좋냐. 연세가 많으신데 저렇게 두 분이 함께 살아 계시고. 그것도 집에서 말이야. 너희 집 앞에는 항상 누군가의 차가 서 있다고 소문났어. 그게 사람 사는 거지."

K는 눈치가 보였는지 조용조용 얘기를 했다. 마치 우리 집을 오랜만에 만난 사람 대하듯 우리 집에 얽힌 추억들을 꺼냈다.

"자식, 쓸데없이 기억력은 좋아가지고."

거기까지 말해놓고 나는 갑자기 맞장구치는 것이 어색해졌다. 안방의 상황이 머릿속에 그려지며 뭔가 큰일이 닥친 듯 내 마음이 빠르게 오락가락하고 있었다.

누이가 작은 상을 들고 오면서 어색한 갈등이 정리되었다.

"우리 집은 아직도 이렇게 살아."

낮게 깔린 차가운 바람을 타고 고춧가루 냄새와 마늘 냄새가 먼저 확 들어왔다. 커다란 접시에 토실토실한 명태와 긴 콩나물을 듬뿍 넣은 빨간 찜이 가득 담겨 있었다.

"엄마가 했으면 더 맛있을 텐데 그냥들 드셔. 아픈 분이 계시니 하루에도 몇 번씩 분위기가 바뀌네. 그러려니 해요."

누이는 더 필요한 것 있으면 부르라는 말을 남기고 문을 닫았다. 문 옆에는 콩나물을 빵빵하게 담은 까만 비닐봉지를 내려놓았다.

"어렸을 때부터 너희 집에서 밥 한번 먹고 싶었는데, 오늘도 어머니가 해 주신 것은 못 먹네. 맛있겠다!"

엄마를 칭찬하는 말에 나의 말문이 다시 열렸다.

K와 나는 서로가 처한 지금 상황에 대해서는 묻지 않았다. K는 중년이라기보다는 외로운 노년이 되어가고 있었다. 1980년대 중반 증권시장이 호황일 무렵 입사해서 펀드 매니저로 직장 생활을

끝냈으니 돈을 벌었을 수도 잃었을 수도 있다. 아니, 잃었을 것 같았다. 한 스무 개쯤 되던 논이 이제 몇 개 안 남았으니 말이다.

농촌에서는 부모가 물려준 옥답을 그대로 가지고 있어야 외지에서 성공했다는 얘기를 듣는다. 집을 사고, 자식들 교육도 하면서 그것을 지켜냈기 때문이다.

K가 귀촌한 것은 어머니 때문인 것처럼 보이지만 사실은 그 자신 때문이었다. 서울에서 마땅히 할 것도 없으려니와 부모님에 대한 죄책감도 컸다. 이제 와서 처자가 있는 낯선 미국에 들어갈 수도 없는 처지다. 친숙한 곳에서 아들이 어머니를 모시는 것이 가족 모두를 편하게 하는 길이라는 아내의 현명한 억지를 이겨낼 수가 없었다.

논이 하나씩 없어지는 것도 두려웠고, 무엇보다 K를 가장 힘들게 한 것은 아버지의 허망한 작고였다. 가뜩이나 염치없던 터에, 치매 초기진단을 받은 아버지를 서울로 모시고 갔던 게 화근이었다. 아버지는 욕실에서 넘어져 고관절이 부러지는 바람에 몇 개월 만에 힘없이 돌아가셨다. 나는 그때 장례식장에서 노인의 고관절 골절이 얼마나 무서운시를 처음 알았다.

K는 몸을 움직이는 치매 환자에 대한 관심과 경험 부족을 두고두고 통탄했다.

"야, 사는 게 뭔지 모르겠어. 미친 듯이 일하고, 처자식 뒤 대고, 술 마시고, 널브러져 쉬고, 또 일하고…… 그런 게 인생인 줄 알았는데 퇴직하고 보니 그 안에 내가 없었더라고. 내가 쌓았다고 생각한 소중한 것들이 다 꽝이더라고. 심지어는 사람들까지. 나도 그렇고 아버지도 그런 인생을 살았더라고."

그는 명패 하나가 치워지듯 너무나 쉽게 자신이 살던 세상에서 자신의 흔적이 깔끔하게 지워진 것에 대해 화를 내는 것 같았다.

그리고 바이오기업에 대해서도 투자자문을 해봤는지 곤충보다 못하다는 구체적인 비유까지 늘어놓았다.

"내가 인간이 아니고 기계 부속품이었나? 로봇이었나? 딱 직장을 그만두니 할 줄 아는 게 없더라. 배터리가 꺼졌어. 죽어라 배웠는데 앞으로 가야 할 30년 인생에는 쓸모가 없다니. 게다가 불완전 변태였나 봐. 제대로 나비까지 못 가본 것 같아. 부모덕에 알에서 애벌레까지 30년을 살고, 직장에 들어가서 날개를 펼쳤다고 자신했는데 또 30년을 그냥 번데기로만 살다가 나온 것 같아."

K는 아버지가 남긴 메모장 이야기를 꺼냈다. 서울서 살던 아파트를 정리할 때 나온 표제 없는 벙어리 노트 얘기였다.

"분명히 오래된 노트였는데, 마지막 얘기는 미국에 있는 손자가 보고 싶다는 것까지 적혀 있더라. 재산을 어떻게 늘렸고, 조상은 어디에 어떻게 모셨고, 일가친척의 대소사와 자손들이 어떻게 되었는지까지 한 오십 페이지쯤 돼."

"아무리 봐도 마지막 몇 장은 치매를 앓은 이후에 쓴 것 같은데 어떻게 그럴 수 있었을까?"

K는 아버지를 여의고 감정이 북받쳤을 때는 그 내용을 잘 정리

해 보마고 다짐했었다고 한다. 그런데 많은 것을 상상에 의지할 수밖에 없어서 포기했다면서 촉촉한 눈을 끔벅였다.

　아버지는 든든한 보루였을 뿐, 스스로 생각해 봐도 남아 있는 진한 교감이나 추억이 없었다는 뒤늦은 후회였다. 게다가 손주들이 커가는 모습을 보여드리지도 못했고, 하여튼 모조리 자신의 잘못이라고 한숨을 내쉬었다. 그래서 아버지가 남겨 놓은 기록 이상으로 무언가를 보탤 내용도 자격도 없다는 자탄이었다. 나는 아버지의 탁상달력이 떠올랐지만, 얘기를 꺼낼 수 없었다. 일순간에 K의 이야기에 나와 아버지의 관계가 겹쳐졌다.

"내가 부모님에 대해서 뭘 알았겠어? 대학 때부터 따로 살았는데. 마지막에 가까이서 모시는 것도 큰 결심이었었지. 그것도 제대로 해내지 못하고 이렇게 고향으로 돌아와 버렸네. 이제 어머니라도 잘 모셔야 하는데."

"근데 막상 또 할 일이 없네. 내가 할 줄 아는 게 없어. 밥도 늙은 어머니가 다 해주시고. 형편없는 놈이지, 나도 참."

　K는 시큼한 막걸리 냄새를 실어 연이어 한숨을 내쉬었다.

"어떻게 그리 쉽게 단정하냐?"

　나는 K의 자책을 나무랐다.

"자기 자신을 포함해서 말이야. 아니, 네가 너를 평가하는 것이 오히려 웃기는 일이지. 그런 건 아무도 들을 수 없는 곳에서 너 혼자 해. 그리고 네가 할 줄 아는 게 왜 없어? 어머니와 함께 밥 맛있게 먹고, 말동무도 해드리고, 이러저러한 추억을 많이 만드는 것이 새로운 시작일 수 있잖아."

"상대에게 부여하는 의미들이 부메랑이 되어 내게 돌아오는 것을 그렇게 신경 쓰면서도 왜 우리는 엄마를 말랑말랑한 스펀지처럼 여길까? 세상의 출발점은 엄마인데."

"지금 당장 죽는다면…… 나를 기억하는 사람이 내가 살았던 삶의 의미를 정하지 않을까? 가족과 친구들. 거기서부터 긍정적인 영향을 주고받으려는 노력이 필요해."

우리는 그렇게 서로의 말을 끊기도 하고 섞기도 하면서 상대에게 위로가 될만한 얘기를 한참 동안 나눴다. 입속에서 한 차례 더 어우러진 빨간 명태와 콩나물이 화한 느낌을 줄 때마다 차가운 막걸리로 입안을 달랬다.

"그러니까 우정도 중요하지?"

K가 턱을 내 쪽으로 살짝 들어 올리며 멋쩍게 말했다. 나는 살웃음으로 동의해주었다,

K는 칭찬인지 넋두린지 모르게,

"너는 참 잘하고 있어."

한마디를 흘렸다. 나는 또 고무되었다. 그 말은 매제 Y도 나에게 한 말이었다.

"세상에서 상대방의 입장이 되어 보거나 이해하기 가장 어려운 병이 치매라는 얘길 들었어. 근데 엄마는 한술 더 떠서 치매 환자도 변화에 얼마든지 적응 가능하다고 믿는 것 같아. 엄마 생각이

옳을지도 모르지. 그저 일 분, 일 초라도 아버지의 추억과 기억을 붙들어 주는 것이 최선이라고 생각해서. 문제는 엄마만이 모든 짐을 지고 있다는 것이 걱정이지."

말을 하고 보니 K를 위로하려던 내 의도는 어느새 샛길로 빠져 있었다. 미안한 마음에 나는 그동안의 해프닝을 만담처럼 늘어놓았다. 누이나 내가 엄마인 것처럼 아버지의 옆구리나 등 뒤에서 아버지를 속이다가 들킨 사건들이었다. K와 나는 한참을 웃었다.

"가장 가까운 사람이 곁에 있어야 하는 것이 맞네."

긴 얘기 끝에 엄마가 답이라는 무기력하고 무책임한 쪽으로 우리 둘은 결론을 맺었다. 철근이 내려앉은 무거운 지붕을 가느다란 지푸라기로 엮고 또 엮어서 떠받치고 있는 엄마에게 나는 한없이 의지하고 있었다.

남은 콩나물과 명태 부스러기를 모아서 두 무더기로 나눠놓고 마지막 잔을 기울였다. 접시 위에서 젓가락을 놀리며 명태라는 시를 이야기했다. 낭만 주객들이 명태 안주를 먹을 때마다 자주 하는 짓이었다.

검푸른 바다 밑에서… 안주가 되어도 좋다… 짝짝 찢어지어…

익숙한 그 구절만이 맴돌았다. 우리는 틀림없이 각자의 엄마를 떠올리고 있었다.

K가 돌아가고 방을 치우면서 그가 말한 곤충의 변태 과정이 계속 머리를 맴돌았다. 나 역시 K와 마찬가지로 어떤 말을 할 자격이 없다는 것을 느꼈다. 나 자신이 또 한심해졌다.

분명 가슴 속이 싸한 느낌인데 비장한 각오가 나오지 않았다. 마치 모든 것을 운에 맡기고 있다는 무기력함이 느껴졌다.

나는 그저 운이 좋은 것이다.
어찌할 수 없는 새로운 시련이 닥치면 나도 항복해버릴 것 같다.

어렸을 때 뽕나무 잎을 먹여 키웠던 누에가 생각났다. 네 번의 잠을 잔 끝에 실을 토해내어 고치를 만들면 사람들이 그것으로 비단을 만든다. 그것이 거대한 실크로드를 만들었다. 그 가녀린 고치에서 뽑은 실이 씨실과 날실로 엮여 비단이 되고 세상을 바꾸었듯이 아무리 작고 미천해도 우리 모두에겐 그런 고귀한 삶의 흔적이 있기 마련이다.

스스로 뜻하는 바를 이루었어도 노년이 힘들어진다면 자신의 삶에 부여했던 의미들은 급격히 퇴색하고 말 것이다.
그러다가 생을 마감하는 그 순간, 누구의 잔상도 남지 않을 수 있다.
사람이 사람에 대해 어떤 추억을 가져갈 수 있다면, 남기고 갈 수 있다면 그게 누구일까?

아픈 아버지에게 나는 누구일까?
아버지와의 관계를 다시 떠올릴 수밖에 없었다. 이내 두 가지 기억이 부딪혔다. 내가 중학생 때 멀리서 하숙하는 아버지의 가방을 받아들기 위해 주말마다 몇 시간씩 버스터미널에서 기다렸던 일과 아버지처럼은 살지 않겠다고 다짐했던 고등학교 때의 기억이 맞섰다. 서른 살이 되어서도 아버지의 돈으로 공부하면서도 아버지와 나의 현재나 미래를 이야기한 기억은 하나도 없었다.

결혼하고 나서는 크게 거역하거나 사고 치는 일 없이 평범한 길을 걷는 것 자체가 동네에서는 칭찬 거리였다. 염치없게 효자라는 소문이 났다.

빠르게 어제 일, 그저께 일, 그 그저께 일, 지난주 일, 지난달 일, 지난해 일들을 되짚어졌다. 정말로 아버지를 위해 한 일은 거의 없었다. 그냥 입 한번 달싹, 손 한번 까딱하면 되는 것들만 떠올랐다. 결국, 오늘도 아버지가 오래전에 준비해 놓은 것으로 아버지 인생을 꽉 붙들어 책임지고 있으며, 하루에 몇십 분이라도 정신을 붙들며 자손들까지 지탱하고 있는데!

왜 나는 아버지가 해 주신 것보다 내 자식에게 더 잘 해야겠다는 생각을 했을까? 그것은 완전히 틀렸다.

어젯밤의 명태는 엄마가 아닌 아버지였다. 우리의 노래는 엄마를 통해서만 아버지를 바라봐 온 바보들의 합창이었다. 지금까지 한 번도 생각하지 못한 새로운 공식이다. 그리고 K가 나를 부러워한 것에도, 나를 칭찬한 것에도 나의 존재는 없었다는 것을 알았다.

그것은 모두 굳건한 아버지, 엄마, 존재 자체가 만들어낸 호사였다.

 아침에 K가 꽁꽁 언 길을 자전거로 왔다. 투명한 비닐봉지에 담긴 두부 두 모가 훤히 보였다. 말없이 그것을 내려놓고 콩나물을 가져가는 외로운 뒷모습을, 나는 못 본 척할 수밖에 없었다. 언제가 될지 모르지만 어떻게든 내가 중심이 되어 부모님을 모실 방법을 찾아야겠다는 생각이 몽글거렸다.

스크린도어 속의 사람들

"저거 쓸 만하겠는데?"

TV에 너구리를 닮은 로봇 인형이 소개되고 있었다. 우리나라에도 저런 게 나왔구나. 누이가 혼잣말을 했다.

"노인들에게 간단한 말동무도 해 줄 수 있고, 대소변 냄새가 나거나, 넘어지거나 사람을 부르는 어떤 소리가 날 때 병간호하는 사람을 불러주는 로봇입니다. 119에 연락해 주는 기능도 있습니다. 검은 눈동자에는 이렇게 카메라도 달려서 휴대폰으로 연결해서 사진이나 동영상으로 환자의 상태도 볼 수 있습니다."

쉼 없이 떠들고 있다.

"비싸겠네. 사람이 귀한 집은 쓸 만하겠네. 그래도 사람이 사람을 봐야지. 저것이 뭘 하겠어. 저것도 짐이 될지 모르지."

휴대폰으로 저장해 놓은 사진도 보고, 증손녀와 화상통화도 자주 하다 보니 말소리가 익숙한 듯 엄마도 관심을 보인다.

호스피스 봉사활동까지 해본 진숙이는 저런 거 말고 진짜 필요한 것은 대소변 처리와 엉덩이 욕창 관리가 가능한 기계라며 그럴싸하면서도 꿈같은 의견을 내놓는다.

"아들이 엄마를, 며느리가 시아버지를 수발하는 경우도 많아. 뭐 익숙해지거나 상황이 악화할수록 무감각해지지만 해 주는 사람보다 환자 본인이 더 어색해하고 죄스럽게 여기는 게 문제지.

어쨌든 침대 모양도 욕조처럼 바뀌면서, 관장도 해주고, 씻겨주고 말려주는 그런 기계, 자동 청소도 가능한 그런 제품이 있다면 얼마나 좋을까?"

아무리 아픈 사람이라도 정신이 있는 마지막 순간까지 부끄러움과 수치스러움, 미안함을 느낀다는 것을 특히 강조했다. 맞는 말이다. 인공지능이 등장하고 물리적으로나 정신적으로 미래의 인간은 완전히 새로운 존재가 된다고들 하는데, 평범한 사람들은 초능력보다 인간의 존엄성과 품격 유지에 관심이 커질 것이다.

막상 닥치기 전에는 치매 환자에 대한 고민은 좀처럼 하지 않는다. 스크린도어 너머 전동차 내부의 세계인 것처럼 바라볼 뿐이다. 딱 한 걸음인데 무감각하다. 그 안에 발을 들여놓지 않으면 모르거나 애써 외면하고픈 전혀 다른 세상이다. 그러다가 어느 날 지옥과 같은 그 삶 속에 밀려 들어가게 되면 종착역까지 가는 힘든 여정을 거부할 수 없게 된다. 자신을 구원해줄 무언가를 찾지만, 다시 스크린 도어 밖으로 나오는 것은 쉽지 않다. 그것은 야멸찬 단절을 통해서만 가능하다.

"저거 갖다 놓으면 네 아버지는 막대기로 때릴 것 같아. 그렇지 않아도 악동들 내쫓는다고 하도 두드려서 방바닥도 꺼지고 베개도 여러 개 터졌어."

부쩍 귀가 어두워진 엄마는 하던 말을 계속했다. 엄마의 말은 결국 사람에게는 사람이 답일 수밖에 없다는 뜻이다.

그나마 지금은 베이비붐 세대가 부모 세대를 떠받쳐서 다행이
지.
이삼십 년 후에는 사람이 사람을 돌볼 수 있을까?
한 사람, 한 사람이 살만한 작은 터전을 어떻게 만들어 나갈지가
결국 미래의 인간이 해야 할 모든 일과 연결되어 있다.
나는 엄마 덕택에 미리 연습을 하는 것일까.

아버지는 지난 14개월간 절대 폭력적이지 않았다. 그건 우리 모
두에게 중요한 판단의 기준일 수밖에 없다. 엄마에게는 여러 기
준 중의 하나일지 몰라도, 자식들에게는 가장 중요한 기준이었다.
이번 설날은 좀 우울했다. 악동을 내쫓는다고 엄마의 팔을 때린
것이다. 실수였기 때문에 엄마가 놀란 건 그다음이었다. 다음 날
아침 미안하다고 사과하던 아버지가
"미안해요. 나는 선생님 없으면 못 살아요."라고 했던 것이다.
엄마를 처음으로 알아보지 못한 큰 사건이었다. 존댓말을 쓴 것
으로 보아 단순히 말실수한 것도 아니어서 엄마는 낙담이 더 컸
다. 엄마에겐 한 대 맞은 것이 문제가 아니라 아버지의 새로운 인
지 장애가 문제였다.
설날 세배는 괜찮았다. 손주들이 인상적인 모양과 글귀로 편지
를 함께 넣거나 겉봉에 축하 인사를 적어 드렸다. 그러면 고맙다
고 하면서 일일이 준비해둔 봉투 하나씩을 손주들에게 나눠주었
다. 그 봉투는 며칠 전 우리가 만들어서 문갑 속에 넣어 놓았었다.

작년에도 성공했듯이 이번에도 가족의 큰 모임을 계기로 좋아하는 자손들이 많이 보이면 나아질 것을 기대했었다. 그런데 이번에는 달랐다. 받아들 때 곁에 쓰인 글귀를 쳐다보지 않았으며 봉투를 다시 꺼내보지도 않았다.

반사적으로 아버지의 탁상달력을 보았다.

한 보름째 아무 기록이 없다. 두 줄이 하얀 빈칸뿐이다.

아버지의 몸은 아직 어른이 되지 않은 손주들에게 보여주기 어려울 정도로 변해 있었다. 다시 살아난 사고 후유증과 고관절 모손은 그렇게 육체를 사납게 짓누르고 있었고, 치매는 그 반대편에서 집요하게 정신을 풀어헤치고 있었다.

정신과 육체 어느 한쪽도 다른 한쪽을 도와주거나 위로해줄 수 없게 된 것 같았다. 흩어진 레고 조각처럼, 맞물리지 못한 요철처럼 모든 것이 어긋나 있었다.

아흔다섯이라는 목표가 위태롭게 보였다.

우리 다섯 식구는 나흘 내내 모두 시골집에서 머물렀다. 나는 집에서도 일할 수 있는 나의 직업에 다시 한번 감사했다. 아이들도 할아버지와 함께 하는 마지막 설날이 될 수 있다는 생각을 한 듯 책을 가져오거나 뭔가 할 일을 하나씩 가져왔다.

설 연휴 동안 아버지는 다시 마지막 기력을 모으는 듯했다. 말수는 줄었지만, 반응은 살아 있었다. 초등학교 교사인 큰딸이 할

아버지 옆에서 자식들이 드린 복 돈을 꺼내어 보여드리고 편지를 읽었다. 유치원생에게 읽어주듯 읽었다. 여전히 아침에라도 이런 교감이 가능한 것에 감사할 뿐이다.

명절 동안 세 번이나 아버지와 겸상을 했다.

우리는 모두 음식을 조금씩 입에 넣고 씹는 소리는 일부러 크게 냈다. 그리고 아주 천천히 먹었다.

"내일 출근인데 어떻게 하지?" 아내가 내 마음을 안다는 듯 물었다. 우리 부부는 새벽에 출발하기로 했다. 장모님께 가지 못해 죄송했지만, 아내는 나의 미안함을 그렇게 비껴가게 해 주었다.

이제 다른 주말과 같은 상황이 되고 다시 집안은 고요에 빠져들었다. 그리고 우리가 하루 더 머물렀던 그날, 아버지는 아주 오랜만에 숙면에 들어갔다. 우리가 혹시나 했던 그 마음을 알아차리신 것일까? 거의 3주간 지속한 그 어지럼증과 착각과 환상이 머릿속에서 잠시 나가주길 바랐다.

그 후로도 며칠 동안 우리의 긴장은 계속됐다. 얼마 남지 않은 이번 겨울을 넘길 수 있을지 걱정스러울 정도였다. 아버지의 밥상은 다시 단조로워졌다. 그 대신 약 처방이 다시 복잡해졌다. 아니 어려워졌다.

엄마는 또다시 흑임자죽을 쑤었다.

엄마를 위한 밥상 II

주중임에도 내려가 볼까 망설이고 있을 때, 전화벨이 울렸다. 다행히 집 전화가 아니라 휴대폰이었다.

"밥 드시기 시작했다. 걱정하지 말고 주말에 와라."

엄마의 목소리는 밤새 야간근무를 한 사람처럼 탁하게 들렸다. "곰국에 밥 한 숟갈 하고, 대파나물, 연한 홍어찜 조금, 새우젓 국물 드셨다." 아버지가 좋아하던 것들이었다.

내가 전화를 다시 하지는 않았다. 그렇게 불안하게 시간이 갔다.

토요일 아침 일찍, 축축한 비닐이 깔린 것처럼 미끄러운 도로를 기어가듯 운전했다. 아버지를 제대로 보려면 아침 일찍 가야 한다. 차 뒷자리에는 여전히 검은 상복이 걸려있었다. 이 추운 겨울에는 어울리지 않지만 언제라도 입을 수 있는 춘추복이었다.

혹시나 하여 아버지가 그토록 애원하셨던 담배 한 갑을 샀다.

"왔냐?" 놀랍게도 아버지는 안방 문을 연 나를 알아보셨다. 이제 가슴은 뻗은 다리 위로 내려와 무릎에 맞닿아 있었다. 조금 전 따뜻한 물로 닦아낸 듯 멍든 얼굴이 깨끗해 보였다. 엄마는 변함없이 모든 것을 똑같이 하고 있었다.

물린 밥상을 보니 반찬도 원래대로 5가지였다. 두 마디를 연결하기 힘든 대화였어도 확연히 좋아진 모습이었다. 엄마는 옆에서 계속 이것저것 물어보라며 나에게 말을 시켰다. 지치지도 않는 듯 아버지의 얼굴을 밑에서 올려다보며 그랬다.

그러면 아버지는

"자꾸 무슨 말을 하라고 혀. 허허." 하고 어색하게 웃었다.

유머가 나오지는 않았다. 뭔가 표현할 수 없는 고통을 참고 있었다. 그렇게 다시 살아난 아버지는 여전히 순한 모습이었다. 다행이었다.

나는 또 반사적으로 문갑 위의 탁상달력을 보았다.

"**母**(모) **生日**(생일)"이 눈에 들어왔다.

몇 주간 아무런 기록이 없었는데, 긴 공백이 끝나는 아래쪽 한 칸에 그렇게 쓰여 있었다. 다다음 주 토요일이었다. 언제 써 놓았는지는 알 수 없었다. 이전에 일주일, 이주일, 두 줄의 공란을 봤을 때, 내 눈이 그 아래 칸까지 미치지 못했었나? 아님 어제오늘 새벽에 새로 써넣은 것일 수도 있었다.

아내의 생일을 아버지의 입장에서 그렇게 썼는지, 자식들의 입장에서 썼는지는 몰라도 아버지에게나 우리에게나 '엄마 생일', 그것은 분명 바람에 흔들리는 돛단배가 바라보는 등대 같았다.

그날 우리는 아주 오랜만에 단잠을 자는 아버지를 옆에서 한 참 지켜보았다. 엄마는 새벽 세시만 넘겨서 일어나면 좋겠다고, 그리고 뭐 먹을 것 좀 달라고 했으면 좋겠다고 하면서 24시간 간병인의 짧은 침대에 몸을 뉘었다.

엄마의 생일이 정월 대보름이라 모르고 지나친 적은 없다. 대보름 역시 나물이나 오곡밥 등 이것저것 먹을 게 많은 큰 명절이어서 미역국 말고는 엄마를 위한 생일 음식을 따로 마련하기 그렇다는 게 흠이었다. 철없이 아침 일찍 일어나서 엄마에게 먼저 더위를 팔았던 기억이 났다. 엄마라고 불렀을 때, "응" 하고 대답하면 재빨리 "내 더위"라고 했었다.

아버지가 기운을 차린 덕에 우리는 모두 다시 모였다. 뭔가 비장한 병사의 출정식을 준비하듯 2주 만에 분주하게 움직였다. 아버지는 이제 왕래가 더 잦아진 엄마의 조카며느리를 한 식구처럼 대하고 있었다. 꼿꼿하게 허리를 펴고 앉기 위해, 고개를 제대로 가누기 위해, 자식들을 알아보기 위해 안간힘을 쓰는 듯 아버지는 삼시 세끼 거르지 않고 맛있게 식사를 하셨다.

그리고 정신이 난 이른 아침에 손주들에게 줄 돈 봉투를 하나씩 챙겨 눈에 잘 띄지 않는 곳에 뭉쳐 두었다. 그곳은 문갑 속 서랍이 아니라 문갑 뒤 틈새였다. 자꾸 잡동사니 같은 것을 감추려는 습관이 생기면서 엄마는 일부러 벽과 문갑 사이를 조금 벌려 놓았었다. 아버지는 그렇게 엄마의 생일을 준비했다.

대보름 상이 차려졌다. 조, 수수, 팥이 조금씩 들어간 찰밥, 고구마순나물, 도라지나물, 아주까리나물, 배추나물, 호박고지나물과 토란탕, 느타리버섯 탕, 표고버섯볶음, 무나물, 무시래기나물, 고사리나물, 미나리나물, 시금치나물, 숙주나물, 구운 김, 조기구이, 그리고 소고기미역국과 서너 가지 김치가 올려졌다. 놓을 자리가 부족할 정도였지만, 다 추억이 있는 것들이라 내려놓지 않고 접

시들 모서리가 겹쳐지게 붙여놓았다.

"아주 풀밭이구나." 아버지의 유머가 살아나고 있었다.

그게 또 괜찮아졌다는 신호였다.

"케이크 가져와야지"

하실 말씀을 순서대로 단단히 외워둔 것 같았다.

막내가 찻상과 케이크를 가져오고 촛불을 켜는 사이에 나는 얼른 틈새의 돈 봉투들을 꺼내 문갑 속으로 옮겨 놓았다.

아직 추운 날씨였는데도 모든 방문을 활짝 열어젖혔다. 밥상의 온기, 사람들의 온기가 바깥 미닫이문 유리창에 하얗게 김으로 서렸다. 생일 축하 노래가 울려 퍼졌다.

"자, 불어야지." 척척박사가 따로 없다.

촛불이 반사된 아버지와 엄마의 눈동자가 방안으로 들어온 길동이 눈만큼 초롱초롱했다.

'하나, 둘, 셋'을 세는 사이 엄마는 아버지의 눈치를 보고 있었다.

"후-욱" 큰 초 아홉 개 중 일곱 개가 단번에 꺼졌다.

엄마는 입술만 내밀고 바람을 내보내지 않았다. 아버지 혼자서 그렇게 끈 것이다. 우리는 또 놀랐다. 이렇게 한 번 놀라는 것은 백 번, 천 번 쌓였던 답답함을 날려주는 효과가 있었다. 엄마는 그럴 줄 알았다는 듯이 틈을 주지 않고 남은 세 개를 바로 껐다. 아버지가 다 끈 것처럼 해 주었다.

그리고 아버지는 너무나 자연스럽게 문갑에서 돈 봉투를 꺼내 나눠주었다.

"자, 선물이야." 엄마한테 먼저 건넸다. 절대 빈 봉투는 아니었다.

엄마의 생일날, 환자는 없었다. 그날 아주 잠깐이었지만 아버지는 우리가 보고 싶어 하는 모습만 보여주셨다.

아버지의 모든 감각은 살아 있었고 유머도 다시 살아났다.
그런 모습은 우리 가족 모두에게 진정한 선물이었다.
엄마가 지키고 싶어 하는 사람의 모습이었다.

생일 밥상에는 누이가 끓인 미역국, 아내가 만든 시금치나물, 내가 구운 김을 빼고는 모두 엄마가 만든 것으로 채워져 있었다. 우리는 그렇게 또 아흔한 살의 엄마가 만든 음식으로 슬프지 않은 엄마의 맛있는 생일상을 즐겼다. 그리고 엄마가 그토록 지키고 싶어 하는 아버지의 품격이 그 밥상 앞에서 빛나고 있었다. 또 다음 해의 선물을 기약하며.